LES RÉVOLUTIONS DE JACQUES KOSKAS

Olivier Guez est écrivain, scénariste et journaliste. Il est notamment l'auteur d'*Éloge de l'esquive* (Grasset, 2014). Il collabore au *Point* et à *M, le magazine du Monde*.

*Paru dans Le Livre de Poche :*

La Chute du Mur (*en collaboration avec Jean-Marc Gonin*)

OLIVIER GUEZ

# *Les Révolutions de Jacques Koskas*

ROMAN

BELFOND

ISBN : 978-2-253-04535-9 – 1re publication LGF

*À mon père, ce héros*

*Ne demande jamais ton chemin*
*à celui qui le connaît. Tu risquerais*
*de ne pas t'égarer.*

Rabbi Nahman de BRATSLAV

*Il faut attendre que le sucre fonde.*

BERGSON

# 1

*Samedi 6 octobre 2003*

*Elle le regardait. Une naïade fastueuse nue sur le rivage. De ses yeux en amande émanait une lueur douce et sidérante, un appel à tous les sens. Elle avait jailli des flots orange et s'avançait vers lui. Elle le regardait et Jacques était tétanisé, ses mains tremblaient, des gouttes de sueur perlaient de son front et des larmes coulaient de ses yeux comme d'une fontaine. La sirène était radieuse mais Jacques sanglotait.*

*— Pourquoi pleures-tu, Jacques ?*

*— Qui es-tu ? Comment connais-tu mon nom ? bégaya-t-il.*

*— Je suis la Panthère, ta Panthère. Tu n'as rien à craindre, Jacques.*

*— D'où sors-tu ? Par quel maléfice as-tu surgi des eaux ?*

*— Calme-toi et aie confiance en moi. Je suis celle que tu attends depuis toujours, celle dont tu rêves chaque nuit et dont tu implores la venue chaque matin que Dieu fait.*

*— Vraiment, vraiment ? Je ne sais pas. Tu es la Panthère ?*

— *Oui. Sois tranquille et cesse de sangloter.*

*La Panthère caressa les longues boucles qui cernaient le visage de Jacques et le serra très fort dans ses bras, comme nul ne l'avait jamais enlacé. Il se détendit tandis que le sirocco séchait ses larmes, et il offrit à la bouche vermeille de la Panthère du raisin noir, des grains gorgés de sucs et des figues suintantes. La Panthère lui léchait les doigts et lui, bientôt, léchait ses lèvres enflées. Leurs langues chaudes tournoyèrent en chœur, ellipses sinusoïdales et déshydratées. À son tour la Panthère frissonna. Ses seins splendides imploraient Jacques.*

Il s'apprêtait à les saisir quand il ressentit une vive douleur dans les côtes. Une haleine mâtinée de piments mal digérés interrompait ce moment paradisiaque.

— *Ya rabbi*, Jacques ! Réveille-toi, nom de Dieu ! Ton père est sur le point de monter à la Torah. Tu vas nous faire honte une nouvelle fois !

Jacques maudit son grand-oncle Ézéquiel, qui venait de chasser sa Panthère de son souffle fétide. Il déplia son long corps et se frotta les yeux en bâillant, aveuglé par les néons de la synagogue séfarade de la bonne ville de S. Il desserra son nœud de cravate ; comme chaque année, le bedeau avait mal réglé le chauffage et Jacques s'ennuyait ferme à Kippour. Raoul Chelly, le président de la communauté, martelait le pupitre de son poing adipeux.

— *Rabotaï*, faites un don pour notre belle synagogue dont les travaux ne sont toujours pas terminés en 5764 !

L'assistance gronda sans perturber l'orateur.

— La survie de notre communauté est en jeu. Il en va de l'avenir de notre *cahal*, de nos très chers enfants et de notre destin de juifs en ces temps dramatiques où nos ennemis nous calomnient. *Amen* !

Les enchères commencèrent, et chacun retint son souffle. Partout des bras se levaient, à l'étage, les femmes poussaient des cris étouffés à mesure que les prix s'envolaient, pour acquérir la *haftarah* de Kippour, on était prêt à s'entretuer. Le président Chelly, surnommé « le bouchon » par ses administrés, se frottait les mains : il entrevoyait un nouveau bain rituel pour sa communauté, des conférenciers prestigieux du monde entier, un jeu de foulards bicolores pour le groupe d'éclaireurs Pinhas et, surtout, surtout, une barrière de sécurité enfin opaque – d'aucuns l'appelaient le mur – qui empêcherait les rares esprits malfaisants de l'assemblée de lorgner sur une cheville délicate ou sur un soulier pointu à l'étage du gynécée.

— Quinze mille une fois, quinze mille deux fois, quinze mille trois fois ! Jacques Haïm Khamous Clément Koskas, fils de Jacques Isaac Koskas, que ton nom soit béni ! rugit le bouchon.

Jacques senior, le père de Jacques, avait terrassé ses adversaires marocains, le gracile rite tunisien retentirait bientôt dans la maison de Dieu. Jacques soupira. Son père, gynécologue de réputation régionale, s'était une nouvelle fois laissé duper : les enchérisseurs étaient des conspirateurs, ils n'avaient jamais envisagé d'acheter la *mitsvah*, seulement de faire casquer Koskas comme tous les Kippour depuis des lustres. Le grand-oncle Ézéquiel grommela, avec une somme pareille, il aurait pu vivre deux longues années. Guibor, l'impeccable beau-frère de Jacques, demeurait imperturbable.

— … Les pervers sont pareils à une mer houleuse, qui ne peut s'apaiser et dont les eaux bouillonnent de limon et de fange. Pas de paix, dit mon Dieu, pour les méchants !

La voix de stentor faisait frissonner l'échine des fidèles et l'esprit de Jacques vagabondait. Il admirait les vitraux égayés par les douze tribus d'Israël, tirait sur ses manches, lissait ses grands favoris tout en parcourant le bulletin d'informations communautaires. L'on y déplorait le décès d'un marchand de bestiaux prospère. Jacques bâilla discrètement, son sommeil avait été interrompu dès l'aube par les gargarismes de son père et les glapissements de ses nièces Batia et Chani. Leurs parents, Ruth et Guibor, anciennement Céleste et Jean-Rémi, les avaient importées d'Israël pour passer les fêtes en famille.

Les matins de Grand Pardon, il régnait toujours une certaine allégresse chez les Koskas. Non que cette auguste famille n'eût rien à se reprocher ou qu'elle ne vécût point dans la crainte de Dieu. Jacques senior et son épouse Claire, infaillible urologue, abusaient certes des congrès médicaux pour faire leur usage du monde mais ils n'en étaient pas moins des garants de la tradition. Jacques surtout respectait scrupuleusement sa lignée de rabbins et de Kabbalistes illustres originaires de Nabeul-sur-Mer, une bourgade de Tunisie, où l'un de ses aïeuls avait même été consul de la très catholique Espagne, au temps d'Amédée Ier. Claire Koskas, née Scholem, avait tu ses convictions voltairiennes sitôt croisé au bal de l'internat ce hâbleur filiforme dont la moustache faisait se pâmer les infirmières du service de gynécologie du CHU. Cette nuit-là,

Jacques et Claire s'étaient trémoussés sur *Popcorn*, de Hot Butter, et lorsque les premières mesures de *La Maladie d'amour* avaient retenti dans la pénombre, les deux jeunes médecins, Claire et Jacques, Jacques et Claire, avaient su immédiatement qu'ils s'étaient contaminés à jamais. Depuis, elle pardonnait bien des retards et des extravagances à son époux, telle l'interdiction de toucher le feu pendant le shabbat. Elle tolérait les séjours prolongés de son oncle parisien, le richissime Ézéquiel, héraut illettré du Sentier héroïque. Hypocondriaque, sujet à des maux aussi étranges que passagers et souvent ballonné, il rendait régulièrement visite à son neveu afin qu'il lui organisât des rendez-vous avec les meilleurs spécialistes de la vallée du Rhin. Presque octogénaire, Ézéquiel avait depuis longtemps saisi toutes les subtilités du management au siècle naissant : redoutable *cost cutter*, grigou de première, il avait gagné S. la veille en auto-stop à bord d'un semi-remorque hollandais.

Lors des agapes précédant la fête, devant un monticule de couscous dont Claire avait au fil du temps appris à maîtriser les nuances, le millionnaire avait offert à la maîtresse de maison un pain d'œuf à la cervelle et trois citrons en décomposition. À Batia et Chani, il avait tendu deux poupées confectionnées avec des chiffons, des allumettes et des pois chiches peinturlurés. Ruth et Guibor, tous deux médecins, ophtalmologues, et les Koskas devisaient de scintigraphies rénales, de vasectomies et autres algies pelviennes la bouche pleine et les doigts huileux, en sirotant des jus multivitaminés. La tête plongée dans son assiette qui débordait, seul Jacques demeurait silencieux. L'idée d'être constitué d'eau et de chair, de sang et de quelques organes défectueux le rendait malade. À sa majorité, lui aussi avait envisagé une carrière médicale mais la visite d'un hôpital l'en avait dissuadé pour toujours, avec son ballet d'éclopés et de déambulateurs, le manège des brancards et des plateaux-repas servis à l'heure où d'autres peuples civilisés prennent le thé et, plus que tout, l'odeur du formol. Les Koskas avaient surmonté leur déception en accueillant quelques années plus tard leur épatant gendre Guibor Zylberstein.

Pour une fois, l'ombrageux sioniste était disert. Il mettait la dernière main à sa thèse, une étude onirique des formes familiales de la choriorétinopathie de type Birdshot. Pourquoi les porteurs de l'antigène HLA-A29 avaient-ils plus de chance de présenter une uvéite postérieure bilatérale chronique caractérisée par l'apparition de taches jaunâtres au niveau du fond de l'œil que les non HLA-A29 ? Batia et Chani mirent un terme à la délicieuse causerie. La première s'était emparée de la poupée de la seconde en lui arrachant malencontreusement un pois chiche. Aussi forte et chevelue que Samson, malgré ses deux ans, Chani avait empoigné Batia qui l'avait aussitôt pincée et à présent les deux sœurs hurlaient. Leur père qui dégainait vite et fort, vexé que sa progéniture eût interrompu sa démonstration, infligea deux claques aux deux petites ingrates. Leur mère brailla à son tour, caressant ses filles en pleurs et grondant son époux, soutenue par Jacques senior dont elle avait toujours été la préférée.

— Allons, allons, arrêtez-moi ce cirque ! On ne se comporte pas ainsi une veille de Kippour en famille, avait sermonné le chef de tribu.

Puis il s'était levé d'un coup, mû par un étrange ressort : Ézéquiel venait de donner l'alerte, il avait aperçu une étoile dans le ciel de S., la fête approchait. Les Koskas décampèrent vers la synagogue. Jacques resta seul en compagnie de la marionnette borgne qui gisait dans la semoule. Il n'avait même pas pris sa douche.

Il démêla ses longues boucles, avala un régime de bananes, quelques verres de schnaps à la mirabelle, deux litres d'eau et fuma nonchalamment à la fenêtre, attendant que la nuit tombe pour entamer le terrible jeûne. Si son dilettantisme était toléré la veille du Grand Pardon, il était sévèrement combattu le lendemain matin, quand la famille s'apprêtait pour assister au show judéo-arabo-andalou de Koskas père. Nul ne se rappelait à quelle heure il commençait exactement, mais son père et sa mère tenaient Jacques à l'œil comme s'il avait toujours quatorze ans, terrifiés à l'idée qu'il le manquât. Jacques senior parti à la synagogue en éclaireur, Claire avait la lourde mission d'empêcher Jacques junior de s'emparer de livres impies, de fumer et de se recoucher, efforts auxquels se joignait Ruth, toujours prête à se venger des sévices infligés par son frère du temps où elle s'appelait Céleste. Une fois, elle ne l'avait jamais oublié, il avait frotté sa brosse à dents avec des piments d'Ézéquiel.

Épié et taraudé, Jacques était miraculeusement arrivé avec quelques minutes d'avance à la synagogue. Jacques senior réalisa une prestation de haut vol, un sans-faute dont même le doyen Benchimoun, un ancien combattant de la guerre du Rif, n'avait jamais été témoin. Après avoir lâché quelques centaines d'euros supplémentaires aux bonnes œuvres du bouchon, son voisin (la maison d'en face), le crooner grisé, tel Mohammed Ali triomphant à Kinshasa, se rua vers ses admirateurs sous les youyous des femmes claquemurées dont lui seul connaissait l'intimité. Bacchantes relevées à la turque et joues en feu, l'homme qui venait de rendre grâce à l'éternel notre Dieu roi de l'univers serrait toutes les mains tendues vers lui. Bien que sa panse eût extraordinairement enflé ces dernières années, le Dr Koskas, aussi souple qu'un félin dans son pantalon à pinces porté taille basse façon rappeur, se muait avec aisance entre les rangs des fidèles. Il donnait l'accolade et recevait embrassades à foison et ce jour-là, l'un de ses aficionados les plus démonstratifs fut certainement Gabriel, l'ancien petit copain de Jacques du temps où il fréquentait l'école talmudique Yehouda Halevi. Le jeune homme l'étreignit avec une telle vigueur qu'il faillit en perdre ses lunettes Starck à articulations biomécaniques.

Gabriel était le grand espoir de la communauté séfarade de S. Très précoce pour ses vingt et un ans, il avait commis un premier traité sur les enjeux géoéconomiques du château d'eau du Golan que la *Revue française de science politique* avait encensé dans une notule. Depuis, sa notoriété n'avait cessé de croître : le graphomane avait pondu des pensums sur le conflit israélo-palestinien, un atlas géostratégique de la Galilée, sans oublier un recueil de recettes de cuisine à l'ère du prophète Samuel qui avait obtenu le prix spécial de la Women's International Zionist Organization en 2002. Gabriel avait refusé la chaire Clausewitz de l'université de Bretagne pour revenir à S., où il professait l'histoire-géographie à Yehouda Halevi en attendant une titularisation à la Faculté plus en rapport avec ses formidables prédispositions intellectuelles. Ponctuel et pratiquant, Gabriel était déjà un notable.

L'office avait repris son cours et Jacques senior regagna son siège. Son gendre Guibor le félicita sans desserrer les lèvres tandis qu'Ézéquiel lui empoignait une bajoue.

— *Hazak* ! Tu es dépensier mais tu as fait honneur à ta sainte mère, aux Koskas !

Jacques se jeta maladroitement au cou de son père, qu'il faillit renverser (il faisait une tête de plus que lui) et détala aussitôt. Pour la cinquième fois de la matinée, le benêt alla pisser puis quitta discrètement les lieux selon le génial stratagème qu'il avait élaboré enfant pour échapper à la torpeur de la synagogue.

Au parc des Contades qui jouxtait la maison de Dieu, Jacques avisa un banc accueillant sous un châtaignier centenaire et alluma discrètement une cigarette. Échappés du centre communautaire, des enfants jouaient à la baballe sur la pelouse et quelques mères poussaient des landaus, la tête couverte d'extravagantes coiffes à plumes. Chaussés d'espadrilles en toile immaculée selon les prescriptions de la loi juive, des adolescents se reniflaient autour du kiosque à musique. Jacques resta ainsi, une heure ou deux, de plus en plus affamé, un peu stone et la tête fondamentalement vide, à observer les allées et venues jusqu'à la pause entre les prières.

Malgré le ciel nauséeux, les fidèles se répandirent alors dans les allées du parc. Des barbons traînaient la patte en babouches, vêtus de toges et de calots blancs, avides de pureté en ce jour de jugement divin. Des jeunes gens rappliqués de Londres, de New York et de Hong Kong discutaient avec des experts comptables aspirants et des opticiens déjà prospères. Tous s'étaient connus au groupe d'éclaireurs Pinhas et ils ne manquaient jamais de s'en remémorer les hauts faits lorsqu'ils se croisaient chaque année à l'occasion des sacro-saintes fêtes de *Tichri* – le mois des grandes célébrations.

Jacques rejoignit toute la famille au bac à sable. Un flux de pécheurs endimanchés venait saluer le couple d'illustres médecins à qui nombre d'entre eux devaient leur fertilité prodigieuse et leur vigueur retrouvée. Au passage, ils soumettaient Jacques à un sévère interrogatoire. Jeûnait-il bien ? Où vivait-il ? Était-il marié ? Qu'attendait-il pour se reproduire ? Son travail de journaliste était-il bien rémunéré ? L'Agence France Presse était-elle vraiment antisémite ? Les plus ratatinés, comme le bossu Ezra Schapiero, lui demandaient s'il grandissait encore. Les yeux au ciel et les mains dans son pantalon noisette à pattes d'éléphant, Jacques répondait de façon laconique à ces questions existentielles. Oui, il se les posait lui-même régulièrement et non il n'avait aucune réponse, juste soif et faim, de plus en plus faim, et surtout il n'était pas marié, « Dieu m'en préserve ». Mais Batia et Chani trépignaient, alors il prétexta leur agitation pour prendre la tangente.

— Certaines villes sentent la choucroute et le baroque n'y peut rien, murmura-t-il, citant son maître Joseph Roth, en s'éloignant de ces bavards qui, parce qu'ils n'avaient pas trempé leur biscotte dans leur café ce matin-là et qu'ils portaient des sandales en plastique, se croyaient lavés de toutes leurs médisances quotidiennes.

Tout en entraînant les filles vers le toboggan, il aperçut Ézéquiel qui fourrait dans ses poches des brindilles et des cailloux. Le vieux briscard ne tarderait pas à réaliser une lampe à halogène, un paratonnerre ou d'autres prodiges. Plus épineux, Jacques supputait que son vieil ami Gabriel n'était pas loin. En croisant sa copine Delphine, à la synagogue, il avait comme toujours été émoustillé par son derrière galbé et par un fatras de cheveux relevés en chignon qui valorisait la rondeur enfantine de son visage, faisant oublier une dentition irrégulière. Que pouvait bien éprouver cette fille sensuelle pour son gandin en chemises sans manches pastel été comme hiver ? Dieu seul le savait. Jacques repéra de loin Gabriel qui devisait avec le bouchon devant les chevaux à bascule. Toujours aussi vif, Jacques fit instantanément demi-tour. Promis, ses nièces joueraient au lapin sauteur mais dans un endroit plus paisible.

Pas question de croiser Gabriel, ce double miroir qui le renvoyait à ses propres turpitudes. Jacques empoigna Batia et Chani et fila loin du danger. Le trio longea d'inquiétantes villas néogothiques et atterrit dans une artère malodorante envahie par des lutins bleus qui éventraient le trottoir en faisant un raffut d'enfer. Les petites étaient crispées et elles fondirent en larmes quand une ambulance passa toute sirène hurlante, suivie par une escouade de pompiers. Les bonbons que leur oncle venait de retrouver (miraculeusement) dans une poche de son trench ne lui valurent qu'une grimace dégoûtée.

— C'est moss ici ! Nous voulons zouer au toboggan, grand tonton ! beuglèrent les deux naines, liguées contre l'irresponsable.

Devant quelques passants ébahis, il tenta sa dernière carte, le clou du spectacle, battant les pans de son manteau en hurlant « Cracoucas ! », mais faute de s'envoler il manqua tomber dans une bouche de canalisation. C'en était trop, ses nièces le forcèrent à rebrousser chemin sous les regards circonspects des badauds. Et bien sûr, en entrant dans le parc, ils tombèrent nez à nez avec Gabriel et Delphine.

— Que tes filles sont sublimes ! Tu ne nous les avais jamais présentées, petit cachottier, plaisanta le géopolitologue.

Plus question de reculer, Jacques prit sur lui et enchaîna.

— Amusant, amusant, cher Gabriel. Je me réjouis de te voir en si galante compagnie. Batia, Chani, je vous présente Delphine et Gabriel. Vous savez les filles, le monsieur avec les lunettes bizarres, je le connais depuis très très longtemps. J'avais votre âge quand je l'ai rencontré. Vous lui faites un bisou ?

— Nan ! Il est moss Gabriel. Pipi caca Gabriel, gronda Chani avant de lui tirer la langue.

Les deux drôlesses restaient de marbre, insensibles au costume croisé et à la gerbe de poils qui s'échappaient avantageusement de sa liquette.

— Que veux-tu Gabriel, on ne peut pas plaire à tout le monde, s'amusa Jacques. Vous avez tort, les filles ! Il est très gentil et en plus il est très fort. Il va vous faire l'hélicoptère. Gabriel, viens, approche-toi, elles ne vont pas te manger. Prends-les dans tes bras et tourne sur toi-même.

— Nan ! persista l'insolente Chani. On veut faire du toboggan !

— Vous voulez y aller avec Gabriel ?

— Oui, oui, grand tonton !

— Gabriel, je crois que tu n'as pas le choix. On ne saurait rien refuser à de jolies demoiselles.

— Mais oui, mon chéri, accompagne-les, toi qui aimes tant les enfants, approuva Delphine en l'embrassant furtivement.

Enfin seuls. Jacques s'excusa platement de ne pas l'avoir saluée en arrivant à la synagogue.

— Ne t'inquiète pas, Jacques, nous savons tous que les matins de Kippour sont stressants pour toi.

— Tu es très charitable, dit-il en lui prenant un bras. Quoi de neuf, chez vous ?

— Tu as certainement lu l'article de Gabriel sur la bataille du Jutland dans *Jeux et Stratégies*. Figure-toi que le rédacteur en chef l'a trouvé si remarquable qu'il lui a proposé d'écrire une chronique mensuelle sur les plus grandes batailles de l'histoire ! Et il part la semaine prochaine faire une conférence dans une université flamande sur la géopolitique du chiisme. Vraiment, Gabi m'impressionne davantage tous les jours.

— En effet, bredouilla Jacques. Depuis quand s'intéresse-t-il au chiisme ?

— Depuis peu. Mais il dit toujours qu'il ne faut pas nécessairement être érudit pour s'exprimer dans les médias, il suffit de lire quelques textes fondamentaux et de discuter avec de vrais spécialistes. Il me répète toujours que la vie sourit aux audacieux. J'adore cette attitude positive.

— Et de ton côté ?

— Gabriel ne t'a rien dit ?

— Non, tu sais, on ne se parle plus beaucoup. Qu'y a-t-il ?

— Nous allons nous marier !

— Finalement ! *Mazzal tov*, se força Jacques.

En l'embrassant chastement sur les joues, il en profita pour admirer son postérieur galbé.

— Et toi, Jacques, du nouveau ? Tu vois toujours cette fille ? Comment s'appelle-t-elle déjà ? On ne sait jamais, avec toi !

— Charlotte ? Non, c'est mort. On n'était pas sur la même longueur d'onde. C'est mieux ainsi.

Ils avaient rejoint l'aire de jeux où Batia défiait les cieux sur une balançoire tandis que Chani se disputait avec un autre nabot au pied du toboggan. Gabriel avait clairement l'air dépassé. Heureusement de grosses gouttes tombées du ciel sonnèrent la fin de la récré, Dieu rappelait ses ouailles à la prière.

— Je te laisse tes délicieuses nièces, Jacques. Merci infiniment d'avoir égayé ma journée…

— Tu peux toujours compter sur moi Gabriel. Elles m'accompagneront à votre mariage. À la prochaine ! Batia, Chani, garde-à-vous et demi-tour marche, on rentre !

Jacques fondit sur les deux fillettes et les emporta comme deux petits tapis, chacune calée sous un bras. Dans le couloir bondé du centre communautaire, derrière la cabine de sécurité où sévissait un avorton grêlé d'acné, il les rendit à leur mère, occupée à vanter les charmes de la Terre sainte à une ancienne camarade de classe.

Il séchait sa tignasse devant les menus du jardin d'enfants et salivait au déjeuner du 8 octobre (carottes râpées, riz pilaf, boulettes de viande, compote de pommes) quand son père lui empoigna le bras et le conjura de le suivre dans la salle de prière où l'office avait repris.

L'heure était grave, le Pasteur d'Israël inscrirait bientôt dans le grand livre de la vie les noms de ses heureux élus. Hâves, les fidèles s'agenouillaient et se prosternaient en se martelant la poitrine. Guibor battait sa coulpe, la tête couverte de son grand châle de prière, et le grand-oncle Ézéquiel ânonnait des suppliques en araméen. Jacques consultait régulièrement sa montre.

— C'est plus fort que toi, n'est-ce pas ? l'interpella son père. Tu te comportes comme un enfant de huit ans. Dieu seul sait où ton esprit vagabonde. Tout cela ne te concerne pas ?

— Mais si, se défendit-il mollement. Seulement vous êtes tous très concentrés sur la prière alors je veille à ce que l'office ne prenne pas de retard. Je suis Kronos, le gardien de votre espace-temps.

— L'espace-temps, la belle affaire... Tu te fous de la gueule du monde ! s'échauffa Jacques senior à tel point que sa kippa chuta. (En la ramassant, il vit qu'une besace gisait aux pieds de son fils.) Pourquoi as-tu emmené ton sac à la synagogue ? gronda-t-il.

— Pour gagner du temps.

— Encore le temps ! Mais on a tout notre temps aujourd'hui. C'est même le seul jour de l'année où il n'est pas compté. Quel temps veux-tu gagner ?

— Tout à l'heure j'irai directement à la gare, afin de rester plus longtemps avec toi à la synagogue.

Jacques annonça à son père qu'il prenait le train de vingt heures six pour Paris. Le ciel tomba sur la tête de Jacques senior : à cette heure-là, l'office ne serait pas terminé ! Jacques avait décidément perdu tous ses repères, il se cherchait, un vrai courant d'air. Il filait un très mauvais coton, il fallait faire attention, très attention, à son âge d'autres étaient partis en sucette. Jacques senior exigea des explications à ce départ précipité qui mettait la vie de son fils en danger – monter dans un train avant la fin du Grand Pardon, l'inconscient.

— C'est pour ton travail, au moins ? Tu prépares un nouveau projet ? Tu as une soirée dans la cour des grands ? Chez Bernard-Henri Lévy ? Chez Claude Lévi-Strauss ?

Jacques hocha la tête et essaya de tranquilliser son père en lui montrant le casse-croûte que sa mère lui avait préparé pour briser le jeûne : au moins ne mangerait-il pas de cochonneries à la buvette du train Corail.

— Maman te passe tous tes caprices mais je ne suis pas aussi naïf. Tu n'as pas envie de passer une soirée en famille après Kippour ? Ta sœur est venue exprès d'Israël avec les petites. Vous ne vous voyez jamais. Et maman qui est épuisée a préparé des harengs à la crème. Les traditions, Jacques, les traditions, c'est important. Tâche de t'en souvenir quand tu seras à ta soirée mondaine. Et quand reviens-tu nous voir ? À Hanoucca ?

— Papa, je n'en sais rien, c'est dans trois mois ! On se...

— Taisez-vous ! gronda le doyen Benchimoun.

— Jacques, promets-moi au moins de ne pas trop boire et de ne pas trop fumer, le supplia Jacques senior, deux tons plus bas.

— Je te le promets.

— *Baba* Jacques, tu me promettrais n'importe quoi pour que je te laisse partir.

— Pas du tout. Je suis sincère. Mais je ne vais pas tarder à décoller, je ne veux pas courir, je dois me ménager.

— S'il le faut vraiment..., soupira Jacques senior. *Chana tova oumetoka* mon fils, bonne année. Fais attention à ta santé, je t'en prie. Sans la santé, tu es une loque, tu...

— Je sais, ne recommence pas, papa, s'il te plaît. Je dois partir, c'est important. Tous mes vœux à toi aussi.

— Embrasse aussi ton grand-oncle et ton beau-frère. Ne pars pas comme un voleur !

Jacques s'exécuta, bon fils et fin tacticien. Il aurait souhaité s'envoler tel un oisillon mais lesté de son gros sac, il fit lever toute la rangée pour se frayer un passage. Quand l'impudent atteignit la sortie, l'assemblée lui jetait des regards scandalisés, son père était navré et Gabriel goguenard.

Qu'importe, en marchant vers la gare, Jacques souriait.

## 2

Compartiment désert. Jacques déploya sur le skaï orangé le buffet qu'il s'était concocté pour la fin du Grand Pardon. Il disposa une soupe de poissons de roche, un chevreau rôti au garum et vinaigre, du raifort bouilli, un pain au froment, une canette d'hydromel, une fiole de vin blanc odoriférant. Par l'odeur alléché son beau-frère Guibor était venu assister à la préparation de ces mets étranges – Claire Koskas était aux fourneaux sous le haut contrôle de son fils – et lui avait demandé s'il s'était lancé dans la gastronomie moléculaire. « Tu es un petit génie », lui avait répondu l'énigmatique maître-queux en le sommant de quitter illico la cuisine. L'ophtalmologue israélien ne pouvait pas comprendre. Personne, à l'exception peut-être du meilleur ami de Jacques, Cosmo Levitan, et de sa mère (mais de cela, il n'était pas question), n'aurait d'ailleurs pu comprendre ce qu'il mijotait.

Un après-midi de printemps, Jacques avait trouvé sur un banc du Luxembourg *Des propriétés des aliments*, un livre de Galien. Du grimoire de l'illustre savant grec, il assimila, pensa-t-il, l'essentiel : les nourritures ingurgitées conditionnent la qualité et la fréquence de l'acte vénérien. Chez les bouquinistes des quais de Seine, Jacques avait déniché d'autres traités de Galien, d'Ovide, du Pseudo-Lucien et de Rufus d'Éphèse, bientôt son thérapeute préféré, si bien qu'il était désormais un as du régime sexué, dosant ses épices, picorant des graines et examinant son urine dès l'aube chaque matin.

*Aphrodisia, aphrodisia.* Il ferait frais en arrivant à Paris. La bouillabaisse de poissons de roche qui se distribue facilement dans tout le corps l'aiderait à échauffer ses organes et à dissoudre les liquides figés par le froid. Jacques devait être au sommet de sa forme cette nuit-là non pour s'appesantir sur les Indiens Caduveo du río Paraguay contrairement à ce qu'il avait prétendu, mais parce qu'il avait rendez-vous avec Serena Bensoussan, dite « la tigresse ».

Après avoir bu une dernière lampée d'hydromel, il s'allongea. Le repos complet favorisait une montée graduelle de sève, puisque selon le principe aristotélicien, le sperme constitue le dernier état de la digestion. Dans son baladeur chaviraient les suites pour piano de Haendel.

Jacques Koskas n'aurait jamais dû se trouver dans ce train clopinant à travers la plaine champenoise. Sa place était à la table parentale, entouré de ses nièces et de ses harengs. Tout l'y prédisposait et il s'était contenté longtemps de ces plaisirs simples et rassurants.

Jacques avait été un enfant docile et craintif. En culottes courtes et socquettes blanches, les cheveux scindés par une raie toujours coiffée à droite, il allait chaque soir chez ses grands-parents, Maurice et Greta Scholem, tandis que ses géniteurs vaquaient à leurs obligations hospitalières. Ses devoirs terminés, tandis que Céleste dessinait des têtes de mort sur les tentures sabayon du salon Biedermeier, il se mettait très tôt en pyjama et regardait fasciné *Des chiffres et des lettres.* À côté, son papi qu'il admirait tant fumait un cigarillo et lisait *L'Aurore* dans son fauteuil acajou. Tous les mercredis après-midi, après l'entraînement des poussins de l'AS Menora – bien que timide Jacques était un fin dribbleur –, il recopiait des articles de son encyclopédie junior à la plume Sergent-Major, tel son héros, *Le Petit Chose*, d'Alphonse Daudet, qu'il ne se lassait pas de relire avec émotion. Quand son ami Gabriel lui rendait visite, ils construisaient des maquettes géantes de Messerschmitt, peignaient des petits soldats et l'appartement des Scholem retentissait de leurs rires d'enfants. Les deux garçonnets reconstituaient les grandes batailles de l'Histoire, échafaudaient des gares et des passages à niveau, des chalets à colombages et des mairies rutilantes qu'ils disposaient sur un plateau de contreplaqué où serpentait le train électrique offert par le père Hanoucca.

Ces loisirs, légitimes jusqu'à sa majorité religieuse, devinrent suspects quand Jacques approcha de ses quinze ans, à la fin des années 1980. Jour après jour, le fossé se creusait avec Gabriel, dont la poitrine et le dos se couvraient déjà d'une épaisse fourrure. Quant à ses camarades de lycée, vêtus de Challenger Adidas, ils grimpaient à la corde comme des chimpanzés vigoureux et faisaient des rondes le soir autour de l'école de jeunes filles Notre-Dame-de-Sion. En attendant le grand jour, tous se paluchaient frénétiquement devant des images pixélisées de la Cicciolina sur leur

Commodore 64 ou leur Atari ST, pour les rejetons des familles les plus aisées. Sur le parking du bowling, ils faisaient étalage de leur virilité en organisant des rodéos à mobylettes débridées, enchaînant roues avant et dérapages incontrôlés. Certains goûtaient déjà aux paradis artificiels et se soûlaient régulièrement ; d'autres, les cheveux coupés en brosse, tels Kevin ou Jean-Sébastien, se faisaient déposer par leur père en Renault 25 avec leurs premiers *dates* dans des auberges en forêt.

Indifférent au dérèglement hormonal de ses condisciples, Jacques continuait de jouer aux Maîtres de l'univers et de prendre son bain avec le bateau pirate Playmobil.

Tous les mercredis, aux aurores, il courait chez le buraliste acheter *Le Journal de Spirou* et quand, pour ses seize ans, ses grands-parents l'y abonnèrent, il sauta de joie. Caché sous des couvertures qu'il appelait sa cabane, il vibrait aux aventures de la Patrouille des castors et de la souris Sibylline, mais le fuselage de Natacha, l'hôtesse de l'air, le laissait de marbre. Il ne comprenait pas davantage la béatitude de ses camarades devant les créatures de Manara et *L'Amour-propre* de Veyron, qui circulaient en douce en cours d'éducation manuelle et technique. L'été, le long de la frontière, des surprises-parties étaient organisées dans des greniers ou près des bunkers. Mais Jacques, fan des yéyés qu'il écoutait sur l'électrophone de sa mère, préférait regarder *Champs-Élysées* chez les Scholem plutôt que de se déhancher sur Nina ou, pis encore, de se frotter à une jouvencelle sur un slow de Bonnie Tyler. Une fois, une fois seulement, ses lèvres effleurèrent celles d'une petite femelle, la fille de son professeur de mathématiques, qui lui avait proposé un bisou sur la bouche pendant trois secondes. Un, deux, trois, sitôt le temps décompté, il décampa chez ses grands-parents, écœuré par la langue maligne et l'appareil dentaire de l'immorale enfant, un nouvel épisode de *Mannix* allait commencer.

Quelle sainte paix sur ce visage pur !

Jacques était ailleurs. Inconsciemment il cultivait sa différence et on allait commencer à le lui faire payer. En classe de seconde, deux indépendantistes alsaciens chaussés de rangers à lacets blancs le coincèrent contre la porte vitrée du laboratoire de sciences naturelles. Ils l'empoignèrent, lui brisèrent ses lunettes et lui conseillèrent de « rentrer chez lui en Israël ». Il ne souffla mot à personne de l'incident, prétexta une mauvaise chute et retourna à sa 205 GTI télécommandée, exit les deux gentlemen aux tempes rasées.

Mais le chemin que Dieu lui avait tracé était semé d'embûches. Un faux pas dans la cour et Jacques senior devait courir aux urgences faire plâtrer son poignet. Un rebond capricieux d'un ballon de volley-ball, et Claire Koskas devait se précipiter chez l'opticien pour changer la monture de l'infortuné.

L'Éternel le voulait-il menu ? Jacques, le plus petit de sa classe, était vraiment minuscule. L'ingénu entrait gratuitement au théâtre de marionnettes, à la grande joie de son grand-oncle Ézéquiel qui l'accompagnait en brandissant sa (fausse) carte de mutilé de guerre. Son quotient note-taille, pondéré par sa masse, impressionnait ses professeurs que Jacques senior n'osait pas démentir, grisé à l'idée d'avoir engendré un génie de la géométrie dans l'espace. Et son immaturité le protégeait des lieux de débauche craints par son père. Ainsi le 9 juin 1990, jour de l'ouverture de la quatorzième Coupe du monde de football, il était revenu du lycée en pleurs : on lui avait interdit l'accès au Singe bleu, où il voulait jouer au baby-foot pour célébrer les débuts du Mondial italien. Mais il avait vite retrouvé le sourire en découvrant la vignette de Roberto Baggio à coller dans son album Panini offert par son paternel en guise de consolation.

La situation de Jacques inquiétait tout de même sa mère. Était-il normal qu'il appelât le standard du Hilton afin de savoir si ses parents, partis célébrer une bar-mitsvah, étaient toujours vivants ? Était-il sain que leur fils se prît pour Karl Malden dans *Les Rues de San Francisco* ? Passât encore Michael Douglas, mais l'ignoble Karl Malden... Jacques, en imperméable défraîchi et bottines de chevreau, avait poussé le vice jusqu'à s'acheter un gros nez afin de ressembler à son idole. À la même époque, il partait chaque soir tout sourire vers le parc de l'Orangerie. Claire Koskas se prit à espérer. Et si son fils y rencontrait une donzelle à l'ombre d'un tilleul ou près d'un massif de roses ensorcelantes ? Un soir, elle délaissa les verges de ses patients impotents et le suivit discrètement. Jacques prit la direction du minizoo, passa devant la cage du lynx de Sibérie et s'arrêta net devant l'enclos des poneys. Il sifflota la marche turque et héla un certain Zantafio, animal à la queue fournie qui se mit à gratter le sol de ses pattes courtaudes. Jacques lui caressa longuement les flancs et lui lut un passage du *Roman de Renart*, quand Goupil et Grimbert le blaireau se jouent du loup Ysengrin. Le poney hennit de plaisir, la mère de Jacques ne put retenir ses larmes. Le lendemain, elle renouvela l'expérience et assista au même spectacle accablant : son fils avait pour meilleur ami un cheval trapu. Elle en perdit l'appétit et son sommeil fut hanté par des cauchemars terribles, à seize ans et demi, son petit Jacques suivait les traces de Rudolf Höss, le commandant d'Auschwitz, qui lui aussi adolescent préférait la compagnie des animaux à celle des humains.

Aux grands maux, les grands moyens. La truite au beurre, le plat préféré du Führer, fut bannie des menus familiaux. Claire Koskas confisqua les jouets de Jacques et lui interdit de se rendre seul au zoo. Il ne téléphonerait à ses grands-parents qu'une fois par jour. Le shabbat suivant, un conseil de famille se réunit. Malgré les coûts astronomiques du voyage, le petiot partirait pour la Californie avec la branche senior (les dix-huit–quarante-cinq ans) du groupe d'éclaireurs Pinhas, des célibataires endurcis en quête du grand amour dans la vallée de la Mort. À l'annonce de la sentence, Jacques se roula par terre. Comme tous les étés, il voulait suivre le Tour de France à la télévision chez papi et mamie. Cette fois les Koskas furent intraitables : il avait besoin d'un électrochoc, une expédition à l'autre bout du monde lui ferait le plus grand bien. « Fin de la discussion. Les vrais durs ne pleurent pas. Jeune, tu es fort en compagnie, vieux, en solitude. Tu seras bientôt un homme, mon fils », lui promit Jacques senior.

La nuit précédant le départ fut dramatique. Toute la famille était montée à Paris pour l'encourager et elle s'empila à Roissy dans une cellule de *Formule 1* aussi confortable qu'une cabine d'IRM. Personne ne ferma l'œil. Jacques vint sangloter dans le lit de Céleste, terrifié à l'idée de passer l'été avec des inconnus pubères et que l'avion s'écrase au milieu de l'Atlantique : il avait lu que la silice des cendres volcaniques d'Islande pouvait bloquer les réacteurs. Et puis la famille lui manquerait tant. S'il leur arrivait quelque chose en sa longue absence ? Quand achèterait-il ses fournitures scolaires ? Il n'avait pas même eu l'autorisation de saluer Zantafio le poney avant son départ. Le lendemain matin, Jacques s'avança dans le Terminal 1 tel un condamné à mort vers l'échafaud.

Ces trois longues semaines ne furent qu'une succession de catastrophes. Il fit chambre commune avec un sourd-muet gascon – l'unique humanoïde qui le tolérât, les autres ayant trouvé une compagne ou ne voulant pas d'un morveux dans leurs pattes. Ruben, le fils cadet d'Ezra Schapiero le bossu, lui avait cassé la figure parce qu'il s'était moqué de ses Vans fluos. À Disneyland, ses lunettes churent du bateau du capitaine Crochet dans une eau infestée de crocodiles mécaniques. Quelques jours plus tard, presque aveugle, il ne sut parer l'attaque d'un cobra au parc de Yosemite. Au retour, ce retour dont il comptait les heures qui l'en séparaient, il manqua sa correspondance à New York. Affolé, sans le sou, malvoyant, boitant bas à cause de la terrible morsure, l'œil droit poché et seul au monde, Jacques téléphona en pleurs à son papa qui s'arrangea pour que la TWA le rapatriât d'urgence en Alsace. Une hôtesse de l'air lui offrit l'unique moment de grâce de son épouvantable périple en le régalant au décollage d'un cahier de coloriage.

Les Koskas durent se rendre à l'évidence : ils avaient enfanté un monstre, Jacques ne grandirait probablement jamais. Un vent d'ineffable tristesse balayait les corridors délabrés de leur villa Jugendstil. Même Céleste avait cessé de se moquer de son frère. Elle lui achetait chaque jour des Carambar dont les calembours le faisaient tordre de rire. Jacques, l'innocence et la vertu, seul encore plaisantait. La tension atteignit son comble quand les Scholem vinrent chez les Koskas pour regarder *Les Dossiers de l'écran* consacrés à la montée du nazisme en Poméranie orientale. La diffusion du *Tambour* les plongea dans la stupeur. Claire Koskas éclata en sanglots et tous délaissèrent le gâteau au fromage de la fête des Moissons en découvrant le destin tragique d'Oskar Mazerath, autre lilliputien maudit.

L'été suivant, après que Jacques eut brillé à l'oral du bac français – son examinateur, troublé par son enthousiasme juvénile, l'avait fait gloser sur *La Chèvre de Monsieur Seguin* –, les Koskas partirent pour Le Lavandou où ils avaient loué une maisonnette surplombant la mer. Dans la poussière dorée du soir, l'adolescent pressentit que ce serait le plus bel été de sa vie. Au magasin de jouets de la station balnéaire, il fit la connaissance de Ralph, un Écossais de huit ans qui partageait nombre de ses passions. Sur la plage, tous les deux mangeaient des chouchous et sautaient dans les vaguelettes en ondulant leur corps malingre comme Flipper le dauphin. À l'ombre d'un eucalyptus, Jacques avait dévoilé à son ami des photos de son poney Zantafio et Ralph lui avait montré des clichés de Karénine, son berger allemand.

Lestés de Claudio, un jeune tombeur napolitain dont Céleste avait fait la connaissance derrière une borne d'arcade, les Koskas accostèrent un matin sur l'île du Levant. Pour cette expédition, Jacques, exalté, avait chaussé ses bottes de caoutchouc et masqué son œil droit d'un bandeau noir. Après avoir visité le fort Napoléon, ils se dirigeaient vers la réserve naturelle quand ils tombèrent nez à nez avec la piscine d'eau de mer d'un hôtel en surplomb. De larges hublots laissaient entrevoir la mosaïque des lignes du fond et l'azur immobile. Le bassin semblait désert quand une ombre gracieuse entra soudain dans le champ de vision des Koskas massés devant le spectacle : une sirène nageait nue et tourbillonnait sous l'eau étincelante de lumière. La torpille plia les genoux et écarta les jambes pour se propulser à la surface. À travers le sillage de bulles qu'elle propagea, Jacques discerna sa fente vulvaire, deux beaux quartiers d'orange aux grandes lèvres proéminentes et des nymphes minces, roses comme la chair d'un pamplemousse de Floride.

L'intrépide corsaire se figea. D'une main, il agrippa l'éphèbe Claudio et de l'autre arracha son bandeau et du même élan dévastateur brisa son sabre en plastique. Puis il perdit connaissance et fut hélitreuillé d'urgence vers la villa du Lavandou où il dormit dix-huit heures, d'un sommeil lourd que nul songe ne vint perturber. Le lendemain, lui qui aimait tant babiller dès l'aube, ne dit mot à personne. Il s'enfuit à la plage et fixa de ses iris azur le soleil au zénith. Quand Ralph lui proposa de jouer au loup, Jacques se redressa d'un bond et lui infligea une taloche.

L'Écossais dérisoire détala en pleurs et nul ne le revit jamais le long des rivages enchanteurs du Lavandou.

À la fin des vacances, Claudio avait quitté Céleste pour une esthéticienne de Draguignan et Jacques avait mué comme un serpent. Ses bras et ses cuisses avaient forci, son nez s'était allongé et sa pomme d'Adam avait la taille d'une balle de ping-pong. Lorsqu'il fredonnait la liturgie de Kippour sous la douche, Céleste croyait entendre un enregistrement pirate de Tom Waits en ladino. Il passait ses journées à manger des bananes et à somnoler tel un alligator devant la télé. À l'île du Levant, en posant un premier orteil sur le Continent noir, Jacques avait ouvert un nouveau chapitre de la mythologie humaine : « À cet endroit et en ce jour commença une époque de l'histoire du monde ; nous pourrons dire que nous avons assisté à son début. » Dès son retour à S., Jacques franchit le Rhin à bord d'un autobus et entra dans le premier bordel de Kehl qui se présenta à lui. Les années qui suivirent, étudiantes, bohèmes et paresseuses, Jacques les consacra à la chasse à la belette, à la fac de S. ou au carnaval de Bâle, et à une épouse infidèle et redoutable, une amie chère de ses parents.

Les femmes, les lèvres agrume, l'origine du monde : Jacques Koskas avait trouvé sa vocation.

## 3

Serena Bensoussan était allongée sur une péniche de cuir blanc où elle se délectait de la lecture de *Tsippora*, le dernier roman de Marek Halter. Quelques pages plus tard, elle se redressa, tira sur les plis de sa robe cannelle et se posta devant la chaîne hi-fi que coiffait un tableau mystique de Benharrouche. Elle y engouffra une compilation de *lounge music* dénichée dans un boutique-hôtel de Dubaï avant d'allumer quelques bougies à la vanille afin de parfaire l'atmosphère cosy de son duplex de l'avenue Mozart, Paris 16. Serena Bensoussan grimpa ensuite jusqu'à la salle de bains où elle humecta sa nuque de quelques larmes d'Amor. De retour dans le living, elle fit une pile des quelques livres qui traînaient sur la table basse – *Antéchrista*, d'Amélie Nothomb, *Guérir le stress*, de David Servan-Schreiber, le catalogue de l'exposition Cocteau à Beaubourg – et un autre de ses magazines préférés, le dernier numéro de *Vanity Fair* en évidence, comme chaque fois qu'elle recevait.

Serena Bensoussan avait décidé de ne pas renouveler son abonnement. Lorsqu'elle découvrait la photo d'Annie Leibovitz en couverture, elle avait toujours la sensation d'appartenir à un cénacle de privilégiés, mais les pages people ou les clichés des fêtes chez *Pastis* à New York la faisaient atrocement souffrir : ils lui rappelaient les soirées passées là-bas en compagnie de Jérôme Thomas, le fils de pute qui l'avait plongée dans la terrible dépression dont elle émergeait péniblement en ce soir d'octobre.

Directeur Amérique du Nord-Eurasie du groupe de pub EuroTTB, Jérôme Thomas avait engagé Serena en tant que responsable des événements festifs. Lors d'un *event* à Miami, elle avait été éblouie par le charisme du plus jeune manager qu'EuroTTB eût jamais promu et lui n'avait pas résisté longtemps aux moues câlines de la petite Bensoussan. Deux années durant, la tigresse et le jeune loup avaient mené grand train. De conférences en séminaires, de Hong Kong à New York, elle blottie dans ses bras tandis qu'il surlignait la *Harvard Business Review* en classe affaires, ils avaient couru d'un palace à l'autre. Près de la mer Morte, en marge d'un sommet politico-médiatique dont Jérôme était le maître ordonnateur, ils avaient chassé à l'arc avec Paulo Coelho et Shimon Pères. Il avait même fait accorder à Serena éblouie une audience auprès de la reine Nour de Jordanie sous une tente dans le désert. La nuit venue, malgré les moustiques et le room service, ils regardaient des épisodes de *Friends* et, dès l'aube, ils s'affrontaient au tennis. Serena brillait au filet et Jérôme poussait des râles de joueur de fond de court en la prenant sous la douche avant d'entamer le sourire aux lèvres une nouvelle journée de labeur. Ils étaient le couple phare d'EuroTTB, celui que les agences concurrentes lui enviaient.

Inévitablement, on parla mariage et il fut question de noces à la synagogue de Marrakech, la charmante bourgade dont Joe Bensoussan, le père de Serena, était originaire. Jérôme Thomas s'était même résigné à se convertir au judaïsme. Mais le conte de fées s'interrompit brutalement un soir à Marbella. Jérôme Thomas se rafraîchissait dans la baignoire à bulles et Serena était sur le point de le rejoindre quand elle entendit le portable de son aimé vibrer dans la pénombre. Elle sentit comme une dague lui percer les côtes, puis une envie irrépressible de tout casser après avoir découvert que l'enchanteur avait une double, une triple et une quadruple vie. Des quatre coins du monde, des femmes entretenaient une correspondance obscène avec son futur époux. La tigresse hurla.

Serena plaça finalement *Vanity Fair* au bas de la pile des magazines mais le mal était fait. Son esprit revenait encore et encore à cette dramatique nuit andalouse. Elle revoyait défiler les montagnes pelées et les maraîchers marocains s'échiner dans les champs tandis qu'elle hoquetait dans la Jeep de son père, débarqué douze heures à peine après la macabre découverte pour la récupérer, non sans avoir au préalable allongé l'infidèle publicitaire d'un maître uppercut.

Serena avait sombré. Elle avait terriblement maigri, entamé une psychanalyse et quitté EuroTTB. La découverte de Marek Halter l'avait rapprochée de Dieu et elle était partie changer de vie en Israël. De retour trois mois plus tard, elle avait entamé la pratique du yoga et adopté Moïchele, aussitôt revendu, le caniche empestait le bouc. La tigresse n'avait plus copulé depuis bientôt un an quand elle se rendit à une conférence sur l'herméneutique du Big Bang dans la tradition mosaïque au bois de Boulogne. Les jours précédents, elle avait commencé à caresser l'idée d'une nouvelle rencontre, un petit brun nerveux du style d'Al Pacino, quand son regard croisa celui d'un grand bouclé châtain en imperméable, lui aussi venu élucider le plus grand mystère de l'Univers. Grâce à sa science de la nutrition, Jacques l'intrigua à défaut de la séduire. Il lui promit de lui faire retrouver l'appétit et bizarrement Serena aimait l'hydromel et le froment.

Deux coups de sonnette. La tigresse, presque assoupie, sursauta.

Au prince de ses nuits elle réserva un accueil mitigé : des toilettes de la synagogue d'où il l'avait bombardée discrètement de SMS – le texto est proscrit à Kippour de même que toute autre forme de communication électronumérique – il avait insisté et insisté pour lui rendre une visite de courtoisie sitôt rentré à Paris.

Jacques s'affala sur le canapé, alluma une cigarette et demanda à Serena de lui servir un bourbon sans glace avec un bout de fromage. Il observait en salivant les allées et venues de son hôtesse, le roulement de ses hanches enchevêtrées dans la robe cannelle et ses jolies fesses qui arpentaient harmonieusement la pièce. De sa besace, il sortit un disque de Can.

— Kahn ? s'enquit Serena.

— Non, Can. C'est du Krautrock. De longues mélopées psychédéliques allemandes et japonaises…

Le désir de Serena devait être titillé jusqu'à ce qu'il s'embrase et Jacques était passé maître dans l'art de poser des questions afin de créer la connexion nécessaire.

Il lui demanda comment se portait son père, si sa clinique de la nutrition marchait toujours aussi bien, s'il continuait de fréquenter régulièrement *La Moule Rouge*, le restaurant du grand-oncle Ézéquiel, et si elle-même y mangeait de temps en temps bien que la cuisine y fût assez grasse. L'opus de Marek Halter posé sur la table l'encouragea à faire étalage de son immense savoir biblique : Tsippora la Koushite, la Noire, l'étrangère, la non-juive, la fille adoptive de Jethro le sage, le prêtre des Madianites, Tsippora le petit oiseau éthiopien, la mère de Guershom et d'Eliezer, l'épouse généreuse de Moïse et l'amante passionnée... Serena bâilla et décida d'expédier les affaires courantes. Elle apposa un index parfumé sur la bouche de Jacques.

— Tais-toi, Jacques, tu nous soûles. On va monter baiser et après tu déguerpis.

— Dé-déjà ? Tu es sûre ? bégaya-t-il.

— Je suis vannée et ton baratin m'ennuie au possible. Éteins-moi cette cacophonie germanique et viens, petit Koskas – Serena avait trente-six ans, six ans et des poussières de plus que lui – viens, n'aie pas peur, donne-moi la main, je ne vais pas te manger, on va grimper ensemble à l'étage.

Jacques se mit au garde-à-vous et l'entreprit contre un mur ainsi qu'elle le souhaitait. Malgré le chevreau poivré, il fut « un peu maladroit et un peu expéditif », lui reprocha-t-elle sitôt leurs ébats conclus.

— C'est pas dramatique, Jacques, tu feras mieux la prochaine fois. Maintenant tu vas me laisser dormir. Mon père vient me prendre demain à dix heures. Jacques, tu m'entends ? Debout, rhabille-toi ! Et n'oublie pas ton disque en partant. Je t'appelle dans la semaine. *Sweet dreams*, petit bonhomme.

*Ils dévalaient des pentes enneigées bordées d'épicéas en sucre sur une luge à grelots dans les Carpates. La panthère étouffait sa nuque de baisers malgré son cache-col en vison. Elle gobait des flocons multicolores et lui riait, riait et admirait la formidable adresse de sa compagne adorée. Ils s'arrêtèrent à un refuge. Il commanda des chachliks de mouton, des beignets au fromage et de l'alcool de prune. Malgré sa combinaison, il buvait du lait aux mamelons de sa panthère. Un feu brûlait. Ils étaient ivres...*

M. Robert sortit Jacques de son ébriété onirique. Comme tous les matins à sept heures trente, le sexagénaire ratissait le gravier de leur cour intérieure en sifflotant un air de Michel Sardou, se croyant seul au monde.

Salauds de Robert. Sa femme et lui, adjudant en retraite, livraient à Jacques une guérilla sans pitié. Musique, tri des ordures, inspection de la cheminée, vie sexuelle, Robert, qui avait de très grandes oreilles, épiait constamment son jeune voisin.

Les brumes matinales ne s'étaient pas encore dissipées que la journée de Jacques était compromise. Il essaya de se calmer, songea un temps à se caresser sans en avoir la force. Dans ses draps qu'il n'avait pas changés depuis le jeûne d'Av, il tenta d'échafauder quelques plans réjouissants mais son meilleur ami Cosmo était à Bruxelles, Claudio au grand prix d'Ascot et Serena ne voudrait pas entendre parler de lui aujourd'hui. Il se résolut à appeler Clémence, une collègue de *La Turbine* qu'il baisouillait depuis peu. Sur son répondeur, il lui demanda de le rappeler « aussi vite que possible ». À la fin de *Téléfoot*, seul son père avait pris de ses nouvelles et il n'avait pas daigné lui répondre, Nicolas Anelka donnait une interview exclusive.

Était-ce le regard d'aigle de l'attaquant au survêtement sponsorisé par une chaîne de supermarchés ? La proximité de Mme Robert, qui avait un je-ne-sais-quoi de Brigitte Bardot, en culottes bouffantes devant ses fourneaux ? À midi, les cloches de l'église Saint-Eustache carillonnèrent et Jacques sentit une brusque montée de sève dans son bas-ventre, une sorte de tremblement de terre dont les répliques atteignirent les recoins les plus reculés de sa conscience. C'était stupide mais il composa machinalement le numéro de son ex, Charlotte. Elle fut surprise de l'entendre, trois mois après son dernier coup de fil. « Les larmes du passé fécondent l'avenir » : Charlotte acceptait de l'inviter chez elle, un trémolo d'espoir dans la voix, il le nota avec satisfaction. Quelques minutes plus tard, Clémence le rappelait, Jacques se frotta les mains, envoya courageusement un texto à Charlotte pour annuler leur rendez-vous et désactiva son téléphone avant de se rouler un pétard éthéré qu'il fuma aussitôt. Et il s'en fut allègre dans les rues de Paris sous un léger crachin.

## 4

À dix heures moins dix, le lendemain, Jacques pénétrait tel un ouragan dans l'open space de *La Turbine*, vénérable quotidien des affaires et de l'industrie lourde fondé en 1896. Il balaya les dépêches du jour tout en consultant fébrilement le *Wall Street Journal* et le *Financial Times*. La conférence de rédaction commençait dans quelques minutes et Hugo Huguin s'approchait. Le rédacteur en chef fit signe à Jacques à travers son bureau encombré de revues et de journaux flétris, montagne de papiers menaçant de s'effondrer sur son voisin le gros Freddo malgré la haute cloison de verre protégeant leur intimité. Engoncé dans un gilet de costume porté sur une chemise en jean, Hugo Huguin demanda au reporter Koskas s'il avait des idées pour l'édition du lendemain. Jacques fit mine de consulter quelques notes et lui répondit que non en inspirant profondément. En revanche, sourit-il, il pourrait bien avoir un « sacré scoop » d'ici peu. Aussi devait-il immédiatement partir à un rendez-vous mystérieux qui se prolongerait tard dans la matinée.

En quittant l'immeuble de verre de *La Turbine*, Jacques se retourna plusieurs fois pour voir s'il n'était pas suivi et entra discrètement au *Paris-Bourse* où Dédé l'accueillit chaleureusement.

— Putain, Jacques, t'en tires une tronche aujourd'hui ! T'as fait la nouba toute la nuit ou quoi ?

— M'en parle pas, Dédé. Je suis débordé. Je bosse comme un damné…

— Ah, Jacques, tu crois que je t'ai pas capté ? À ton âge, je faisais pareil. Mais au moins j'avais la santé ! Un crème et trois croissants, comme d'hab ?

— Et un jus d'orange pressée, ça ne me fera pas de mal.

La crise couvait en Corse. Ajaccio avait pris une raclée contre Lyon et Bastia s'était écroulé à Marseille. Le Racing Club de S. avait héroïquement ramené un nul de Nice.

Dédé, dont la moustache masquait une grosse verrue, essuyait des tasses et jacassait, jacassait, de politique, de courses hippiques, de la formule du jour et de son prochain séjour dans un village-vacances en Tunisie.

Jacques leva les yeux en direction du bavard et marmonna dans sa barbe quelques paroles inintelligibles. Avec un peu de chance et surtout de calme, il poursuivrait l'après-midi sa lecture de *L'Équipe* à la fontaine du Palais-Royal, le temps s'y prêtait merveilleusement. Il fuma une cigarette en silence, salua Dédé et retourna à *La Turbine*. Dans le hall d'entrée, il croisa Clémence. Elle rougit et il l'ignora superbement, préférant lorgner Yasmina, une des standardistes.

Dans la salle de rédaction, le gros Freddo avalait un énième rapport sur la faim dans le monde et une tartelette au citron, les claviers crépitaient – Nicolas Sarkozy inaugurait un radar automatique dans la Meuse. Jacques envoya un mail à Clémence : *La nuit d'hier fut magique. Repartons dans un baiser pour un monde inconnu. À ce soir, ma fleur exotique ? Ton grand fauve en rut.*

— Tu peux venir s'il te plaît ? vociférait Huguin à l'intention de Jacques plongé dans ses pensées.

— Deux minutes, chef. J'attends un courriel urgent.

Clémence avait un dîner de filles. Il insista, la supplia, elle résista pour le principe puis céda à l'irrésistible tentateur.

Huguin exigeait de Jacques une analyse de la conjoncture allemande. En cet automne 2003, le moral des ménages germaniques était en berne, leur pays l'homme malade de l'Europe, le maillon faible d'une zone euro en pleine expansion.

— Par ailleurs, c'est quoi ce scoop dont tu m'as parlé ?

— Je préférerais tout te raconter quand je serai plus sûr de mon coup. C'est du lourd, du très lourd, crois-moi…

— Certainement, certainement, je ne doute pas de ton fabuleux réseau d'informateurs. Seulement, ça fait des mois que tu m'annonces monts et merveilles et on n'a encore rien vu venir, insista Huguin en suçant nerveusement un crayon rouge (il venait d'arrêter de fumer). J'ai des comptes à rendre, moi. Alors, abats tes cartes et dis-moi sur quoi tu bosses en ce moment.

Jacques resserra son gros nœud de cravate en cachemire.

— Tu promets de ne rien dire à personne tant que ce n'est pas confirmé ? ça concerne l'Irak…

Sur l'Irak, Jacques avait un passif non négligeable. Il n'avait pas retenu les leçons apprises de Henry Kissinger à l'occasion de *summer schools* payées par Greta et Maurice Scholem, ses grands-parents, eux qui avaient bien connu le petit Henry avant guerre à Fürth, leur ville natale. En dépit de tout bon sens, au printemps, Jacques avait négligé le froid réalisme du maître et soutenu l'opération « libération de l'Irak ». Naïf guerrier de la démocratie, il était désormais regardé avec suspicion par ses collègues, le gros Freddo en premier lieu. Pour qui roulait donc un type pareil, sinon pour les compagnies pétrolières américaines déterminées à faire main basse sur les fabuleux gisements irakiens ?

— … Hugo, j'ai peut-être un tuyau sur les armes de destruction massive de Saddam. Une piste très chaude pourrait me conduire jusqu'à leur cachette…

Huguin fronça les sourcils. Il avait roulé sa bosse, en tant que correspondant de *La Turbine* aux États-Unis où il recopiait soigneusement les télétextes de CNN dès l'aube mouchetée, articles et reportages au long cours qu'il signait de ses légendaires initiales *H. H., à New York.* Il se méfiait et il suggéra à Jacques de travailler plutôt sur les perspectives des entreprises françaises dans le triangle sunnite. Ça, c'était le cœur de cible de *La Turbine.*

— Plus tard, Hugo, fais-moi confiance, on est en route pour le Pulitzer. J'ai aussi plusieurs idées de reportage…

— J'ai pas le temps, Jacques. On a des réunions de prévision, c'est pas fait pour les chiens, tu n'as qu'à y venir comme tout le monde. Allez, ouste !

À la douce pétarade du moteur à deux temps, Clémence se précipita à sa fenêtre, le cœur palpitant. Son grand fauve taciturne arrivait enfin, avec plus d'une demi-heure de retard et sans l'avoir prévenue, comme la veille, mais quelle importance ? Il était là ! Nerveuse, elle leur servit des pastis et lui détailla le menu du soir : de la tapenade et du guacamole en entrée, un plat mystérieux dont elle refusait de révéler la nature puis du mont d'or et même une tarte aux quetsches.

— Les dernières de la saison, ma grand-tante Schossefin me les a fait porter hier, lui confia la préposée à la grande distribution de *La Turbine*, elle aussi originaire d'Alsace, de la bourgade d'Eguisheim connue pour ses rues pavées et ses maisons richement fleuries.

Elle alluma des bâtons de patchouli et engouffra un best of de Police dans le lecteur CD : ce que Sting avait fait pour les Indiens Kayapos était formidable, dit-elle. L'alcool la grisant, elle lui avoua qu'avant de le connaître elle pensait qu'il avait une cinquantaine d'années : sa série sur les arcanes de la Banque centrale européenne l'été précédent était géniale. Géniale ! Or ce roitelet de l'inflation était un jeune homme charmant, et il était là, ce soir, chez elle... Elle voulut l'embrasser mais Jacques suggéra de passer plutôt à table.

Clémence sortit du four un gratin de macaronis débordant de crème et de spek caramélisé. Elle aurait difficilement pu le combler davantage : elle connaissait les hommes, lui dit-elle, enfin, elle avait trois frères pour qui elle cuisinait régulièrement et pour Jacky aussi, son cousin vigneron. Tout en noyant les nouilles à grandes rasades de vin rouge, elle pérorait sur les derniers cancans du journal : Coralie, leur collègue de l'industrie lourde, lui avait raconté que Hugo Huguin ne touchait plus sa femme depuis des mois.

— Ils sont en crise depuis la naissance de leur deuxième enfant, il est nerveux, alors méfie-toi !

Clémence s'était extirpée de son milieu paysan en étudiant l'économétrie et l'algèbre avant d'être recrutée par une banque d'affaires lors d'un carrefour pour l'emploi Porte de Versailles. Révoltée par les inégalités, à la croisée de l'altermondialisme et du militantisme (sa pile de *Monde diplomatique* faisait foi), elle avait raisonnablement quitté les sphères édulcorées de la haute finance pour entrer en journalisme comme un boxeur monte sur le ring, plume au poing. Bien qu'en charge de la grande distribution, elle avait jusqu'à présent refusé paniers de Noël et œufs de Pâques envoyés par les corruptrices entreprises dont elle scrutait les résultats trimestriels.

Clémence narrait cette vie austère mais intègre tandis que Jacques s'empiffrait : il avait fini les pâtes après s'être resservi trois fois. Ils attaquèrent le mont d'or qui se répandit dans leur assiette telle la lave d'un volcan et enfin la tarte, un véritable enchantement. Ils avaient descendu une deuxième bouteille de rouge quand ils roulèrent jusqu'au canapé-lit. Au quatrième verre de schnaps usiné par le cousin Schäkele, Jacques prit la main. Il se jeta sur ses seins, ses énormes seins, attaque en piqué préméditée depuis son petit déjeuner au *Paris-Bourse* et unique raison de sa venue dans cette rue malfamée du Nord-Est parisien.

Elle le pria de l'embrasser d'abord ou du moins concomitamment. À Eguisheim, elle avait beaucoup souffert de ses protubérances mammaires. Elle avait beau tenter de les aplatir et de marcher toujours les bras croisés, les hommes du village ne pensaient qu'à les triturer. Heureusement, Schäkele avait veillé sur elle. Elle n'était pas un objet ! Jacques se figea et suggéra une petite massue, un joint de *skunk* batave. Il fallait qu'il se donne un peu de courage : poitrine mise à part, il avait du mal avec le physique de Clémence. Malgré les trois séances d'aquagym qu'elle s'infligeait chaque semaine, son ventre était grassouillet. Son nez camus, parcouru à la base de veinules rosées quand elle buvait trop, comme ce soir, rehaussait un menton proéminent et des lèvres fines qui n'invitaient guère au plaisir.

Ils fumèrent dans l'obscurité puis Jacques, ardent et défoncé, colla sa bouche à celle de Clémence tandis que sa main droite se répandait sous son chemisier et que la gauche dégrafait en un clin d'œil, telle une pince de crabe, la triple attache de son soutien-gorge, ce gigantesque panier à provisions où Clémence dissimulait ses plus chers trésors. Frénétiquement, il malaxa la chair laiteuse, fantastiquement élastique, et enfouit sa tête entre les deux monts chauves de la journaliste de *La Turbine*, sa langue s'égarant par intermittence sur leurs aréoles bouffies.

La tête renversée, à l'abandon, Clémence fondait entre ses bras. Avec peine, elle guida une main de Jacques vers son bas-ventre en fusion. Elle poussait déjà des hurlements rauques quand Jacques, grisé par ses *godfortami* et ses *noremol*, ces clameurs d'Alsace profonde qui auraient fait s'écrouler les murailles de Jéricho et lui laissaient croire qu'il était un titan, quand Jacques, qui n'avait plus toute sa tête, la pénétra héroïquement.

Béate, Clémence souriait en caressant la panse gaufrée de Jacques qui gisait à ses côtés, le visage auréolé par le pâle éclat de la lune. Cela faisait longtemps qu'elle ne s'était sentie si bien avec un homme, déclara-t-elle en roulant de ses yeux gris. Jacques grommela, consulta sa montre-bracelet, il devait rentrer, inutile d'insister pour qu'il reste, désolé, et il lui fit jurer, plusieurs fois, de ne rien dire à personne de leur liaison, surtout pas au journal, moins encore à cette pipelette de Coralie.

## 5

Sa tête était coincée entre deux enclumes qu'un forgeron herculéen martelait très fort. Il avait la nausée, sa langue était jaunâtre, inutile de courir à *La Turbine* avec une gueule pareille. Il inventerait un nouveau pipeau, un petit déjeuner avec un analyste financier ou un as des services secrets, un de ces bavards qui distillait ses confidences le regard plein de sous-entendus. Il décida de se couper les ongles et de tailler ses favoris pour « faire comme si » : il porterait son costume préféré, le bleu nuit à pattes d'éléphant qu'il avait payé une fortune à Copenhague lorsqu'il avait acheté l'hydromel, avec une chemise blanche à col milanais et une cravate marine en crochet. Deux tasses de café et trente génuflexions plus tard, en route pour la douche, son portable sonna, son père, à qui il n'avait plus parlé depuis trois jours, un laps de temps qu'il jugea raisonnable pour prendre son appel.

Il le regretta immédiatement. Jacques senior, qui s'était levé aux aurores pour mettre bas deux gros jumeaux, était hystérique. Il le félicita pour son article sur l'Allemagne, Ézéquiel lui en avait ramené une photocopie du Crédit Agricole où il entassait ses considérables économies.

— Papa, c'est de la merde tout ça, dit Jacques. Le niveau zéro du journalisme !

— Tais-toi, Jacques. Tu ne sais pas te valoriser, tu n'es jamais content. Personne, à l'exception de maman et moi, ne t'aimera autant que toi-même. Ne te fais pas trop petit, Jacques, car tu n'es pas très grand ! Ceci dit, je ne te sens pas en forme.

— « *Cela* dit », papa, « *cela* dit ». Tu ne vas pas recommencer tes diagnostics téléphoniques, répondit Jacques d'une voix qui ne convainquit pas son père, la faute à une mucosité, dernier détritus de sa nuit d'amour avec Clémence la veille, qui traînait non loin de ses cordes vocales. Je te jure que tout va bien…

— J'entends que tu as encore beaucoup fumé, petit chenapan…

— Si peu, si peu. J'ai beaucoup réduit depuis Kippour.

— On ne dirait pas. Un fumeur comme toi doit s'arrêter. Point. Je ne veux pas t'effrayer mais le gendre de Coco Taieb, tu sais, celui qui a la pharmacie place du Corbeau, à côté du magasin de chaussures, eh bien, il est mort d'un cancer du poumon à quarante ans. Et Ben Sebag, le comptable qui fume comme un pompier, il a eu un infarctus et quand son fils est né – j'ai accouché sa femme –, il était alité, le pauvre, il faisait pitié et il est à peine plus âgé que toi. Cohen-Solal aussi a eu une attaque mais lui, au moins, il était bien assuré : il touche une pension formidable. Jacques, tu m'écoutes ?

— Je ne fais que ça.

— Je voulais te poser une question. Tu fais gaffe à ton cholestérol ? Moi, je n'en ai pas, je vis sainement.

Pas de crème, pas de beurre fondu, pas de cochonnailles, pas d'alcool, pas trop de sel. Tu as mangé un fruit ce matin ?

— Pas encore. Tu as fini ? demanda Jacques en faisant les cent pas dans son appartement.

— Ça va, ça va, je plaisante. On a le droit de rigoler quand même !

— Très drôle, en effet. Écoute, j'ai mille milliards de choses à faire, là, tout de suite. Je t'embrasse. Bonne journée.

— Et moi, tu crois que je n'ai rien à faire, peut-être ? Bon, tu nous raconteras tous tes projets quand tu viendras nous voir. Je te sens un peu stressé, mais encore une minute. Je t'en prie, sois vigilant ! Tu es capable d'acheter un chat dans un sac ! Je t'aime beaucoup, mon petit lapin, tu comprends ?

Sous les voûtes du Palais-Royal, devant l'entrée du *Grand Véfour*, Jacques retrouva Claudio, qui le félicita pour sa mise impeccable. Il avait la même cravate marine en crochet, mais lui avait acheté la sienne chez Gucci à Milan.

Claudio ? Oui, Claudio, le jeune brigand qui avait fait perdre à Céleste Koskas son innocence le 19 août 1991, le jour où Mikhaïl Sergueïevitch Gorbatchev avait été renversé par un putsch. Jacques se souvenait que Boris Eltsine juché sur un blindé défilait en boucle sur la 5 pendant que Claire et Jacques senior scrutaient l'obscurité pour guetter le retour de leur fille, livrée aux bras tentaculaires du dangereux bellâtre. Depuis cet incident fâcheux, le petit-neveu du célèbre pizzaïolo Luigi Sorbillo avait tracé son sillon. Claudio, ex-dealer de *funghi* hallucinogènes, de statuettes en plâtre de San Francesco di Paola et de contrefaçons en tout genre, Claudio dont le sort s'annonçait pathétique sinon terrible avait été sauvé par la Providence sous les traits parcheminés d'une veuve américaine richissime. À la vieille dame, il évita la queue devant l'Académie de la pizza de son grand-oncle et lorsqu'il lui servit une Nonno Luigi au lard de Carrare, son destin bascula. En échange de quelques menus services et de son *uccellino*, son oisillon, qu'elle aimait tripoter en gazouillant dans sa villa de Posillipo, la veuve polit le diamant brut et fit son éducation. Elle lui inculqua le goût de l'ambition et un certain art de vivre.

Ainsi commença la fabuleuse ascension de Claudio Sorbillo. Sa bienfaitrice l'envoya étudier l'économie à la Bocconi de Milan et faire son droit à Oxford. Il partit ensuite travailler à la Trust Confidence Corp., un courtier en Bourse à New York, où son cash-flow fut si imposant dès la première année que ses patrons l'envoyèrent à Paris pour y développer leur activité.

Ce fut lors d'un vernissage que Jacques retrouva le trader napolitain. Cet hiver-là, le journaliste s'était proclamé italien et fréquentait assidûment instituts culturels et cocktails vénitiens, prétendant qu'il était d'ascendance alsaco-lombarde. Dix ans s'étaient écoulés depuis l'été décisif du Lavandou et Jacques ne reconnut pas immédiatement le jeune homme, mais lorsque Claudio lui demanda comment se portait sa sœur, ses doutes s'évanouirent aussitôt.

À côté de leur table déjeunaient Marc Levy et Paulo Coelho : Jacques pensa soudain que Serena ne l'avait pas rappelé et il eut une petite angoisse. Plus loin, à l'écart dans un box, il crut reconnaître Liliane Bettencourt accompagnée d'un jeune homme d'une cinquantaine d'années qui lui souriait, la main posée sur une liasse de papiers.

Entre deux bouchées de ravioles de foie gras à l'émulsion de crème truffée, Claudio lui parla de ses derniers succès. À la veille de l'invasion de l'Irak, il avait acheté quantité d'actions Halliburton qu'il avait revendues peu de temps après en empochant une gigantesque plus-value. Fin mai, il avait infailliblement misé sur les valeurs technologiques. À présent, il spéculait contre le dollar et comptait sur un bonus fabuleux. Quand Jacques lui demanda timidement « Combien ? » le financier but une longue gorgée de saumur blanc Brézé du Clos Rougeard et fit craquer son cou en le bringuebalant sur son pivot tout en dévoilant des dents opalines, éclatantes de santé. Pour accompagner le pigeon Prince Rainier III, Claudio attaqua son plat de résistance préféré : les femmes, dont il était couvert et pas des moindres à l'en croire. Il avait passé l'été en Sardaigne avec une hôtesse de l'air suédoise, une « bombasse de vingt-quatre ans, mince, avec un petit cul et des nichons comme des melons, incroyables, *veramente bonissima* ». Puis il avait rejoint dans sa villa de Cancún une danseuse vénézuélienne et ils avaient « baisé comme des fous, quatre, cinq fois par jour, plus même, partout, dans la piscine, dans le jardin jusque dans son hors-bord par mer agitée ».

L'étalon terminait son palet noisette quand il s'enquit de la vie de Jacques, certainement tout aussi trépidante que la sienne. Vulnérable et barbouillé, Jacques aurait souhaité trouver une oreille compatissante à qui conter ses soucis à *La Turbine*, sa précarité depuis le pot de départ de son collègue Philippe, un soir de la fin juillet. Pendant que Claudio batifolait au Mexique, ils avaient fêté ce départ à une dizaine, en sirotant du pineau des Charentes autour du grand chauve qui vidait ses tiroirs. Ce soir-là, après un verre de trop, Jacques avait déballé sa « théorie freudo-reichienne des relations internationales visant à résoudre érotiquement tensions et crises internationales ».

Wilhelm Reich, avait-il dit, considérait l'orgasme comme la clé de l'émancipation de l'homme moderne, un acte politique d'une portée immense, seul à même de briser inhibitions et angoisses. Les bolcheviques échouèrent parce qu'ils n'avaient pas fait table rase de la répression sexuelle : pour réussir, la révolution mondiale exigeait la libération totale des pulsions érotiques. L'homme moderne serait ainsi débarrassé de l'autorité répressive de la religion mystificatrice judéo-chrétienne. « En réprimant les éléments érotiques du désir, avait-il ajouté, on ouvre automatiquement la porte à l'agressivité. La condamnation du plaisir sexuel a contraint l'individu à se satisfaire au moyen d'actes destructeurs. Or le coït dissipe les idées fixes et adoucit les colères violentes ; il prédispose l'âme à la tranquillité et ramène l'homme furieux à un état plus sensé ; il n'y a pas meilleur remède pour adoucir les animaux féroces, mélancoliques ou misanthropes. Un homme satisfait ne fomente pas d'OPA, ne fraude pas le fisc et ne licencie pas ses employés ! » avait-il conclu.

Philippe avait eu les larmes aux yeux, Hugo Huguin avait ricané bêtement et les choses s'étaient gâtées.

Resservi par le gros Freddo, Jacques avait déclaré qu'il fallait étendre le domaine de la lutte au monde musulman. « Si nous parvenions à parachuter deux cent mille courtisanes moldaves sur l'Arabie Saoudite et le Pakistan, nous serions à jamais débarrassés des barbus, avait-il renchéri. Wilhelm Reich plutôt que le Protocole des sages de Sion ! Affranchir la libido de centaines de millions de hères frustrés adoucira les mœurs du nombril du monde… »

L'ambiance s'était tendue, ses collègues trouvant sa diatribe simpliste. La liberté sexuelle en Occident n'avait pas réglé tous les problèmes, loin de là, et depuis que Jean-Marie Le Pen avait atteint la finale de l'élection présidentielle l'année précédente ils étaient très vigilants, en particulier le gros Freddo, authentique social-démocrate et fin connaisseur du monde musulman, il partait surfer au Maroc deux fois l'an. Il traita Jacques d'« islamophobe », le ton était monté et les deux voisins de plateau avaient failli se battre. Depuis cette sortie malencontreuse, Jacques, suppôt des démoniaques néoconservateurs et chantre d'un impérialisme maniaco-érotique abject, traînait une sinistre réputation à *La Turbine*.

Si Claudio n'avait pas été Claudio, Jacques lui aurait ouvert son cœur. Mais il n'eut d'autre choix que de lui raconter quelques bobards. Il rentrait de reportage au Mexique, où il avait fumé la pipe en tête à tête avec le sous-commandant Marcos. Il partait prochainement à Washington car Condoleezza Rice voulait le consulter à propos du programme nucléaire iranien. Il avait trois passeports, ne savait plus où donner de la tête et *La Turbine* avait dû se résoudre à signer des accords avec le *Spiegel* et le *New York Times* qui tenaient absolument, absolument à publier la moindre de ses brèves. Quant aux femmes, ces « chères et délicieuses créatures », dit Jacques, le *Grand Véfour* n'était pas l'endroit idéal pour en parler, il ne voulait pas choquer les chastes oreilles de Marc Levy et de Paulo Coelho et n'avait pas le temps de tout lui raconter. Il lui dit seulement que lui aussi avait ce don pour attirer les plus belles – il songea à Clémence – et les plus sophistiquées – Serena connaissait par cœur tout *Rabbi Jacob*.

— *Minchia*, Jacques, je t'envie, conclut Claudio. Tu fais vraiment la belle vie !

— *Minchia*, Claudio, tu ne peux pas savoir !

Un serveur leur apporta une coquette addition de trois cent quatre-vingt-dix-huit euros sur un plateau d'argent.

— *Putana, sporca putana !* s'écria si fort le Napolitain en tâtant les poches de son admirable veston que Liliane Bettencourt se retourna pour dévisager le malotru qui jurait ainsi.

— Un problème, Claudio ?

— Mon portefeuille ! J'espère qu'on ne me l'a pas volé, dit-il, en effectuant un rapide aller-retour, clic-clac, pour à nouveau faire craquer les jointures de son cou. Jacques, *scusami*, ça ne t'ennuie pas de régler ? Je te jure sur la tête de Nono Luigi que je te rembourserai. Et laisse un pourboire conséquent, je déjeune régulièrement ici. *Grazie !*

— Ma petite chatte adorée !

Jacques Koskas étreignit longuement son cher, son très cher ami Cosmo Levitan et le félicita pour l'ouverture de sa galerie, un espace dédié à la création et à la contemporanéité culturelle dans le Marais.

Une flûte de champagne à la main, Jacques observait Cosmo, étrangement vêtu d'une casaque de jockey à damier et égal à lui-même, formidable, volubile et inutile. Ses mains dodues s'agitaient pour vanter au maigre public le travail de son premier artiste, un Marseillais berlinois, deux teckels dessinés au fusain à trame orthogonale de points ronds et une chaise à six pieds. Le tout présenté en exclusivité mondiale.

Cosmo Levitan avait certes parcouru quelques ouvrages de vulgarisation d'histoire de l'art et suivi les cours du soir de l'École du Louvre jusqu'aux prémices de l'art mérovingien, un savoir somme toute léger qui n'eût incité personne à se lancer dans une aventure aussi dispendieuse qu'une galerie. Mais c'était mal connaître le « frère » de Jacques Koskas : non seulement Cosmo n'avait jamais froid aux yeux, mais surtout il était à la tête d'une fortune conséquente. Son père, ayant échappé par miracle aux foudres de l'extermination en se cachant toute la guerre dans les forêts biélorusses (les partisans qui le découvrirent l'appelèrent l'enfant loup), son père s'était formidablement enrichi après guerre à Munich, où il avait ouvert cabarets et bordels avant de se lancer dans la spéculation immobilière. À quarante-cinq ans, il s'était installé à Paris où il avait trouvé femme et conçu deux beaux enfants, Cosmo et plus encore la petite Rita. Sur son lit de mort, il avait fait jurer à son fils adolescent de veiller sur sa sœur et, dès leur première rencontre, Jacques dut promettre de ne jamais la toucher.

Curieux et fureteur, Cosmo avait tour à tour ou concomitamment étudié la médecine, la gestion, la géographie, la littérature, la géologie, le mime et même l'hôtellerie dans une école de Lausanne. Fort de ce bagage d'honnête homme et un large Cohiba invariablement collé au bec, ce Pic de La Mirandole judaïque avait entrepris d'innombrables projets qu'il gérait nonchalamment, confiant leur intendance à des gestionnaires dont il ne mettait en doute ni les compétences ni la probité.

On ne se bousculait pas à ce vernissage et, faute de donzelles avec qui échanger quelques banalités autour du pain-surprise, Jacques, épuisé par ses galipettes arrosées de la veille et par son déjeuner pantagruélique de midi, s'éclipsa rapidement. De toute façon, il verrait Cosmo très bientôt : il n'avait rien de mieux à faire et son ami non plus.

De retour chez lui, un mail l'attendait :

*Mon cher Jacques,*

*Ce message, après un si long silence, te surprendra certainement. Ne m'en veux pas et peut-être, un jour, si tu m'en donnes l'occasion, je t'expliquerai quelle en fut la raison. J'aimerais te revoir si le cœur t'en dit.*

*Je t'embrasse tendrement,*

*Maud*

## 6

— Pour une fois, Cosmo, j'étais en avance. Pendant que je l'attendais au bar de *La Poule au Pot*, tu sais, le resto à deux pas de chez moi, j'essayais de me rappeler son visage mais sans y parvenir, à l'exception d'un grain de beauté surmontant sa lèvre supérieure. Sa mouche m'avait marqué et sa longue silhouette aussi. Pour le reste, je flottais complètement, nous ne nous étions vus qu'une fois, à un anniversaire, il y a plus d'un an. On avait dansé un peu, gentiment flirtouillé en parlant de la Suède où elle avait passé une partie de son enfance, et de Jean-Pierre Léaud dont elle avait horreur. Elle m'avait laissé son numéro en partant, en m'embrassant sur le coin de la bouche, avec une odeur éventée de champagne. Nous devions dîner quelques jours plus tard mais au dernier moment elle m'avait planté avec un texto merdique. Les jours suivants, j'avais tenté de la joindre plusieurs fois, quelques mails, des textos, mais rien, que dalle, aucune réponse de sa part. Ensuite je l'ai oubliée : la preuve, je ne t'ai jamais parlé de Maud.

« J'ai commandé un whisky soda, je flippais un peu qu'elle me pose un nouveau lapin, je me demandais pourquoi cette fille tenait tant à me revoir subitement, était-ce purement sexuel, avait-elle changé d'avis à propos de Léaud, ou bien travaillait-elle pour la cellule de recrutement du Mossad à qui j'avais envoyé un CV légèrement enjolivé pour leur vendre mes précieux services ? Elle s'est finalement pointée, auburn et souriante, plus petite que je ne l'imaginais mais avec des hanches assez larges, miam-miam, ses hanches que j'ai repérées au premier coup d'œil dès son arrivée au restaurant. Elle a filé son imperméable au préposé aux vestiaires et là, et là, Cosmo, tiens-toi bien, l'adolescent et moi avons écarquillé les yeux et les rares clients ont poussé un oh ! de stupéfaction, Maud nous avait concocté une petite surprise. Elle ne portait rien sous son manteau, rien de rien, juste une nuisette, une simple nuisette à moitié transparente, sans soutien-gorge, sans culotte, crois-moi, je m'en suis vite aperçu. À travers l'étoffe légère, tout le monde pouvait distinguer sa poitrine tendue. Tu imagines l'ambiance… Une fois assise, tout en sirotant un kir royal, elle a guidé sous la table une de mes mains vers son buisson ardent. Les serveurs virevoltaient comme des requins autour d'une otarie, ils se sont presque battus pour prendre notre commande.

« Pour briser la glace et mieux cerner mon interlocutrice, je lui ai posé quelques questions existentielles : pourquoi avait-elle vécu à Linköping ? Aimait-elle les réglisses salés ? Dormait-elle nue en hiver ? Mais Maud n'était pas venue pour me raconter ses excursions en Dalécarlie où elle n'avait jamais mis les pieds, pas plus qu'en Suède d'ailleurs, mais pour m'expliquer les raisons de sa disparition l'an dernier. Elle avait eu un flash et elle avait pris peur parce que son couple battait de l'aile. Et maintenant ? Elle a souri de façon énigmatique…

« On a englouti la poule sauce suprême et on a filé chez moi. Maud avait le gosier en pente raide. Elle a descendu la bouteille de Slivovitz casher que tu m'avais ramenée de Hongrie, d'un trait ou presque, un phénomène, et a prétendu être la nièce de François Mauriac. Elle m'a raconté sa « vraie enfance » à Carhaix-Plouguer, en Bretagne. Et puis, surtout, elle m'a déballé sa vie sexuelle, en long, en large et en travers, des trucs délirants, alors que je ne lui avais rien demandé. Elle avait eu son premier rapport avec un cousin et tellement aimé ça qu'à partir de treize-quatorze ans, elle s'était mise à hanter les foires et les dancings de Loudéac et Plougastel-Daoulas tous les week-ends, pour se taper les péquenots du coin. Maud, mon frère, elle s'est fait défoncer partout, dans une grange, sur la plage et même sur un menhir. Une totale nympho : elle m'a raconté que cinq cents à mille deux cents mecs lui étaient passés dessus. Tout en jacassant, cette folle plongeait ses yeux dans les miens et triturait le cordon de sa nuisette. Puis elle a sorti un DVD de son sac, pas *Le Chagrin et la Pitié*, tu t'en doutes, mais un film de boules, *L'Orale et l'Hardie*. Elle voulait qu'on le regarde ensemble mais moi je préférais qu'elle poursuive le récit de ses aventures. Alors elle m'a confié qu'elle faisait régulièrement des partouzes, de préférence avec ses sœurs. Ses sœurs ! Du grand délire ! Dans des châteaux du Morbihan et des manoirs languedociens, elle disait qu'ils étaient cinquante, parfois même cent à copuler comme des bêtes enragées. Elle a prétendu qu'une fois huit types étaient sur elle et qu'elle avait adoré ça, sentir des queues bien dressées dans sa bouche, entre ses seins, dans son c…

— Ok, Jacques, c'est bon, j'ai compris, l'interrompit Cosmo, affalé sur le canapé de son ami. Tu as commencé un scénario de film X, c'est ça ?

— Non, je te jure, c'est la vérité. J'ai vu Maud il y a deux jours.

— Et tu l'as attrapée, la cochonne bretonne ?

— Non.

— Menteur !

— Je te jure que non. S'il y a bien une personne à qui je ne mens pas sur cette Terre, c'est toi. Je te jure que je ne l'ai pas touchée.

— À part sa mouche et sa « poitrine tendue », comme tu dis, expression que tu as dû emprunter à je ne sais quel auteur – Moravia, peut-être, non ? – Jacques acquiesça –, Maud était bossue ? Unijambiste ?

— Même pas. Tu sais d'ailleurs que quelques anomalies physiques ne m'ont jamais dissuadé de passer à l'acte.

— C'est pas faux, approuva Cosmo. Alors, pourquoi ?

— J'avais pas envie.

— Tu plaisantes ?

— OK, je t'ai pas tout raconté. Au bout de trois heures, j'en pouvais plus, j'étais pompette, aussi, et j'ai essayé de lui sauter dessus. Elle m'a repoussé en criant, la barjo. Puis elle s'est mise à pleurer. Elle a dit qu'elle en crevait d'envie mais qu'elle ne pouvait pas, enfin pas comme ça. Elle ne passerait à l'acte qu'en présence de Toto, son copain. Il suffisait qu'elle l'appelle, il rappliquerait immédiatement et on s'éclaterait à trois ou, si je ne le voulais pas, il pourrait nous mater. Comme un con, j'ai refusé, je l'ai foutue dehors et je l'ai entendue se casser la gueule dans l'escalier. Dix minutes plus tard je regrettais ma décision. Trop tard...

— Oui, dommage, compatit Cosmo. Tu vas la revoir ?

— J'en sais rien. Disons qu'elle n'est pas exactement ma priorité. Mais il ne faut jurer de rien...

— Bien sûr, mon couillon ! Viens ici que je t'embrasse, Jacques Koskas !

Jacques fit valser quelques vinyles sur sa platine et monta le son très fort, seul moyen de jouir pleinement de la trance robotique des grands maîtres teutons.

Il discourait depuis quelques minutes seulement de la géométrie de l'électronica, comparable à l'en croire à la mathématique wagnérienne – « Cosmo, imagine une première tonalité qui se matérialiserait dans l'espace sous forme d'une ligne horizontale, puis une deuxième, verticale coupant l'horizontale, puis une troisième en diagonale, interceptant les deux premières et faisant un bout de chemin en leur compagnie avant de s'effacer devant une quatrième, une spirale ou une parabole... » – quand son téléphone, le fixe, sonna. Jacques senior certainement, qui avait collé le numéro de son fils à son combiné avec un bout de Scotch.

— Koskas ! éructa la voix dans l'appareil, on n'est pas en boîte de nuit ! Arrêtez immédiatement ce tintamarre ou j'appelle les flics. En Algérie, je vous aurais déjà fait envoyer au mitard. Et achetez-vous un casque, bon Dieu ! Bonsoir Koskas !

L'ancien adjudant Robert raccrocha violemment.

— Vieux facho, maugréa le mélomane en baissant vaguement le volume.

— Laisse tomber, dit Cosmo, allons plutôt prendre quelques verres chez Raymond.

Bien qu'ils fussent tous deux nantis d'un gros nez, l'Éternel eût difficilement pu concevoir deux créatures aux physiques plus dissemblables que Jacques et Cosmo. Encore longiligne, Jacques était modérément baraqué en dépit de ses génuflexions matinales. Sa chevelure, grande fierté de sa mère, était abondante et composée de millions de tire-bouchons mordorés. Insensible aux diktats de la mode, il arborait d'épaisses rouflaquettes, hommage aux Hollandais volants de la *Weltmeisterschaft* '74. Cosmo, lui, était court et râblé. De longues séances de musculation dans son sous-sol l'avaient doté d'un torse surdimensionné mais les jambes malingres et atrocement velues, il s'aventurait rarement à porter des bermudas. Suite à un traitement miraculeux dont il ne révéla jamais la teneur, il avait perdu une bonne partie de ses cheveux crépus qu'il avait voulu raidir. Ses grands yeux sombres étaient vifs et bons, sa barbe avait la densité de la forêt vierge brésilienne. Il la rasait régulièrement, ça l'occupait disait-il, et nul ne savait s'il plaisantait ou s'il était sérieux.

À la fin du siècle dernier, quand les guerres déchiraient les nations slaves du Sud, ils s'étaient rencontrés dans la ville de Novi Sad en Voïvodine. Cosmo y admirait le Danube en passant tandis que Jacques avait été dépêché par l'agence juive afin de fomenter une rébellion des autonomistes magyars de la région. Il neigeait à gros flocons cette nuit-là, le blizzard haletait et, devant l'âtre de l'auberge de *La Flûte d'Or*, à quelques tables d'intervalle, les deux aventuriers lisaient le même livre. *Le Pont sur la Drina* lia les deux audacieux. Ils s'aimèrent instantanément et loyalement pour l'éternité.

La machination ourdie par Jacques échoua et les autorités mirent sa tête à prix. Heureusement, grâce à Cosmo qui l'avait grimé en fermière, il put s'échapper et les deux lascars poursuivirent leur équipée en train de nuit, à dos de mulet et en péniche dans toute l'Europe centrale et orientale, leur terre d'élection commune. Chez les Gagaouzes de Ruthénie, les deux compères aidèrent les paysannes aux fichus multicolores à moissonner les champs de blé. Après avoir coupé le seigle et une fois la récolte rentrée, ils s'en furent à Budapest où ils jouèrent les investisseurs immobiliers. À Vienne, la bouche pleine de *Topfenstrudel*, ils versèrent de chaudes larmes en écoutant un opus de Mendelssohn. Ils tentèrent de rencontrer Kruder et Dorfmeister mais leurs idoles *downtempo* déclinèrent leur invitation. Partout, des mois durant, ils burent comme des trous, mangèrent comme des ogres et fumèrent comme des pompiers. Partout, dans ces régions riantes, des Tatras à Košice, ils admirèrent les filles vallonnées subtilement maquillées, Jacques surtout, car Cosmo, moins infantile que son compagnon, n'attendait pas de l'amour qu'une succession de petits coups de foudre. À contrecœur, ils rentrèrent à Paris. Jacques n'avait plus un sou et Cosmo avait attrapé une terrible diphtérie, son nez rouge pivoine avait triplé de volume.

— Salut les enfants ! Comment ça va, mon fils ? Et toi, mon fils ?

Jacques et Cosmo embrassèrent Raymond. Le vieux juif était assis derrière son comptoir de la rue François-Miron, un verre de whisky dilué à portée de main. Il portait un pull canari troué aux coudes et de sa casquette s'échappaient des touffes de cheveux aussi blanches que sa moustache – sauf les extrémités, jaunies à force de Gitane maïs fumées sur le port d'Oran devant les cargos levant l'ancre. Ce soir-là, toute la faune qu'on pouvait croiser chez Raymond semblait réunie : marins d'eau douce, maquereaux à gourmettes, assassins en goguette, éjaculateurs précoces, footballeurs manchots, canailles boiteuses, militaires pacifistes, crooners baroques, sionistes repentis, médecins fumeurs, amants éconduits, *schnorers* polyglottes, rabbins défroqués, chômeurs prospères, troubadours sédentaires et probes antiquaires ; des petites frappes, des causeurs impénitents et des grands cœurs, des valeureux et des seigneurs, des Séfarades avec un S majuscule qui ne donnaient pas d'argent au KKL, ne buvaient jamais de Coca Light et ne promenaient pas leur maîtresse en Porsche Cayenne – ils n'avaient pas de Porsche Cayenne.

Était-ce le fruit de leur éducation bourgeoise ? Des avertissements récurrents de Jacques senior ? De l'acharnement médiatique contre le tabagisme et l'alcoolisme ? Jacques et Cosmo n'étaient jamais tout à fait à l'aise quand ils entraient dans l'antre enfumé de Raymond. Mais, sitôt quelques anisettes ingurgitées, accoudés au bar et les yeux luisants comme des lampions, ils se « sentaient comme des poissons dans l'eau, la vérité », disait Raymond (qui était assez malicieux). Jacques et Cosmo se laissaient aller, leur cœur chavirait et la folle sarabande pouvait commencer.

« *Chabehi, Adonaï...* » Roger, un vétéran de toutes les guerres d'Israël, nasillait *a cappella.* À sa chaîne en or étaient suspendues ses « dog tags », ses plaques d'identité militaires. Un être minuscule, Hubert, vibrionnait, très, très agité, passant d'un groupe l'autre, prêt à se battre pour rigoler.

Arriva maître Wolff, huissier de justice et unique ashkénaze de souche prussienne à s'aventurer dans ce haut lieu sarrasin. Il commanda une triple anisette Phénix qu'il avala d'un trait pour « regagner le temps perdu ». Il avait déjeuné avec sa dernière victime à l'*Hôtel Costes*, ce « temple du bon goût intemporel à l'esprit palace extravagant qui est à la gastronomie ce que Marrakech est au bon goût ».

— Le crétin a cramé ses derniers deniers chez ces « ambianceurs » de *l'unter-jet-jet-set*, en espérant gagner du temps ! s'exclama-t-il par saccades. Et quelle clientèle ! Des nouveaux riches en costumes phosphorescents, des bimbos de la téléréalité, portable collé à l'oreille, tous, sans exception. Mais le pire c'est le service, ajouta-t-il en suçant une sardine grillée, une armée mexicaine de crétins à crêtes et de pseudo-top modèles, trop petites pour défiler et trop connes pour être hôtesses de l'air.

— Tu paies pour le cadre, *ya hmar*, âne bâté que tu es, maître Wolff, l'interrompit Raymond en mastiquant un bout de fenouil mariné.

— Un peu comme ici, commenta Cosmo en désignant les murs verdâtres, le carrelage jonché de pelures de cacahuètes et de mégots, et l'étagère incertaine où somnolaient des bouteilles d'Orangina, un fanion de l'étoile sportive du Sahel et la coupe de judo glanée par le fils de Raymond aux championnats interscolaires de 1969.

— Raymond, c'est sûr, t'as pas engagé Starck pour la déco, pouffa maître Wolff.

Au nom de Starck, le sang de Jacques ne fit qu'un tour. Il se lança dans une tirade véhémente contre le génialissime créateur, le designer très exclusif des lunettes à articulations biomécaniques de Gabriel, contre tous les couillons qui plastronnaient après avoir acheté une brosse à dents, un couteau ou un gratte-ciel designed by Philippe Starck, comme s'ils avaient acheté un œuf de Fabergé. Puis il avala une grande rasade d'anisette.

— Elle est belle la filouterie de Starck, la vérité, dit Raymond.

« Nez de betterave », un homme des tavernes d'origine mozabite, s'approcha du petit groupe et demanda à maître Wolff qui était ce Philippe Starck. À ces mots, Jacques effleura son nez bourgeonné et Cosmo offrit une tournée générale. *Le'Haim !* Roger alluma le transistor, Christophe chantait « Marilyn aurait cinquante ans, James Dean n'est plus un géant, rien n'est plus, rien n'est plus vraiment comme avant, ohoho, Señorita, dépêche-toi, je sens qu'il est bien tard déjà, Señorita… » et la sarabande se poursuivit sous le néon blafard et enchanté de *Chez Raymond*.

# 7

Deux jours plus tard, une certaine confusion régnait encore dans l'esprit de Jacques, mais il était certain d'une chose, aux derniers consommateurs, il avait juré qu'il effectuerait très bientôt une nouvelle tournée dans son paradis perdu, l'Autriche-Hongrie. Aussi, le cœur vaillant, il rejoignit ses collègues pour leur réunion bimensuelle de prévision. Le gros Freddo était toujours sous le charme de Carla Bruni qu'il était allé voir en concert la veille avec son épouse – « quelle voix ! Cette chanteuse engagée est formidable », confiait-il à sa voisine de gauche. Hugo Huguin revenait de chez le coiffeur, ses cheveux brillaient encore de gel antipelliculaire ; il mâchonnait un chewing-gum, l'air soucieux, presque absent. Méthodique, il organisa un tour de table dans l'ordre des aiguilles d'une montre pour savoir quand ses grands reporters prendraient leurs RTT et leurs congés de fin d'année. La discussion fut longue et heurtée mais on trouva un consensus : Jacques, le célibataire sans enfant, serait de permanence le 1er janvier. Le rédacteur en chef aborda ensuite l'agenda des semaines à venir, les anniversaires à célébrer, les indices et les sommets à ne pas rater, tous ces volapuks où les journalistes, sécurité oblige, attendaient parqués dans des hangars qu'on veuille bien les autoriser à recopier le communiqué final.

Pour la rubrique éco-rétro, le gros Freddo proposa une pleine page sur les plus grands succès de Salvador Allende. Et il interpella haut et fort son voisin :

— Que nous propose M. Koskas ? Une *cover story* sur la prostitution à Dubaï, pour changer ?

— Très drôle, Freddo. Et toi, par qui te fais-tu inviter la prochaine fois ? Par le ministère de l'Information chinois, comme l'an dernier ? Ou peut-être…

— Tout doux, Jacques, tout doux. Si tu n'avais pas cramé les trois quarts du budget au Kurdistan au printemps, on n'en serait pas tous à mendier des invitations pour partir en reportage…

Le gros Freddo n'avait pas tort. Fin mars, la formidable progression des troupes américaines en Irak avait rendu Jacques si euphorique qu'il avait suggéré à Hugo Huguin de partir immédiatement pour le Kurdistan : de juteuses perspectives y attendaient les entreprises franciliennes, *La Turbine* ne pouvait les passer sous silence. Il s'imaginait juché sur un tank d'une colonne de blindés peshmergas, accueilli triomphalement à Erbil par une foule en délire, couvert de fleurs et d'eau de rose par les paysannes locales. À ces femmes *ad eternam* reconnaissantes, Jacques Koskas offrirait leurs premiers chewing-gums et ferait découvrir le jazz avant de propager dans tout le Kurdistan, son laboratoire, sa révolution freudo-reichienne, vecteur d'une nouvelle ère de paix et de prospérité pour la région.

Arrivé à Diyarbakir, au Kurdistan turc, sa première étape, les choses s'étaient déroulées différemment.

Il perdit d'abord trois jours à dénicher le dernier drogman qui n'avait pas encore été booké par ses collègues. L'interprète se révéla être une femme, elle s'appelait Dilara et semblait avoir été taillée dans le flanc d'une montagne : elle avait deux têtes de plus que lui, une mâchoire rectangulaire, des pommettes osseuses et des traits si fins qu'ils faisaient songer à ceux de Requin dans *L'espion qui m'aimait.* Elle arborait la plus gigantesque poitrine d'Asie Mineure, des besaces de chair et de tissus adipeux enfouies sous des tombereaux de feutrine que Jacques ne parvint jamais à photographier, Dilara refusant qu'un journaliste français immortalisât son orientale beauté.

En sa présence, Jacques se sentait en sécurité mais Dilara, très pieuse, soucieuse de son mari et du qu'en-dira-t-on, refusait, elle, de lui parler en public. Pas question non plus, évidemment, de se retrouver dans la chambre de l'un ou l'appartement de l'autre. Elle conçut un astucieux stratagème : Jacques et Dilara se parleraient au sous-sol du centre commercial de Diyarbakir, en tournant comme des chameaux autour de gigantesques piliers. Ainsi les apparences seraient sauves. Cet étrange manège leur permit de trouver un *gentleman's agreement :* Dilara l'aiderait à monter une équipe qui l'accompagnerait jusqu'à la frontière irakienne, quatre de ses cousins, deux fois deux jumeaux, l'agence tous risques : Afran serait son chauffeur, Afrîn son interprète, Agah et Agir ses gardes du corps. Côté irakien, Barnas et Barsaz, deux autres membres de cette famille tentaculaire, s'occuperaient de lui. Avant le départ, Dilara exigea que Jacques rémunérât cash les services du clan – quelques dizaines de milliers de dollars, une broutille, sa sécurité en jeu, Jacques n'avait pas ergoté, bouillant de se lancer dans ce qui serait le reportage de sa vie. Il s'y voyait déjà, nouvel Hemingway, premier journaliste à entrer dans Bagdad libérée.

L'aube était rose pâle quand les cinq hommes prirent la direction de l'Irak à bord d'une Renault 12. Afran, Afrîn, Agah et Agir saisirent de quel bois leur mécène était fait quand il leur demanda d'effectuer un petit détour par la ville des prophètes, la sainte Urfa. Dans la ville de naissance d'Abraham, Jacques souhaitait se recueillir sur la tombe de Sarah.

La cosmogonie de Jacques Koskas était complexe. Admiratif et reconnaissant à l'Être suprême d'avoir créé l'edelweiss, la carotte et la femme en une semaine, il Lui en voulait cependant d'avoir disparu et confié les clés de son jardin à l'Homme sitôt le doux péché consommé. Un vilain tour qui avait provoqué quelques catastrophes mineures. Jacques doutait. La vraie foi eût été pour lui trop exigeante et trop contraignante, vertigineuse. Elle l'aurait contraint à rejoindre le troupeau dont il essayait par tous les moyens de se démarquer. Mais, comme il n'était pas tout à fait certain de ses doutes, il se réfugiait dans un entre-deux paresseux et rassurant, ni renégat ni croyant, à l'abri, croyait-il, de la colère divine – sait-on jamais ? À l'abri aussi de la pure soumission, lui qui depuis la révélation du Lavandou s'était mis en tête de jouir pour les quarante générations de colporteurs et de médecins qui l'avaient précédé. Et à l'abri de son père, surtout, éternel épouvantail, gentil-gentil dont il s'évertuait à ne jamais écouter les recommandations : jamais il ne lui ferait le plaisir de lui ressembler, trop facile, être un bon juif, un pilier de synagogue, un type responsable, jamais ! Malgré son béguin pour les poivrots séfarades, il avait rejeté le folklore tunisien paternel pour embrasser la version austro-hongroise du judaïsme, plus libérale et émancipatrice, syncrétique comme le christianisme mexicain et le chiisme persan, bref la variante la moins juive de toutes – ou bien la plus juive parce que universelle et cosmopolite. Judéité alambiquée... Et, comme tout digne fils d'Abraham, à géométrie variable : lorsqu'il partait sur des terrains accidentés, il implorait la protection et la miséricorde de l'Éternel et tentait alors de s'en concilier les bonnes grâces par un bref retour aux traditions ou un geste spectaculaire. Ainsi, à Urfa.

Lorsque Jacques revint du mausolée devant lequel il s'était prosterné, Afran le chauffeur lui proposa un détour par la ravissante Mardin où leur oncle Perwer tenait une auberge. Jacques n'y vit pas d'inconvénient pourvu que l'étape fût courte. Mais les célébrations de la fête de Norouz commençaient et le vieux Perwer refusa de laisser partir ses neveux : leur tante avait préparé le riz en croûte du Nouvel An, des brochettes d'agneau à la coriandre et surtout des *gulan*, ces petits gâteaux en forme de rose dont ils raffolaient, enfants. Contre mauvaise fortune bon cœur : Jacques accepta de porter le *pantoul* bouffant et le *malaki*, la tunique sans col ; il participa aux repas de réjouissances ; en cercle ou en ligne, il dansa aux sons du *dahol* et de la *zurna* en empoignant les épaules de ses gardes du corps.

Mais les jours passaient. Puis la semaine. Jacques n'en pouvait plus des minarets sculptés, des églises de l'antique cité, sans parler des légendes que contait chaque soir Perwer à ses neveux rassemblés. À *La Turbine* aussi on commençait à s'impatienter, si bien qu'un matin Huguin appela Perwer sur son téléphone satellitaire. Contre quelque argent, il négocia la libération de Jacques et de ses quatre acolytes.

Ils mirent aussitôt le cap sur la haute Mésopotamie sans s'arrêter au monastère de Saint-Michel ni même déjeuner, et longèrent à toute allure des vallées en fleurs. Le Tigre charriait des limons aux reflets d'or et des glaçons géants le long de sommets aussi hauts que des murailles. La route était déserte, bizarre, bizarre, et Afran le chauffeur, de plus en plus nerveux. En effet, la porte d'Harbour, dernier point de passage entre la Turquie et l'Irak, venait juste de fermer. Mais rien n'était perdu : à la nuit tombée, Afran, Afrîn, Agah et Agir contactèrent par radio Barnas et Barsaz. Les cousins irakiens suggérèrent de conduire Jacques par des sentiers cabossés et des champs minés à une caverne de l'autre côté de la frontière. Ils l'y retrouveraient et le guideraient jusqu'au village le plus proche, un repaire peshmerga, à trois jours de marche seulement, en territoire irakien. Les douze mille dollars d'appoint qu'exigèrent Barnas et Barsaz, et plus encore la perspective de croiser un essaim d'abeilles ou une vipère dissuadèrent Jacques de se lancer dans cette entreprise peut-être hasardeuse. Par souci d'économie, il rentra en bus à Diyarbakir le lendemain matin.

Depuis cette affligeante expédition, Jacques était cloué au sol sur ordre exprès de la direction de *La Turbine*.

Huguin délaissa le crayon qu'il suçotait pour ramener le calme autour de la table. Magnanime, il se tourna vers Jacques.

— Puisque tu nous fais l'honneur de ta présence, vas-y, *the floor is yours*, nous t'écoutons…

Jacques se racla la gorge puis avala une grande gorgée d'eau. Il avait préparé une courte allocution.

— Mes chers collègues, l'Union européenne entreprend l'année prochaine son projet le plus ambitieux : son élargissement aux confins d'Europe centrale et orientale. Ces retrouvailles émouvantes entre l'Est et l'Ouest, de notre grande famille européenne, après des siècles de guerres fratricides, *La Turbine* doit les célébrer à leur juste mesure. Dans cet ensemble baroque en quête d'un centre de gravité, Vienne la somptueuse, carrefour naturel de l'Orient et de l'Occident, retrouvera tout son lustre de jadis. Cette métropole va reconquérir son statut de mégalopole impériale et elle sera l'un des grands centres de la mondialisation – son unique pivot. Parfaitement, chers collègues et amis : l'axe du Nouveau Monde passe par Vienne ! Capitale économique de l'espace danubien, espace ô combien précieux à nos entreprises hexagonales, où se pressent déjà aux portes sculptées de ses banques l'élite des sidérurgistes silésiens, la crème des informaticiens roumains, des serruriers moldaves, des plombiers polonais, des…

— OK, Jacques, l'interrompit Huguin, bravo pour ton joli laïus mais *get to the point, please* !

Jacques lissa ses grands favoris.

— Bien. Alors, en deux mots, je suggère de passer quelque temps à Vienne d'ici la fin de l'année afin de décrire comment l'Autriche-Hongrie renaît de ses cendres et redevient le nombril de l'économie européenne…

— Génial ! Encore une de tes obsessions de réac qui va doper le tirage du journal, maugréa le gros Freddo.

— Ça suffit, Frédéric ! dit Huguin. C'est bon pour Allende. Tu peux nous laisser et – s'adressant aux trois autres journalistes avachis dans la salle –, vous aussi, vous pouvez partir. Quant à toi, Jacques, faut voir. Ton idée est originale mais il faudrait la circonscrire davantage.

Huguin lui détailla son cahier des charges s'il partait :

— Raisons de la fabuleuse attractivité de l'Autriche ;

— Fiscalité de la Carinthie ;

— Législation du travail ;

— Actionnariat des banques et ratio d'endettement ;

— Identification des acteurs clés ;

— Anecdotes sur l'organisation patronale ;

— Du *top level.*

— À toi de voir si ça t'intéresse, dit le rédacteur en chef. Et pas de faux plan cette fois, Jacques, gare à toi. Sinon, où en es-tu de ta grande enquête sur les armes de Saddam ?

Jacques Koskas fixa de son regard de cobra scandinave les yeux ternes de son chef.

— J'étais à deux doigts de la conclure mais un de mes informateurs a été retrouvé pendu dans sa chambre d'hôtel à Damas. Je ne crois pas à la thèse du suicide qu'a donnée la police syrienne. C'est la raison pour laquelle je te demande de garder le silence le plus complet sur cette histoire.

## 8

Après des mois de placard, aucun doute, la carrière de Jacques au journal était relancée. La grande clameur qui se levait à l'Est laissait entrevoir d'enchanteresses expéditions en *Mitteleuropa.*

Trois jours après le feu vert de son patron, Jacques était encore d'humeur si légère qu'il accepta l'invitation de Clémence à l'accompagner à l'exposition Vuillard au Grand Palais. Ces dernières semaines, les deux tourtereaux avaient continué à se fréquenter selon le *modus operandi* qu'il avait défini : quand Serena était indisposée, il débarquait chez Clémence ivre et/ou défoncé, toujours fatigué. Il la faisait asseoir sur le rebord du divan, l'obligeait à revêtir un pull en mohair moulant puis dénudait lentement son buste afin de pétrir dans la pénombre ses mamelles profusément potelées. Lorsqu'il en avait la force, il cédait aux avances de la docile économiste d'Eguisheim et la prenait en chien de fusil en se harnachant à ses tétines tel un naufragé à une bouée.

Pour leur première sortie à la lumière du jour, Clémence, joues et ongles carmin, s'était mise sur son trente et un. De hautes bottes d'écuyère, soigneusement cirées, s'élançaient jusqu'à ses cuisses qu'un legging noir séquestrait. Elle portait un pull gris souris, aussi large que long, elle avait retenu que cet automne la « star c'était la maille ».

Nerveuse, elle babillait sans discontinuer. Qu'il était pénible à Jacques de l'entendre jacasser sur l'indéchiffrable et les nabis, le radicalisme chromatique et les couleurs violentes de Vuillard ! Lui qui aimait tant flâner en solitaire dans les expos et laisser voguer sa fertile imagination, elle ne le lâchait pas d'une semelle et l'attendait devant chaque toile au milieu de la foule compacte.

Devant des scènes d'intérieur, les commentaires de Clémence se firent plus intimistes : ces tableaux lui rappelaient son enfance, quand elle et sa mère rapiéçaient les pantalons de ses frères et de Schäkele devant le poêle tiède. « Nous afions le même papier peint moucheté », lui confia-t-elle, avec cette pointe d'accent alsacien dont elle ne s'était jamais totalement débarrassée et qui irritait Jacques au plus haut point. Devant un nu allongé, elle essaya de lui prendre la main mais Jacques émit un borborygme et se déroba, *in extremis.*

Quand ils sortirent, des bourrasques faisaient ployer les marronniers alentour. Clémence voulut boire un café : « L'après-midi est si beau, Jacques, on ne peut pas se quitter comme ça, pas si fite ! » Hélas, son oiseau de nuit avait un rendez-vous important « chez un éditeur ». Malgré les tartines de maquillage, le visage de Clémence pâlit et ses yeux gris s'agitèrent, pris de panique. Jacques eut soudainement pitié d'elle. Son calcul était vite fait, un café, cet immense sacrifice, lui éviterait une crise de larmes devant un car de touristes japonais, Serena était à Marrakech avec son papa et le rendez-vous « chez un éditeur » déjà oublié, la voie était libre pour le goûter.

Il craignait toutefois de croiser un collègue de *La Turbine* avec à ses basques la préposée à la grande distribution : Clémence, c'était peu dire, ne flattait guère sa vanité de petit mâle séfarade. Si Jacques citait de tête des pages entières de *La Marche de Radetzky* et se considérait comme un Homme sans qualités, il n'en restait pas moins un amateur de bombasses cuivrées aux bras desquelles il paradait volontiers sur les Grands Boulevards et devant la synagogue de S. Or Clémence ne ressemblait ni à Farrah Fawcett ni à Jacqueline Bisset, les deux muses dont l'idolâtre embrassait régulièrement les portraits avant de se coucher.

Clémence, petite provinciale, voulut prendre un café au *Flore*, espérant croiser Mick Jagger ou le futurologue Alexandre Adler. Ils avaient à peine commandé que Jacques fut hélé par une voix familière : « *Minchia* Jacques ! Qu'est-ce que tu fais là, moi qui te croyais à Washington ! » C'était Claudio, tout sourire, à raison, il escortait une sublime créature originaire de Bohême, une certaine Cecilia, mannequin de passage à Paris pour un *shooting*. Jacques balbutia qu'il n'était pas à Camp David, Condie Rice avait fait une fausse couche, le voyage était reporté. Claudio éclata de rire, Cecilia demanda des explications – « *What's going on with Condie Rice ? We love Condie Rice in the Czech Republic !* » – tandis que Clémence demeurait silencieuse, sa bouche en cul-de-poule témoignant d'une certaine perplexité. Alors que Claudio la dévisageait, Jacques, lui, admirait l'exquis minois de la Slave, ils échangèrent encore quelques banalités sur les aléas de l'existence. « Tu ne m'oublies pas, Jacques, hein ? » insista le trader bienheureux en allant s'asseoir quelques tables plus loin, précédé par Cecilia qui avait refusé de prendre place au côté de Clémence malgré son invitation.

Cette dernière dégustait lentement son chocolat viennois et sa tarte aux pommes sans cesser de jacasser. Elle aussi avait des soucis à *La Turbine.* Elle avait enquêté sur les difficultés du groupe HVML, l'empire du luxe et de la papeterie, dont les résultats au troisième trimestre n'étaient pas bons et très inférieurs aux attentes du marché, avec un chiffre d'affaires en net recul à l'instar de son bénéfice net. Or HVML était l'actionnaire majoritaire de *La Turbine.* Son article n'avait jamais été publié et elle avait été convoquée chez le directeur de la rédaction pour une « petite mise au point ».

Jacques écoutait son récit d'une oreille distraite. Il ne se sentait absolument pas concerné par les malheurs de Clémence, il n'était pas là pour entendre ses jérémiades et moins encore pour la consoler. Chacun ses problèmes ! Qu'elle se débrouille toute seule, comme une grande et comme tout le monde. Non, pendant que Clémence lui contait ses ennuis d'une voix monocorde, il ne pouvait s'empêcher de jeter des coups d'œil furtifs à la table de Claudio. Loin du *Flore*, il vagabondait vers Monte-Carlo via Stockholm et Genève, s'envolait au printemps de 1970, retrouvait Brett Sinclair et Danny Wilde.

Des années durant, Jacques avait regardé en boucle les vingt-quatre épisodes d'*Amicalement vôtre.* Oui, plus encore que de *Mannix* et ses *split screens*, Jacques était dingo d'*Amicalement vôtre*. Lorsqu'il serait grand, s'il y parvenait un jour, sa vie ressemblerait à celle des deux irrésistibles aventuriers. Plus exactement, seule une vie comme celle de Lord Sinclair et du capitaine d'industrie Wilde méritait d'être vécue : argent facile et expéditions rocambolesques, femmes passagères à rebondissements, Aston Martin V8 et Ferrari Dino, foulards de soie et péripéties ; belote et rebelote ; *happy end*. Une existence dont John Barry aurait composé le générique.

Que d'illusions et de frustrations ! Claudio incarnait cette *Weltanschauung* perverse et infantile à laquelle il voulait croire encore. Salaud de Claudio ! Il avait l'élégance de Roger Moore, le bagout de Tony Curtis. Il échappait au marasme ambiant et au déclin de l'Occident, surfait sur la vague et sautait de liane en liane, d'un plaisir l'autre, Tarzan solaire et voluptueux. Comment percer le secret de cet être béni des dieux ?

Et que pouvait-il raconter à la divine Cecilia qui la fît tant rire en ce jour cafardeux ? Claudio Sorbillo tournait le dos à Jacques, qui ne pouvait admirer que son col roulé ajusté à ses épaules puissantes. Il jouait avec les clés de son roadster Ducati, ouvrait, fermait les bras, expressif, ses mains avaient la parole. Le *super model* était littéralement pendu à ses lèvres et se touchait régulièrement la pointe des cheveux, elle était conquise.

— Tu m'écoutes, Jacques ? lui demanda Clémence.

— Évidemment ! Que disais-tu ? Ah oui, Bernard…

— Non, Bertrand.

— C'est ça, ton rédac' chef. Il t'a défendu au moins ?

— Penses-tu ! Il s'est écrasé devant le directeur de la rédaction. Ce vieux con m'a dit que si les résultats de HVML étaient bons je pouvais faire un article, mais que s'ils étaient mauvais une simple brève suffisait. Et Bertrand n'a pas bronché ! Tu te rends compte, *godfortami* !

À cet instant, Claudio s'empara de la main de Cecilia. Il la toisa longuement et la caressa aussi délicatement que la pierre la plus précieuse. Puis il se pencha sur la table et maintenant, et maintenant, il l'embrassait à pleine bouche ! Au *Flore*, devant tout le monde ! Comme si de rien n'était, comme s'ils étaient seuls au monde... Claudio champion du monde.

— L'enculé ! grimaça Jacques.

— Tu crois, vraiment ? demanda Clémence.

Jacques n'en pouvait plus. Incapable de réprimer l'envie de faire payer à Clémence les miettes de gâteau entre ses dents et sa présence insupportable, il devint odieux, accabla la pipelette qui croyait encore à l'indépendance des médias en France. Qu'elle arrête de se raconter des histoires, à la direction ils étaient tous lâches et vendus, pratiquant l'autocensure et forçant les journalistes à faire de même.

Claudio s'était assis à côté de Cecilia. Il l'enlaçait et l'embrassait tendrement dans le cou.

— T'as sans doute raison, dit Clémence, pensive. Y a rien à faire ?

— Non, y a rien à faire, répondit Jacques en levant les yeux sur les moulures du plafond. Tu peux toujours saisir le syndicat des journalistes si ça t'amuse. Ils feront un communiqué que personne ne lira. Par contre, toi, à la direction, ils ne t'oublieront pas. Méfie-toi des retours de flamme, tu le paieras très cher et personne ne pourra rien pour toi, tu n'as pas assez d'appuis au sein de la rédaction ! Tu ne comptes pas, Clémence !

Elle piqua du nez dans son chocolat. Jacques l'aurait consolée si elle avait été Cecilia, l'amie de Claudio, ou Sophie Marceau qui entrait au café : pour l'une comme pour l'autre, Jacques aurait remué ciel et terre. Il aurait immédiatement pris rendez-vous avec Trouvax, le directeur de la rédaction, et menacé le veule Bertrand ; il aurait écrit une pétition pour défendre la déontologie des médias français ; il aurait bloqué les rotatives de *La Turbine* et, *last but not least*, comme disait Huguin, organisé un *sit-in* avenue Montaigne devant HVML, enchaîné aux grilles du siège de l'empire. Le conseil d'administration d'HVML pouvait remercier le ciel que ni Sophie Marceau ni Cecilia ne fût en charge de la grande distribution à *La Turbine*.

# 9

— … En guise de conclusion, je dirais qu'aucun phénotype spécifique ne caractérise les formes familiales. En revanche, les phénotypes de la maladie partagés par les germains d'une même famille semblent plutôt homogènes. De possibles facteurs génétiques et/ou environnementaux communs aux membres de chacune de ces familles pourraient influencer le développement d'une maladie de Birdshot. Ce travail représente la première étape de la modélisation de la susceptibilité génétique de la maladie de Birdshot, par ailleurs difficile à préciser en raison de la très faible prévalence de la maladie. Un modèle de type multigénique peut cependant être imaginé, dans lequel le gène principal dominant serait HLA-A29, en association avec d'autres gènes à caractère probablement récessif et liés à un dysfonctionnement du système immunitaire. Un facteur environnemental additionnel pourrait favoriser une rupture de tolérance vis-à-vis d'un autoantigène rétinien chez ces individus génétiquement prédisposés…

L'ophtalmologie avait trouvé un nouveau maître, la médecine française un précepteur et la science israélienne un magister. À l'unanimité le jury accorda à Guibor Zylberstein ses félicitations pour sa thèse.

Jacques, que les applaudissements du maigre public avaient sorti de sa torpeur, assista alors à un événement inédit dans l'histoire familiale, un rictus de Guibor le taciturne dans la salle blafarde de l'université Paris-Descartes où ronronnait encore le rétroprojecteur qui avait contribué au brillantissime exposé. Le crâne dégarni du lauréat était rose d'émotion : Zylberstein avait abondamment sué pour atteindre le nirvana médical du haut duquel il annihilerait à coups de rayons laser kératites et cataractes. Depuis la disparition de ses parents, fauchés par une 205 Turbo devant leur domicile, l'orphelin avait avancé tout seul. À sa majorité, il était monté en *Eretz* Israël. Trois ans de service militaire dans la brigade des *Golani* l'avaient endurci et Jean-Rémi s'était mué en Guibor – le fort. Puis il avait entamé son cursus médical à l'hôpital Rambam de Haïfa dont il connaissait les trente-six départements, les neuf instituts de recherche, les six laboratoires et même une bonne partie des mille lits : il n'avait qu'une faiblesse, une forme bénigne de narcolepsie qu'il soulageait ponctuellement sur les tables d'examen ou dans les lits inoccupés de l'hôpital. C'est dans l'un d'eux qu'il fit la connaissance de Céleste Koskas, bientôt Ruth, son aimée.

Guibor détendu sirotait maintenant un jus de tomate – depuis son mariage il ne touchait plus un verre d'alcool. Ruth le couvait du regard et pour une fois aucune forme de tension n'était perceptible entre eux. Jacques senior et Claire Koskas tenaient par la main Batia et Chani, étonnamment sages, peut-être impressionnées par la solennité de la matinée ou bien droguées par leurs parents. Ézéquiel fourrait des canapés dans les poches d'une redingote aux coudes luisants dont Jacques senior avait jadis été le propriétaire. Lorsqu'une infirmière antillaise lui apporta un Tupperware, le vieux satyre l'embrassa. Jacques était à cran : il n'avait pas saisi un traître mot de la démonstration de son beau-frère. Surtout il avait reçu la veille un mail de Hugo Huguin lui annonçant que, faute de budget, il ne partirait pas à Vienne avant la fin de l'année.

La belle harmonie familiale se fracassa sur le choix du restaurant qui accueillerait les agapes. Ézéquiel proposait d'aller chez lui, à *La Moule Rouge*, le jeudi, Daydou, le cuisinier, préparait l'*akoud*, la gibelotte de tripes au cumin, et la *pkaila*, le ragoût d'épinards frits, si longuement mijoté que sa sauce avait la densité du pétrole. Jacques senior se pourléchait déjà les babines mais c'était négliger le rigorisme de Guibor : ouverte le shabbat, *La Moule Rouge* n'était pas strictement casher. Il préférait *Les Ailes*, désigné toque d'or 5764 par le grand rabbinat. Le presque octogénaire eut beau jurer sur la tête de ses ancêtres que chez lui ils ne mangeraient pas dans le péché et que, si Guibor continuait à lui tenir tête, il allait se trouver mal, à son âge, *ya rabbi*, rien n'y fit, le docteur Zylberstein demeura inflexible. C'était *Les Ailes* ou rien du tout, il fallait donner l'exemple aux petiotes. Ézéquiel entama une bouderie, Batia et Chani sortirent de leur torpeur médicalisée et Ruth, dont le chignon s'était affalé, promit à Guibor une petite explication. La fête était gâchée.

Jacques senior tenta de réchauffer l'atmosphère. Les Koskas picoraient des merguez et des carottes au cumin dans un calme précaire quand il se redressa, les moustaches au garde-à-vous, en levant son verre de grenadine. Il porta un toast à Guibor, à la mémoire des Zylberstein qui, « là où ils se trouvent, partagent sa joie et sa fierté », et au plaisir toujours renouvelé d'être « en famille ». Puis, opportuniste, il fit l'éloge du travail, mère de toutes les vertus, de la stabilité et de la sérénité, de la persévérance et du courage, du sens des responsabilités et du don de soi, ces valeurs qui faisaient d'un homme un *Mensch* et donnaient un sens à sa vie. Il prononça une harangue aux accents étrangement staliniens (époque *perekovka*), un comble pour ce boursicoteur infortuné. « Chaque jour où rien ne se passe est perdu. *Mi hesse el jamra kane il afasse aleyha* : ne sent la braise que celui qui marche dessus. Il faut aller au turbin et foncer, forts comme des lions, mes enfants, retroussez vos manches, bombez le torse, prenez le taureau par les cornes, l'eau, âme de l'oasis, est toute proche ! » conclut-il, fier de ses aphorismes soviéto-judéo-tunisiens. Jacques esquiva son regard insistant en fourrant un bout de betterave dans la bouche de Batia.

Jacques senior raffolait de son fils. Pourtant, lui qui devinait les tracas de milliers de femmes en auscultant leur bas-ventre ne parvenait plus à décrypter son petit lapin. Comment ce garçon docile et laborieux s'était-il transformé en un jeune homme lymphatique et dénué d'ambitions dont le seul plan de carrière était de flâner en Poméranie et en Courlande ? L'ailier prometteur, jadis surnommé « quatre poumons » par le président de l'AS Menora, fumait désormais quotidiennement deux paquets de Marlboro rouges. Quel terrible maléfice l'avait fait se muer en aficionado de jambons ibériques et d'huîtres bretonnes, alors que sa bar-mitsvah avait été exemplaire, alors qu'il avait prononcé un discours grandiose sur les téfilines, citant Levinas et Maïmonide et appelant – à treize ans seulement ! – à la cohérence de l'ensemble des forces vives qui composaient l'homme ? Quelles vilaines fées s'étaient penchées sur le berceau de Jacques junior pour changer le cours de son fabuleux destin ?

Avec Claire, ils n'avaient pourtant pas mégoté : cours privés, protège-tibias en mousse élastique, jeune fille au pair australienne, petites voitures amphibies, écoles de langue en Pologne et en Hongrie, pantalons patte d'éléphant achetés une fortune à des tsiganes au marché... Ils ne lui avaient rien refusé, à Jacques, sa mère surtout. Il avait tout pour devenir un homme total, un Cicéron des temps modernes. À trente ans, il aurait dû avoir fondé une famille, cotiser pour une caisse de retraite complémentaire et souscrire une assurance vie. Or, plus le temps passait et plus la chair de leur chair était nébuleuse, comme atteinte d'un spleen mystérieux. Il suffisait d'observer la tête d'enterrement de l'échalas, déguisé en proxénète portoricain avec sa cravate à carreaux trop courte, pour comprendre que quelque chose ne tournait pas rond.

Jacques senior, qui avait « bouffé de la vache enragée » pour devenir le plus grand mammologue de l'Histoire, ne supportait pas cette attitude.

— Tu as une mine terrible, Jacques, lui dit-il une fois rassis. Claire ! Tu as vu les poches sous les yeux de ton fils ! Et cette couperose sur ses joues ! C'est l'alcool, ça ! Je peux te poser une question ? Que t'arrive-t-il mon fils ? Tu n'es pas content de nous voir ? Pourquoi fais-tu cette tête de chien battu chaque fois que nous sommes réunis ?

Jacques évoqua son projet viennois avorté, partie émergée de l'iceberg d'insatisfactions et de contradictions qu'il n'était pas question d'exposer à la table familiale.

— Tu plaisantes, j'espère ! gronda son père. Ton chef, il ne t'a pas dit non, il t'a dit plus tard. C'est pas dramatique, quand même. Pas de quoi tirer une tronche pareille ! Moi, quand je traversais la Méditerranée en troisième classe chaque automne, sans un dirham en poche, j'avais un moral d'acier, je voulais bouffer la terre entière. Je naviguais sur les flots bleus le couteau entre les dents…

Jacques senior entama son récit préféré, l'épopée familiale, mille fois contée. Prenant à témoin Ézéquiel, il décrivit la misère à Nabeul-sur-Mer, les coups du sort, la mort du père, la maladie de la mère, la crise de Bizerte, le départ en catastrophe de sa Tunisie adorée, la cité HLM non loin du grand fleuve, à S., où il entassait lampes à pétrole et gargoulettes ancestrales… Enfin, il fit à Jacques une proposition alléchante : une conférence à l'Association des médecins israélites d'Alsace. Elie Wiesel était venu le mois dernier, pourquoi pas lui ?

— Ce serait un bon tremplin…

— Pas question, papa. J'ai d'immenses qualités mais je ne me compare pas – encore – à Élie Wiesel.

— Comme la modestie, persifla Ruth.

— Ferme-la Céleste, nourris plutôt tes gamines, lui répondit Jacques.

— Évidemment que tu n'es pas Wiesel, reprit son père, mais tu pourrais venir nous parler de…

— Pas la peine d'insister, papa, je n'ai rien à dire.

— Ton ami Gabriel, lui, sera l'orateur de la réunion de Hanoucca…

— Gabriel est fantastique, et en plus il bouffe à tous les râteliers, grand bien lui fasse, dit Jacques, agacé.

— Et alors ? En tout cas, ça marche. Avant de prendre l'avion ce matin, on l'a encore entendu sur Europe numéro 1 commenter les attentats contre les synagogues en Turquie. Il a été très bon…

— Oui, dès qu'il y a un massacre à commenter, il est parfait.

— N'empêche, l'autre jour, ses parents nous ont annoncé qu'il allait se marier. Tu le savais ?

Jacques acquiesça tout en soupirant à l'idée de la pente savonneuse qu'allait suivre la conversation : la beauté d'un mariage juif et des traditions, la chaleur d'un foyer, la descendance, la transcendance, la transmission de 5764 ans de souffrances, de luttes et de *Kultur* à léguer aux générations futures… Il était cerné.

Une arête de mérou venue se loger dans le goitre d'Ézéquiel lui épargna ce pensum. Le barbon cracha, jura, cracha encore. Sain et sauf mais cramoisi, il pesta contre l'infâme couscous au poisson des *Ailes* et vint au secours de son petit-neveu, de manière préventive, à l'américaine. Il radota, l'écume au coin des lèvres, qu'il fallait se méfier du mariage : ses deux premières épouses lui extorquaient des pensions indécentes et seule la mort accidentelle de la troisième lui avait évité la ruine. Jamais il n'avait été aussi heureux qu'en concubinage avec une danseuse brésilienne, dans les années 1950, à Belleville : « Rien ne presse, Jacques, crois-en ton vieil oncle, mieux vaut réfléchir avant de convoler. »

La tendance des Koskas à la monomanie se traduisait chez Ézéquiel par une obsession de la fiscalité. Au printemps, lorsqu'il devait remplir sa déclaration de revenus, mieux valait éviter de le croiser. Il bouillonnait de rage, fulminait contre les ronds-de-cuir saumâtres, les frais de mission gargantuesques, la gabegie gouvernementale, la garden-party du 14 Juillet, les congés maternité, France télévision et Radio France, les hôpitaux universitaires, les enseignants contestataires, les chômeurs longue durée, les cheminots, tous les fainéants de la République qui mangeaient et buvaient sur son dos. Éructant, il élucubrait des projets de fuite vers une cité lacustre helvétique. Autoproclamé caudillo de la dîme, Ézéquiel exigeait de la famille des tombereaux de factures pour tout et rien, frais faramineux qu'il défalquait systématiquement de ses revenus : ce que l'Éternel lui avait accordé, Ézéquiel n'acceptait pas que l'État le lui reprît, c'était mystique.

Plus que toute autre redevance, *El Fiscalitito*, comme l'avaient surnommé Jacques et Céleste, exécrait l'impôt sur la fortune. À plusieurs reprises, il avait tenté de convaincre Jacques de lancer une campagne de presse contre l'ISF à *La Turbine.* Une petite cabale rondement menée contre cette « aberration française », voilà ce que le vieillard espérait depuis toujours et qu'il remit sur la table aux *Ailes*. Jacques prétexta de son emploi à temps partiel pour décliner une nouvelle fois, hélas, mais il promit d'en parler à ses collègues.

Pas dupe, Ézéquiel entra dans une fureur noire.

— Jacquot, ton fils, il a *l'ayine ha râ*, il a le mauvais œil, il n'est pas normal ! Et sa passion délirante pour les Austrogoths ! Du vent, *baba n'doubou* ! ça lui rapporte quoi tous ces livres qu'il a lus, tous ces voyages ? *Walloo !* Que dalle ! Avec cette nouvelle génération, nous courons à la catastrophe…

Pour calmer son oncle qui postillonnait des miettes de poisson, Jacques senior pria Jacques de faire un petit effort : il avait quand même le bras long à *La Turbine*…

— J'hallucine ! dit Ruth : on est là pour célébrer la thèse de Guibor et ça fait une heure qu'on parle de Jacques, comme toujours d'ailleurs. Jacques a mauvaise mine, Jacques est mélancolique, Jacques pourrait écrire ceci, Jacques devrait faire cela…

— Mais je n'ai rien demandé ! se défendit l'accusé. Parlez plutôt infections urinaires et foutez-moi la paix !

— On peut conduire un cheval à l'abreuvoir mais on ne peut l'obliger à boire, proclama Ézéquiel qui se nettoyait les dents avec les doigts.

Claire Koskas intervint à son tour :

— Laissez Jacques tranquille, vous voyez bien qu'il n'est pas dans son assiette.

— Ah, le pauvre chéri, le petit préféré à sa maman ! gémit Ruth.

D'un bond, Jacques enfila son imperméable et claqua la porte du restaurant.

# 10

Avis de tempête : Serena Bensoussan *was back in town*. Les soirées à manger de la soupe devant *Sex and the City*, abrutie de haschich, pour oublier son ex, se recentrer et redécouvrir sa propre humanité, c'était fini et bien fini. La tigresse, qui se lançait dans le coaching et le *leadership development*, était dehors tous les soirs en petite robe noire, euphorique et convaincue que la fornication avec orgasme vaginal était le top pour la minceur, l'équilibre mental, la qualité de la relation affective, le métabolisme et l'élimination des risques de cancer. Il devait s'en passer de belles au duplex de l'avenue Mozart, se disait Jacques en approchant du restaurant *Le Fumoir*, où Serena l'avait convoqué pour lui présenter ses anciens collègues préférés d'EuroTTB. Ah, Serena, son popotin dodu, cette bonbonnière marrakchie qu'elle savait si bien cambrer et onduler autour de sa misaine, les reins creusés et les cuisses serrées, à se noyer.

Dès qu'il aperçut l'amazone aux yeux de velours fardés et ses amis vautrés dans des fauteuils clubs, mojitos à la main, il sut qu'il passerait une soirée désagréable. Le héros de la soirée était un certain Patrice. Il venait de remporter le budget Nespresso, machine à sous et à capsules, et se la jouait modeste et décontracté. Sans Jeff et Marine, ici présents, il n'aurait rien pu faire, l'agence leur devait beaucoup. Un tueur, ce Patrice : avec l'aide d'une poignée d'intermittents du spectacle, il avait lancé un minidrone sur le plateau de Canal + en plein direct au Festival de Cannes. Jacques l'écoutait, médusé, raconter que l'avion furtif avait créé un bordel grave, qu'ils avaient kiffé leur race avec ce truc de ouf, un mégabuzz. Bref, Patrice avait pris du galon chez EuroTTB. Nommé chef des opérations spéciales pour la France et l'Amérique du Sud, il gagnait une fortune et fédérait autour de lui une équipe de créatifs entièrement vouée à son génie. « Un de plus dont le fauteuil est placé dans le sens de l'Histoire », se dit Jacques. Il l'avait détesté au premier regard, avec sa barbe de trois jours, ses baskets New Balance, son sweat-shirt à capuche et ses iris scintillants, et peut-être aussi parce que Esther, sa « meuf », était « franchement bonne ». Patrice aurait certainement plu à Jacques senior : il fourmillait de projets d'envergure planétaire, tel ce spot pour un aérosol allemand qu'il s'apprêtait à tourner en Argentine avec des pornstars grimées en Marie-Antoinette.

Jacques s'approcha de la tigresse :

— Il est tard, on rentre ?

— Pas question ! rugit-elle. Je m'éclate et tu n'as pas décroché un mot de la soirée. Pourtant, ils sont hyper-cools, et puis en général t'es plutôt bavard, non ?

Elle lui tourna le dos et reprit sa conversation avec sa voisine. Bien obligé d'échanger quelques mots avec Patrice, Jacques lui servit sa soupe habituelle, celle qui dissuaderait à coup sûr son interlocuteur de jamais le revoir :

— Oui, *La Turbine*, pas évident le métier de grand reporter, la compétition économique ou la poursuite de la guerre par d'autres moyens…

À voix basse, genre baroudeur détaché, en redressant le col de sa chemise rayée, il lui confia qu'il devait partir en mission secrète à Vienne mais…

— Putain, tu l'as grave échappé belle, l'interrompit le publicitaire. Les Autrichiens, ils sont super-antisémites, pire que les Allemands, un peu comme les Polonais et les Algériens, l'angoisse, la tannée, on peut dire que t'es un grand cocu, toi…

L'imbécile ! Mais comment aurait-il pu se douter que Vienne symbolisait pour Jacques l'art exquis du compromis provisoire : la cohabitation bancale de conflits insolubles avait permis à l'Autriche-Hongrie de survivre jusqu'au siècle dernier. Jacques parla de Musil, de la Cacanie et de son souverain nonagénaire dont on célébrait l'anniversaire en vingt langues, en allumant des feux de joie sur les massifs de l'immense royaume, du pays des génies et des favoris en côtelette orgueilleusement portés par les fonctionnaires des postes et télégrammes… Il rendit hommage à François-Joseph, empereur des artistes de l'Europe galante, *Kaiser* d'Autriche, roi de Hongrie et de Bohême, roi de Lombardie-Vénétie, de Dalmatie, de Croatie, de Slavonie, d'Illyrie, de Galicie et de Lodomérie, grand-duc de Toscane, roi de Jérusalem et duc d'Auschwitz, protecteur de la culture bourgeoise, des idéaux du Droit, du Devoir, de la Morale et de la Beauté. François-Joseph, garant de l'immobilité de l'Empire, l'État le plus avancé de l'histoire du monde, dont il administrait les contradictions journalières en arrondissant tous les angles, sans autre ambition que de permettre à son pays de rester l'avant-dernière des grandes puissances...

Cette virtuosité à prolonger le provisoire et à éluder tout choix décisif qui eût impliqué la rupture de l'équilibre et l'élimination des clivages était un véritable art de vivre. Jacques se mouvait dans un cosmos d'indécision et d'esquives, refusait de s'engager dans un tout définitif, véritable concentré d'Autriche-Hongrie, miniature de contradictions habsbourgeoises, empire vacillant en péril perpétuel. Rien d'autre qu'un mort en sursis, en définitive. Car, conclut-il, en citant à nouveau Musil, en Autriche, on agissait toujours autrement qu'on pensait ou on pensait autrement qu'on agissait.

Le publicitaire fronça les sourcils.

— Qu'est-ce que t'es lourd, putain, dit Serena.

— Et toi, affreusement ivre.

— T'as une grande gueule Koskas, t'es un causeur de salon mais au fond juste un péquenaud coincé...

— Calmos, Bensoussan, tout doux. Viens, rentrons, tu vas voir ce que le péquenaud te réserve...

— *Paroles, paroles, paroles...*

— Que tu es belle..., entonna Jacques en lui agrippant un bras. Trêve de plaisanterie, Serena, enfile ta pelisse et *vamos*, je vais te ramener dans ton 16e arrondissement, tu ne tiens plus sur tes jambes.

Sous la pluie glacée de la rue de Rivoli, les deux amants ne poirotèrent qu'une vingtaine de minutes pour trouver un taxi. Serena se pelotonna contre l'épaule de Jacques tandis que leur chauffeur hululait en bengali sur son portable. La tigresse avait raison : pour élucubrer sur les mouvements de libération sexuelle et le régime des *aphrodisia*, Jacques était imbattable, mais pour qui pensait tant, sinon en permanence, à la chose, il aurait pu faire infiniment mieux. Jacques n'avait jamais été très brillant avec elle, comme emprunté, presque effrayé, il était beaucoup plus à l'aise avec cette tarte de Clémence, c'était absurde, insensé. Dans le taxi il se jura d'assurer ce soir, de « lâcher les chevaux » comme disait son père, et il posa une main ferme sur une cuisse de la séfarade éméchée.

Dix minutes de sieste avaient requinqué Serena. Sitôt grimpée au duplex, elle balança son blouson zippé et se mit à tourbillonner sur *Miura*, de Métro Area, après avoir sifflé une nouvelle vodka. « Coca-Coca », glapissait-elle à présent en traçant des lignes blanches sur un miroir de poche Art déco. Elle passa la paille à Jacques, il ne ressentit rien, qu'un léger picotement au niveau de la muqueuse nasale et un peu d'amertume dans la bouche. La tigresse, elle, s'était déjà débridée : elle l'embrassa avec une fougue inédite puis s'agenouilla et répandit un peu de poudre sur sa tige dressée qu'elle lécha avec avidité.

Cette nuit-là, Jacques Koskas fut à la hauteur. Désinhibé et résolu, il empoigna les reins impurs de Serena Bensoussan et la posséda dans les règles de l'art : *adagio, andante, allegro molto vivace, allegro energico, molto appassionato* ! Une symphonie ponctuée d'un râle effrayant, pour une fois Serena et Jacques jouirent ensemble.

# 11

Une succession d'événements malencontreux vinrent ponctuer la fin de son année 2003. Cosmo parti à la Biennale de São Paulo et Serena aux Maldives, Jacques se résolut à rentrer à S. malgré l'invitation aguichante de Clémence à partager son Noël à Eguisheim avec ses frères et son cousin Schäkele. Le 23 décembre, ses parents et Ézéquiel célébrèrent avec faste son trentième anniversaire : deux livres – *Célébration biblique*, d'Élie Wiesel, et *L'Atlas des peuples d'Europe centrale* – ainsi qu'un gâteau au chocolat surmonté de bougies magiques. Brett Sinclair et Danny Wilde n'avaient certainement pas fêté leurs trente ans avec autant d'éclat. La veille de Noël, les Koskas remirent le couvert à la nuit tombée. Comme la tradition l'exige, après avoir allumé les bougies et entonné les litanies de Hanoucca, ils jouèrent à la toupie en se gavant de galettes de pommes de terre. Vers vingt-trois heures, plus tard qu'à l'accoutumée, tous, sauf Jacques, filèrent au lit. Quand le coucou sonna les trois coups de minuit, il fut pris d'un accès de mélancolie. D'une lucarne du grenier, il regardait la neige tomber et le scintillement des façades alentour. Seule la maison du bouchon était plongée dans l'obscurité, îlot mosaïque dans un océan de gentils. La paix régnait, un chien aboya et Jacques Koskas éternua.

Noël l'avait toujours fasciné. Enfant, dès la mi-novembre, il se promenait plein d'allégresse dans la ville dont l'allure médiévale était identique à celle de son château Playmobil. Il se gavait de guimauves en humant l'odeur charbonneuse des châtaignes grillées. Il aimait l'électricité des jours précédant la fête et la cadence légère des bottes de femmes dans les travées des grands magasins. Le petit Jacques rêvait de jouer au pied d'un sapin ensoleillé par les reflets d'un feu de cheminée. Sa famille se serait réunie autour de dindes et de chapons étincelants, d'un immense plateau de fromages, de vins et de mets subtils. À l'apéritif, elle aurait écouté l'oratorio de Noël ou *White Christmas* de Frank Sinatra, en dignes lecteurs du *Figaro Magazine.* À défaut, il s'extasiait aux toilettes sur les photos de *Cuisine actuelle* avant de filer à l'école talmudique. Un Noël sensoriel, tel était son désir le plus ardent.

Longtemps, les Scholem lui en offrirent un ersatz judéo-païen. Il n'y avait pas d'aquavit mais du cherry, pas de cantates de Bach mais les variétés bavaroises de la télévision allemande, pas de sapin mais des branches de ginkgo et de houx. Ses oreilles résonnaient encore du frou-frou du gros derrière de sa grand-mère lorsqu'elle dispersait sur la table une pluie d'étoiles autour de la vaisselle à bordure dorée, sa plus précieuse, en porcelaine de Limoges de la maison Raynaud. Puis Jacques et Céleste allaient se cacher au petit coin pendant que le père Hanoucca déposait leurs cadeaux au pied du candélabre illuminé… Mais, depuis la mort des Scholem, les Koskas avaient abandonné ces traditions idolâtres. Tous se moquaient de sa marotte, même sa mère, et son père ruminait : si seulement son fils célébrait les fêtes juives avec autant de ferveur ! Noël, les Koskas, ces mormons judaïques, s'en moquaient au grand désespoir de Jacques. Trouver une panthère catholique dont les parents l'accueilleraient au prochain Noël devenait décidément urgent.

Il s'ennuya ferme pendant la trêve des confiseurs, ses parents travaillaient et Ézéquiel se caressait sur Boursorama.fr. Quant à Kevin et Jean-Sébastien, ses anciens camarades de lycée qui n'avaient jamais quitté la bourgade à colombages, il ne voulait plus les entendre. Ces ex-cadors étaient devenus fonctionnaires au conseil régional après avoir épousé Marie ou Corinne, leur premier amour, avec qui ils s'étaient endettés pour acheter un pavillon et accueillir leur tripotée d'enfants. Jacques déprimait à l'idée de ces existences réglées par la coutume, purement fonctionnelles, des vies condamnées à perpétuité par leur situation familiale et la crainte du directeur administratif. Il les imaginait, fans des Clash et de Bérurier noir, effrayés par toute forme d'autodétermination, stables et satisfaits de leur sort. En leur compagnie, Jacques avait l'impression d'être un marginal ou un monstre de foire. Un paria.

La vie devrait être un grand port de mer. Jacques méditait en arpentant solitaire les quais enneigés de l'Ill. Les couples de vieillards cheminant prudemment lui rappelaient ses grands-parents, les Scholem, qui l'apaisaient tant et le protégeaient des aléas de l'existence. Son père, lui, avait le don de le crisper. Encore aujourd'hui, dès qu'ils se retrouvaient à la gare, Jacques senior le mettait en garde contre une fulgurante hernie discale s'il ne pliait pas les genoux pour ranger sa valise dans le coffre de l'affreuse Renault Mégane familiale. Ou bien il le grondait parce que son écharpe était mal nouée. Un peu plus tard il le dissuadait d'ingurgiter une troisième tarte flambée, menace certaine de cholestérol, de coronaires bouchées, d'infarctus du myocarde et d'autres calamités sanitaires futures. Ce principe de précaution appliqué à ses moindres faits et gestes, cette infantilisation dont il était l'objet, ces rouleaux de papier toilette et ces compresses stérilisées que son père glissait dans ses bagages à son insu le rendaient fou. Jacques se comportait alors comme un adolescent : il gueulait ou se précipitait dans sa chambre. Son père choisissait en général cet instant précis pour asséner le coup de grâce : l'érection d'une famille juive dans les plus brefs délais. Le réchauffement climatique, les manigances du mollah Omar ou le turbocapitalisme n'étaient que frivolités insignifiantes, comparées à la future union de Jacques sous la *houpa* de la synagogue de S. Son père avait développé d'extraordinaires stratagèmes pour aborder la sempiternelle question. Ainsi, ce 26 décembre 2003, alors que Jacques prenait le thé en robe de chambre et babouches de soie au salon, il fit irruption en blouse blanche pour lui parler de la liaison de Henry Kissinger avec Jill Saint John, la James Bond girl des *Diamants sont éternels.* « Elle est née Oppenheim, si tu vois ce que je veux dire. Tu n'aimerais pas retrouver dans ton lit chaque soir une ex-miss Oppenheim pelotonnée telle une petite chatte contre toi ? Et lui faire de beaux enfants avec qui nous célébrerions Rosh Hashana ? C'est terrible, tu sais, de vieillir seul, abandonné de tous, maman et moi ne sommes pas éternels... Le Talmud a dit : tout homme célibataire est indigne d'appartenir au genre humain. » S'ensuivaient sarcasmes et invectives, jusqu'à l'intervention expresse de Claire Koskas.

Comment sortir de ce cercle vicieux ? Comment instaurer un dialogue apaisé avec son père ? Pourquoi Senior ne lui fichait-il pas la paix ? Comment tenir à distance cet homme disponible à toute heure du jour et de la nuit pour ses innombrables patientes qui l'appelaient « bon papa » parce que le Démon l'avait épargné ? Le Serpent l'avait-il d'ailleurs vraiment épargné ? N'éprouvait-il jamais aucun désir pour une étudiante de vingt-deux ans en petite culotte ou pour une élégante lady anglaise du Conseil de l'Europe ? Ausculter leur vagin revenait-il à examiner la plante de leur pied ou l'estomac d'un porc, comme il le prétendait ? Dieu, méditait Jacques, de quel bois était fait ce père ? Et lorsqu'il croisait une patiente au rayon maroquinerie des Nouvelles Galeries, ne songeait-il jamais à son intimité, au délicat fumet qui s'échappait de ses sous-vêtements amidonnés ? Comment pouvait-il encore désirer sa femme, sa mère ? Mystère et boule de gomme ! Jacques senior, à ses questions, haussait les épaules et le traitait d'immature ou de morveux débile, loin, très loin des réalités.

Plus le temps passait et plus les choses se compliquaient. Jacques avait été si heureux le jour de son embauche à *La Turbine*, si fier d'être journaliste... Le mercredi où son premier article avait été publié, dès l'aube, Cosmo et lui avaient dévalisé le kiosque à la sortie des Halles. Il se souvenait de l'adrénaline de ses premiers reportages. Un mot, un mot seulement de Hugo Huguin et il grimpait dans le premier train vers la toundra à la rencontre des derniers Khazars. Trois ans plus tard, il n'éprouvait plus qu'ennui et amertume. On lui avait coupé les ailes, il avait joué de malchance. En amour, c'était pareil. Ses maîtresses n'étaient que des passe-temps, au mieux des divertissements – mais depuis que les savants ont éloigné les hommes des églises ne faut-il pas les divertir ? Mais des divertissements onéreux : Serena Bensoussan, la *Jewish French Princess (JFP)*, ne faisait même pas mine de chercher son porte-monnaie quand l'addition se présentait.

Jacques se sentait incompris, en décalage. Toutefois, beaucoup de choses changeraient l'année prochaine. D'abord, il ferait une rencontre impromptue, il connaîtrait ce vertige où le désir s'embrase au premier regard, où une cheville effleurée vous flanque la chair de poule, lorsque la chimie agit, irrépressible. Oui, Jacques Koskas rencontrerait l'amour très bientôt, il en était convaincu.

Les nombreux appels de Clémence interrompaient ses spéculations. Même à distance, l'économiste luxurieuse était exaspérante. Bientôt il lui réglerait son compte, mais en attendant elle pourrait encore lui rendre quelques menus services. L'hiver ne faisait après tout que commencer. De Clémence, la cervelle de Jacques embrayait vite sur la tigresse. D'elle, il avait reçu un seul SMS de toute la semaine, et son portable était toujours éteint. La seule pensée de Serena était une décharge de testostérone. Il la voyait nue, accroupie sur son visage, déchaînée. Son disque dur était soudain assailli de pop-up érotiques. Ces poussées hormonales lui étaient familières mais elles atteignirent des sommets pendant ces vacances de Noël. Et pas une chatounette à l'horizon pour les soulager. Il dévisageait les passantes, s'arrêtait béat devant les affichettes de *Marie-Claire* et emmagasinait des silhouettes pour ses effleurements nocturnes… Puis, comme un automate, se frayant un chemin parmi les millions de gogos venus découvrir la capitale de Noël, il s'arrêtait Grand-Rue, devant la boutique Marie-Louise. Les deux premiers jours, il se contenta de faire le guet devant la vitrine où lévitaient des bonnets à ses initiales préférées : DD, E, F, G, H, HH. HH ! Le troisième, il entra. Il fut reçu très courtoisement et on le laissa caresser nuisettes en soie précieuse et soutiens-gorges démesurés. « Monsieur a l'air de s'y connaître. C'est pour votre dame ? » Le quatrième, Monsieur recommença son petit manège en se postant de biais, dans l'angle du miroir de la cabine d'essayage. Le cinquième, Mme Marie-Louise, forte femme, lui interdit l'accès à son échoppe. « Les types comme vous, on les connaît, on en voit défiler tous les jours. Vous revenez encore une fois et j'appelle la police ! »

# 12

L'an de grâce 2003 s'était achevé en queue de poisson et le suivant ne commença pas sous de meilleurs auspices. Le 22 janvier, le destin de Jacques était scellé. De permanence de nuit, il devait retranscrire en une du journal les chiffres de clôture de Wall Street, une tâche à la portée de tous, même d'un (lointain) disciple de Henry Kissinger. Mais au lieu de consigner la baisse de 0,52 % du Dow Jones, il nota une sévère dépréciation de 5,2 %. Le lendemain, devant Huguin qui l'avait convoqué dès son retour de la pédicure, il se confondit en excuses, non sans préciser qu'à une virgule près il avait tout bon. Mais le mal était fait, depuis sept heures le standard saturait, pris d'assaut par les petits actionnaires paniqués devant l'imminence d'un krach. Des milliers de lecteurs avaient résilié leur abonnement.

H. H. ! Hugo Huguin postillonnait de rage :

— Ta nonchalance, tes caprices d'artiste et ton pseudo-non-conformisme, c'est terminé, Jacques. Tu m'entends ? Terminé ! J'ai été extraordinairement patient avec toi, je t'ai protégé, je me suis même engueulé plusieurs fois avec Trouvax à ton sujet. Mais cette fois tu as dépassé les bornes. Tu vas recevoir un avertissement pour faute lourde. C'est ta dernière chance, Jacques. Tu m'as compris ?

— Oui, oui, tu as raison, acquiesça Jacques, presque effrayé (voilà, c'est moi qui vais prendre pour sa femme, son banquier, ses gosses et qui sais-je encore, tout ça à cause d'une virgule à la noix). Je peux y aller maintenant ?

— Sûrement pas, tu restes assis, j'ai pas fini. Primo, je connais Dédé depuis quinze ans. Figure-toi que moi aussi je prends mon café au *Paris-Bourse* le matin. Sauf que j'y vais à huit heures pendant que tu roupilles encore. Et Dédé, comme tu sais, il cause et il me parle souvent de toi. Alors de deux choses l'une : soit tu te lèves plus tôt, soit tu ne mets plus jamais les pieds au bistrot pendant la conférence de rédaction. On ne te paie pas pour lire *L'Équipe* de dix heures à midi tous les jours… Par ailleurs, tu as entendu parler de David Kay ?

— Non, qui est-ce ?

Hugo Huguin farfouilla dans un tiroir et en extirpa un dossier épais.

— Vraiment, ce nom ne te dit rien ? C'est très regrettable, Jacques. Eh bien sache que David Kay était le directeur de l'Irak Survey Group, oui, cette commission chargée par ton ami George W. Bush de découvrir les armes de destruction massive de Saddam Hussein. Comme toi ! Figure-toi qu'il vient juste de démissionner, parce qu'il n'a pas été possible de trouver la moindre preuve matérielle d'un programme et que ces armes n'ont jamais existé. Tiens, regarde, je t'ai imprimé la dépêche. C'est vraiment pas ton jour de chance, on dirait.

Jacques gardait le silence. Son col roulé le grattait atrocement. À court d'idées, il finit par demander s'il partait bien pour Vienne la semaine suivante, comme prévu.

— Pardon ? Évidemment, tu ne vas plus nulle part. Arrête de prendre les gens pour des cons. À partir de maintenant, tu vas te tenir à carreau, faire ce qu'on te dit et fermer ta gueule. Tu vas te mettre à bosser, Jacques, crois-moi, j'y veillerai personnellement. Tu es sur un siège éjectable et moi j'ai le doigt sur la détente, je n'ai plus qu'à appuyer sur le bouton et tu iras faire le mariolle ailleurs. OK ?

OK.

Puisqu'il le fallait, Jacques rentrerait dans le rang. En cet hiver 2004, sa villégiature à *La Turbine* allait prendre un tour nouveau. Il boycotta le *Paris-Bourse*, participa aux conférences de rédaction, aux réunions de prévision, aux visites médicales, aux séminaires de réflexion, aux symposiums de l'actionnaire principal et à la préparation de la nouvelle formule, une énième, les ventes étaient en chute libre. Malgré les railleries du gros Freddo, il mangeait des œufs mayonnaise à la cantine et remplissait sans broncher son tiers de page quotidien. Pour le numéro spécial immobilier, ville par ville et arrondissement par arrondissement, il rendit visite à des dizaines de notaires. Il passa des heures avec le recteur de l'académie de Versailles afin de dénicher le meilleur lycée de France. Il coordonna une ribambelle de pigistes, lâchés dans les vignobles du Jura et du Bordelais pour le spécial « vins de terroirs » et devint incollable sur les salaires des cadres.

Malgré ses tickets-restaurants, ses chèques-vacances et son abonnement demi-tarif à la piscine, Jacques ronchonnait. Il courbait l'échine et s'accrochait à sa branche vermoulue, par peur du chômage en ces temps de disette pour la presse parisienne. Comme tout le monde ou presque, il prenait des tranquillisants en attendant le big-bang social.

Clémence, elle aussi, se shootait au Lexomil. Depuis l'affaire HVML, quelque chose s'était brisé en elle. Livrée à elle-même dans ce Paris immense et dédaigneux, elle avait le sentiment de faire fausse route. Elle voulait « se trouver » mais plus elle se cherchait plus elle s'égarait. Un jour elle parlait d'aller travailler dans un dispensaire en Afrique, le lendemain de se retirer dans un ashram en Inde… Ou peut-être devait-elle rentrer à Eguisheim où Schäkele avait besoin d'une comptable au vignoble ? Clémence se goinfrait de sucreries qu'elle vomissait fréquemment et son mal-être à *La Turbine* croissait à mesure qu'elle se radicalisait, comme si l'Occident et le « système » avaient été responsables de ses turpitudes. Le réchauffement climatique la hantait : elle n'utilisait que des ampoules fluos compactes, éteignait son réfrigérateur l'hiver et évitait à tout prix de monter dans une voiture.

Elle bombardait Jacques de mails militants et lui proposait de l'accompagner à des conférences où la résistance à l'« effroyable imposture » s'organisait. Mais plus elle lui parlait des basses œuvres du vampire américain et de la douce revanche du 11 Septembre, vingt-huit ans après l'exécution d'Allende, plus le désir de Jacques s'émoussait. Un jour, après un attentat-suicide à Tel-Aviv, la discussion explosa. Clémence condamnait Israël, excroissance occidentale, pour avoir détruit la belle unité arabe au Moyen-Orient.

— Explique-moi comment ton peuple de victimes a pu se transformer en une nation de bourreaux, insista-t-elle.

— Clémence ! hurla-t-il. Passe encore que tu me casses les couilles avec l'Irak, l'Afghanistan, le Nasdaq, ma Vespa, les néons et les OGM, mais, par pitié, le conflit israélo-palestinien, laisse tomber ! Je ne suis pas l'ambassadeur d'Israël en France !

Ce n'était pas la première fois qu'on l'enquiquinait à propos des implantations juives en Cisjordanie et des opérations commandos de Tsahal à Gaza. Tout ça parce qu'il était juif ! Lui n'apostrophait pas Clémence parce que le pape diabolisait les préservatifs, ni l'épicier arabe en bas de chez lui parce que l'Arabie Saoudite interdisait aux femmes de faire du patin à roulettes ! Qu'on lui fiche la paix avec le conflit au Moyen-Orient, il avait d'autres chats à fouetter.

— D'ailleurs, qu'est-ce que tu sais des Israéliens et des Palestiniens ? poursuivit-il, hors de lui. Tu n'as jamais foutu les pieds à Tel-Aviv ni à Ramallah. Alors, tes leçons de colonialisme, la bouillie qu'on t'a fourrée dans le crâne et que tu recraches comme une automate, ta mauvaise conscience de petite Blanche mal baisée, tu te la gardes pour toi, OK ? Et si tu aimes tant les Arabes, parlons-en, des Arabes, mais des Arabes vivant en France, en bas de chez toi, pas des Arabes à cinq mille kilomètres d'ici, les bons sauvages sur lesquels tu fantasmes volontiers. Pourquoi on les traite si mal, les Arabes, en France ? Tu le sais, toi ? Pourquoi tant d'éboueurs mais si peu de députés et de présentateurs télé ? Y en a combien des Arabes à *La Turbine* ? Alors, Clémence, balaie devant ta porte, amuse-toi sur les forums de *Libé* si ça te chante mais fous-moi la paix, tu veux ?

Elle était muette, tétanisée. Ses yeux clignotèrent, quelques larmes en dégoulinèrent. Elle s'excusa, voulut se blottir dans ses bras mais il recula.

— Écoute, Clémence, on va s'arrêter là. Je ne peux pas t'apporter ce dont tu as besoin. À tous points de vue. Je me barre, c'est mieux pour tout le monde.

Deux semaines plus tard, début avril, Serena mettait les voiles à son tour.

Depuis son retour des Maldives, leurs relations s'étaient dégradées. Sur la plage de Biyadhoo, son père l'avait convaincue que les juifs couraient à leur perte s'ils ne serraient pas les rangs autour d'Israël : les ashkénazes assimilés s'étaient laissé conduire à l'abattoir comme des moutons mais les séfarades, soixante ans plus tard, résisteraient. Il fallait défendre l'État juif coûte que coûte et quoi qu'il fît.

Les attentats suicides, les théories du complot, les ambassades des clowns d'al-Qaida dans leur studio pakistanais, les accusations de meurtres rituels, les incendies criminels, les voitures béliers, les tags, les profanations de cimetières, les agressions – les vraies et les fausses… De cette mosaïque apocalyptique, Serena Bensoussan conclut que la France était antisémite. Bientôt l'Europe, le monde et tout le système solaire le seraient plus encore.

La tigresse se repliait sur elle-même et sur ses coreligionnaires. « Les autres ne peuvent pas comprendre », disait-elle de plus en plus fréquemment accablée à *L'As du Falafel*. De Jacques, Serena espérait de la compréhension et un soutien actif : ne partageait-il pas le même tragique destin ? N'était-il pas confronté au poison de la désinformation généralisée, à l'antisionisme du Quai d'Orsay et de ses collègues *goys* ?

Jacques s'insurgeait. Il avait fallu dix-neuf siècles aux Koskas et aux Scholem pour se débarrasser de leurs chapeaux pointus, il était donc prématuré de retourner au ghetto. Plutôt que de s'imposer un couvre-feu, il fallait militer pour une société ouverte et un cosmopolitisme désuet et s'y tenir, même si le climat avait changé, même s'il se tendait tous les jours davantage…

Les divagations de la tigresse galvanisaient sa libido. Plus sa liste de conjurations antisémites s'allongeait, plus il avait envie de l'attraper.

Un soir humide, il la retrouva chez elle sirotant du champagne avec Cindy, une copine rousse fraîchement débarquée de Houston ; Al Green miaulait dans les haut-parleurs. L'Américaine était agent immobilier et ses affaires prospéraient : au Texas, tout le monde achetait sa résidence, même une femme de ménage payée dix dollars de l'heure peut obtenir un prêt et devenir propriétaire. *Cheers* ! Du fauteuil Barcelona où il fumait en silence, Jacques observait la créature. Elle n'était objectivement pas belle mais ses lèvres bombées l'attiraient violemment et l'éclat de ses yeux délavés semblait très bienveillant. Elle avait attaché à ses cheveux une fleur grenat, la couleur de son pull en V, qui dissimulait partiellement son buste albâtre.

Sa descente était aussi impressionnante que celle de la tigresse et Serena pria Jacques de déboucher une nouvelle bouteille. Les deux amies glissaient lentement l'une vers l'autre sur le canapé blanc tandis que leurs doigts se frôlaient dans le ravier à framboises. Elles gloussèrent – Cindy avait un rire sonore et exubérant.

Il faisait très chaud et Cindy en éventant son chandail découvrit furtivement deux globes ravissants.

— Tu es très sexy, osa l'hôtesse.

Le visage poupin de l'Américaine s'empourpra.

— *You, you like my cleavage* ?

— *I love it Cindy*, roucoula Serena.

Elles s'immobilisèrent et rapprochèrent voluptueusement leurs visages. Cindy dévoila une poitrine refaite à neuf et la tigresse, des tétons havane ballonnés entre lesquels pendouillait un collier de jasmin. Sa bouche anxieuse harcelait maintenant le buste de sa convive qui poussait des cris étouffés. Rapidement Serena et Cindy furent nues.

Où diable était Jacques Koskas ? Scotché à son fauteuil, son cœur battait à se rompre. Ravi et effaré, il contemplait les caresses saphiques de ces dames. Il hésita à entrer dans la danse mais son plus grand fantasme lui tendait les bras : ces corps enchevêtrés, deux langues, quatre fesses, huit membres, vingt doigts, les centaines de combinaisons dont il serait l'axe du mal…

À chacune, il empoigna un sein dans ses paumes moites. Il parvint à embrasser Cindy mais Serena le délogea. « Pas touche, Jacques, c'est à moi, va jouer ailleurs », lui ordonna-t-elle, et l'Américaine retourna à la bouche de sa maîtresse. Jacques tenta alors d'agripper le postérieur de la Bensoussan mais elle rua avant de disparaître dans le bosquet ombré de roux de son ancienne camarade de *college*.

Jacques était hors jeu. Et définitivement, comme le lui confirma le lendemain matin un SMS de Serena. *Merci pour tout, Jacques, et bon vent à toi.* La tigresse avait trouvé sa voie.

« C'est ça, Serena, bon vent à toi aussi », maugréa Jacques en lisant son message. Il regretterait son fabuleux derrière à la J. Lo, mais il n'était pas mécontent de se débarrasser de cette emmerdeuse. Adieu pimbêches maniaco-dépressives ! Il était temps de se consacrer à dénicher la Panthère.

Quatre semaines plus tard, ses recherches n'avaient abouti à rien : Yasmina, la standardiste de *La Turbine*, Micheline, sa boulangère rue Montmartre, Fatima, sa femme de ménage portugaise et Charlotte, son ex – matricule 327 – avaient toutes refusé ses avances. Clémence et Serena ne l'avaient jamais relancé. Sa collègue déjeunait même souvent avec Hugo Huguin et le gros Freddo, à qui elle semblait avoir révélé leur calamiteuse liaison. Maud était décidément effrayante : deux heures avant leurs retrouvailles dans un salon privé de *La Poule au Pot*, la partouzeuse bretonne lui avait raconté au téléphone l'histoire de l'impératrice Théodora, cette ancienne courtisane fille d'un montreur d'ours qui s'exhibait jambes écartées devant les masses hurlantes de Byzance pendant que des oies picoraient des graines à même la chair de son vagin. Jacques avait prétexté une grippe aviaire foudroyante pour rester chez lui. Le week-end suivant, elle lui avait texte une nouvelle histoire de volaille obscène : *Quand un homme pénètre un volatile et l'étrangle au moment de jouir, il renforce son plaisir parce que le sphincter de l'animal se contracte. Viens me garrotter vilain dindon.* Jacques détala chez Cosmo par crainte de croiser la zoophile aliénée.

À Paris, le printemps était revenu. Jacques écoutait les Doors, plein de sève et les stimuli électrisés, aux abois. Tel un lion en cage, il arpentait son appartement de long en large, au grand dam des Robert qui trouvaient chaque matin leurs plates-bandes de crocus jonchées de mégots. Dans les parcs, sous les abribus et dans les comités d'entreprise, écureuils, galants, cadres, manutentionnaires, gays et lesbiennes badinaient. La ville entière batifolait à l'exception de Jacques Koskas, le libertin pudibond. Il enrageait tant qu'il en avait des démangeaisons passagères aux plis des coudes et parfois à l'entrejambe. À l'heure du triomphe du porno chic et du retour des hirondelles, ce n'était plus possible, il devait frapper un grand coup.

Une intuition géniale lui vint le 8 mai 2004. À l'occasion des quatre-vingts ans de l'hyperinflation en Allemagne, Huguin l'avait sommé d'écrire un pensum éco-rétro. Dans l'open space désert, Jacques écoutait des mélopées de Marlene Dietrich et rêvassait au Berlin des années 1920, à des duchesses opiomanes sur fond de banqueroute morale et de débauche expérimentale. Soudain, il comprit. Il comprit qu'il existait une corrélation entre le prix de l'argent et la liberté des mœurs. L'inflation délivrait sexuellement les masses ! Lorsque l'argent ne valait rien, que sa valeur se dévaluait d'heure en heure, la populace dilapidait ses bas de laine et jouissait sans entrave. Jamais on n'avait tant forniqué qu'en période d'inflation ! L'Allemagne de Weimar ! L'Occident des années 1970 ! La Russie des années 1990 ! Bref, l'inverse de la zone euro de l'an 2004.

Sa misère sexuelle n'avait pas d'autre explication. Il se heurtait à des taux d'épargne record et à l'austérité des banques centrales. Sa nouvelle mission serait exaltante car le vent de l'Histoire tournerait bientôt : sa révolution freudo-reichienne était en marche. Jacques Koskas lutterait contre les puissances occultes qui maintenaient l'inflation sous contrôle, il ruinerait les rentiers responsables de son ascèse. Il ferait vaciller les fondements mêmes de l'ordre social ; il serait un révolutionnaire d'alcôves, le premier *libertador* universel du XXIe siècle.

Le cœur palpitant et la bouche aigre, il rédigea une semaine plus tard cette épître à Hugo Chávez :

*Jacques Koskas*
*Expert en relations internationales*
*et en saveurs de l'Antiquité*
*Émérite journaliste à* La Turbine *de Paris*
*Grand reporter assermenté*

*À l'attention du président Hugo Chávez*
*Palais de Miraflores*
*1040 Caracas*
*République bolivarienne du Venezuela*

*Paris, le 15 mai 2004*

*Estimé Monsieur Président,*

*Très cher Hugo Chávez, je vous adresse cette missive afin de vous témoigner toute mon admiration. Vous avez accompli une œuvre titanesque et prodigieuse. Vous figurerez bientôt au Panthéon des héros de votre sous-continent, l'égal des généralissimes San Martín et Sucre, du comandante Che Guevara et de l'immense Simón Bolívar, El libertador.*

*Astre du matin et fils de l'aurore, vous avez éradiqué l'analphabétisme et les maladies vénériennes, et terrassé les inégalités dans un pays jadis rongé par le népotisme. À vos frères défavorisés, vous avez rendu leur dignité : grâce à votre haute stature morale, votre nation s'est réapproprié le sens éthique de l'existence. Du Venezuela vous avez fait un pays sûr, une Suisse de l'Amérique latine. Gloire à vous, Hugo Chávez, chantre du changement social ! Magicien des mots, votre omniprésence médiatique galvanise votre peuple. Dandy de l'Orénoque, vos survêtements rouges mettent en valeur votre monstrueuse virilité et votre teint basané. Votre propension à partager vos prérogatives avec vos frères, parents et anciens camarades de garnison et de prison vous honore. « Admirable », diraient mon père et mon grand-oncle Ézéquiel, hommes bons et claniques à votre instar, et qui vous aiment autant que moi.*

*Cependant, très cher Hugo Chávez, prenez garde ! Le capitalisme, fleuve dévorateur de l'homme, est insatiable. L'impérialisme gronde et les ennemis du peuple ne vous laisseront aucun répit.* Presidente ! *il vous faut accélérer vos réformes afin de terrasser à jamais les forces du Mal.*

*Ce grand bond en avant, seule une gigantesque augmentation des prix du pétrole vous l'autorisera. Le cloporte que je suis vous suggère de quadrupler le montant du brut. L'Occident pollue, exploite et détruit, qu'il en paie enfin le juste prix ! D'ores et déjà, l'Opep est à vos ordres : le roi Fahd d'Arabie est un vieillard impotent, le persan Khatami un tigre de papier, les monarchies du Golfe des nains et le nouvel Irak ne pompe rien ! L'humanité fiévreuse attend votre prochain exploit comme le mendiant guette l'aumône.*

*Cher Hugo Chávez, un petit geste de vous et un autre monde sera bientôt possible. Vous triompherez des forces des ténèbres. De l'Alaska à la Terre de Feu, votre gloire grandira avec les siècles, tout comme l'ombre s'étend quand le soleil se couche.*

*Votre très dévoué, Jacques Koskas*

Bientôt il s'adresserait à Alain Robbe-Grillet. Le romancier pornographe était l'un des meilleurs amis de Jean-Claude Trichet, et il saurait convaincre le président de la BCE de desserrer l'étau monétaire.

## 13

Sur ces chimères économétriques commença le *summer of love* de Jacques Koskas. Cette fois, les femmes tombaient sans résistance. Messager des temps nouveaux, le regard halluciné, Jacques Koskas avait gagné une assurance inédite. Ses élucubrations monétaro-nutritionnistes firent des ravages parmi les jeunes filles au pair, en particulier les Anglo-Saxonnes, qui avaient pour beaucoup souffert de la rigueur néolibérale depuis leur enfance. Elles interpellèrent aussi Martine, inlassable et prolixe stagiaire de l'été à *La Turbine*, et par ricochet Clémence, revenue plus apaisée d'une cure en Bretagne. Elles donnèrent un goût de liberté à Hsi-Wang-Mu, une espionne industrielle chinoise apprentie comptable chez Renault, jeune femme si menue que Jacques l'avait surnommée Minox. Il lui avait fait goûter aux vertiges de l'anisette sur le lido de Paris Plages et Minox s'émancipait, fascinée par le charme parisien de son compagnon estival.

Aucune de ses conquêtes n'était la panthère de ses rêves, mais le mouvement giratoire de l'une à l'autre le galvanisait. À boire à perdre la raison, à courir les boîtes de nuit, à s'endormir pour quelques heures sur le canapé de Clémence ou dans les draps de Minox, la vie étincelait. Et la rosée perlait encore que Jacques, mi-homme mi-robot, repartait sur sa Vespa pour une journée de rude labeur.

Tout l'été, il abattit une charge de travail herculéenne sous le haut contrôle d'Huguin, qui le télésurveillait. Rarement l'actualité fut aussi brûlante qu'en ces mois de juillet et août 2004 : se succédèrent la mort de Jean Lefebvre, l'appel à l'émigration d'Ariel Sharon aux juifs de France, l'invasion de la Mauritanie par des criquets pèlerins, l'entrée de la Lituanie dans la pharmacopée européenne, un accident nucléaire au Japon, la messe de Jean-Paul II à Lourdes, le début de la régence d'Aloïs au Liechtenstein, et la première journée internationale de la liberté logicielle.

Le dimanche 5 septembre, à dix-neuf heures trente précises comme leur faire-part l'avait annoncé, Gabriel et Delphine, chancelants, firent leur entrée sur *Hello* de Lionel Richie. Ils tournoyèrent devant leurs invités, le gratin universitaire et rabbinique de S., la nomenklatura de la communauté emmenée par le bouchon : Schapiro le bossu, Zizou Dahan, président à vie de l'AS Menora, Jacques senior et Claire Koskas. Gentiment apprêtés, tous faisaient cercle autour du couple séraphique qui perpétuait le prodige de l'amour. *Mazzal tov et siman tov, mazzal tov et siman tov…* : dès que le big band cubain entama la rengaine, les convives se ruèrent sur la piste de danse et entamèrent ces farandoles canines qui font le charme légendaire des noces juives. On portait Gabriel et Delphine en triomphe, sur des chaises ou à même les épaules des hommes les plus robustes du raout.

À l'écart, Jacques continuait d'enquiller les vodkas Jet 27 dont il se gargarisait depuis la réception chez les parents de Delphine, plus tôt dans l'après-midi. Il y avait fait la connaissance d'Annick, la tantine célibataire de la mariée, arrivée à moto de Nancy où elle tenait un commerce de vins fins et spiritueux. Bouche candide et croupe monstrueusement alerte pour une femme née dans le département de Constantine, elle lui avait dit bénir le nom de l'Éternel sept fois par jour tant elle chérissait la vie. À observer l'énergie avec laquelle elle dodelinait ses membres comme une danseuse de kazachok, Jacques décida de consacrer la soirée à sa conquête. À ce mariage trop innocent, il ajouterait un zeste de rumba, une pincée de piment, la dose de volupté qui lui manquait.

Annick ne se montrait pas insensible à son numéro de clown érotique. Quand l'orchestre interpréta un standard des Bee Gees, elle frotta son corps imbibé à celui de Jacques et fit sauter deux boutons supplémentaires de sa chemise avant de virevolter sur *Hot Stuff* de Donna Summer.

Profanation ! Leur petit manège scandalisait les autorités religieuses : le grand rabbin Zadoc Ginsberg, pourtant aveugle et réputé libéral, somma Jacques senior de faire quelque chose. Mais son fils était désormais incontrôlable. Après un tango brûlant, il bascula dans l'obscène en pelotant aux yeux de tous le cul de la matrone alors que retentissait la *hatikva* à la guitare acoustique et que les serveurs lie-de-vin ajustaient la pièce montée. Les rabbins décampèrent et Jacques eut la bonne idée de s'effondrer *just in time :* Jean-Shmuel, un cousin de Gabriel, ancien pilier de rugby, s'apprêtait à lui sauter à la gorge.

Quelques jours plus tard, une ombre planait toujours sur le visage de Jacques. Des pustules sur les avant-bras, le haut du torse et probablement ailleurs lui empoisonnaient l'existence. « Surmenage », diagnostiqua Cosmo, amaigri et scintillant, après deux mois dans les alpages à Sils Maria. Il s'était amouraché d'une jeune styliste asthmatique de Zurich, Sophie, qui s'annonçait déjà le week-end prochain.

— Écoute, Jacques, ça fait des mois que tu traînes à Paris Plages. Tu devrais lever le pied. Pars à la campagne, à la montagne, à l'océan, peu importe, mais calme-toi !

Jacques n'avait pas l'intention de prendre les eaux dans une station thermale. En quête de nouvelles intrigues et de plongeons fâcheux, il s'envola pour les États-Unis. La panthère se cachait peut-être à New York, où Claudio, de retour, l'hébergerait.

* * *

Ici commence mon journal de voyage aux Amériques. S'il m'arrivait quelque chose, merci de le transmettre à mon seul ami, Cosmo Levitan, dont l'adresse figure à la dernière page de ce carnet. Nulle récompense ne sera offerte.

*New York, 18 septembre 2004*

New York m'amuse. Je bouffe comme un chancre, des montagnes d'œufs dès l'aube, et je me balade le nez en l'air, aux aguets. Pareil à un gosse, je passe des heures à regarder les voitures du NYPD qui filent comme des fusées et les camions de pompiers gonflés aux stéroïdes. Hier, au pied de la statue de la Liberté, j'ai regretté que les Scholem et les Koskas n'aient pas tenté l'aventure américaine. Si seulement j'étais né à Brooklyn plutôt qu'à deux pas du Conseil de l'Europe et de la synagogue de la Paix, j'aurais fait de grandes choses ! Couillons d'ancêtres. Je déménagerais bien un jour dans le Village ou à Chelsea.

Avec Claudio, *tutto a posto* : nous nous sommes à peine croisés depuis mon arrivée. Le premier soir on est allés à la fête des voisins de sa rue, un truc très américain, tout le monde poli, très gentil, terriblement chiant, et le squale a immédiatement fondu sur Kate, une beauté Nouvelle-Angleterre qui habite à un block d'ici. Il l'a évidemment emballée en deux temps trois mouvements et depuis, il passe toutes ses nuits chez elle. Je suis donc peinard dans son bel appart à deux pas de Central Park. Tout n'a pas été simple : Claudio vit avec Kokoschka. Moi, les chiens, je les tolère si et seulement si leur taille ne dépasse pas celle d'une chaussure : en cas de bataille finale, je suis certain de l'emporter. Pas de bol, Koko est un bâtard bondissant avec de très grandes dents et une langue aussi écumeuse que celle de Clémence. Le soir où Claudio a rencontré Kate, je n'ai pas osé monter seul à l'appart. J'ai demandé au portier de m'escorter mais il a refusé, il ne me connaissait pas, Claudio ne lui avait rien dit, j'avais pas mon passeport sur moi... J'ai passé la nuit sur les marches de l'immeuble d'en face, j'ai attrapé un rhume, mon eczéma me démangeait partout et ce bâtard, Claudio, restait injoignable. Il m'a trouvé inanimé vers cinq heures du mat. Ensuite j'ai pissé par la fenêtre dans le jardin des voisins parce que j'avais peur d'aller aux toilettes, où maraudait le clebs. Mais depuis que Koko a lui aussi migré chez Kate, je suis le roi du monde.

Ce matin, une mauvaise nouvelle : Russ Meyer est mort. Sans le savoir, l'Amérique perd un maître du septième art. L'ingrate hyperpuissance n'a pas mis ses drapeaux en berne ni fait retentir ses sirènes.

Moi, Russ, je ne t'oublierai jamais. J'ai récité le *kaddish* pour toi et je vais reprendre ton flambeau. J'étais très calme depuis mon arrivée mais maintenant que tu es parti je suis obligé de passer à l'action, de trouver une proie, vite, très vite. J'ai grimpé à Harlem où j'ai maté des gros culs puis je suis descendu à Downtown et au coin de Spring et de Greene je suis tombé en arrêt devant un magasin de fringues. Mon cœur et ma bite ont frémi, je suis entré et j'ai essayé n'importe quoi parce qu'une des vendeuses, une métisse, était le sosie de ta Lola Langusta, l'héroïne *d'Ultra Vixens.* Naomi a été adorable, elle m'a fait une petite remise sur les trois costards que j'ai achetés et surtout, surtout, elle a accepté de dîner avec moi demain soir.

Naomi, pour une panthère, c'est une panthère. D'ailleurs, c'est peut-être elle, *la* panthère. Un corps céleste, des jambes sidérales et des nichons, nom de Dieu, à chaque fois qu'elle inspirait dans la boutique on aurait dit une montgolfière prête à décoller. Je l'ai sentie aimante aussi, très attentionnée, une mère poule en puissance. La hâlée serait belle, en blanc, sous le dais nuptial, à S... Du calme Jacques, tu t'emballes, mais Russ, si tu m'entends, aide-moi à conquérir Naomi demain soir, veille de shabbat, je t'en supplie, je t'en supplie.

*Washington, 23 septembre 2004*

Russ m'a abandonné. La soirée avait pourtant bien commencé. Entre Naomi et moi, tout roulait, conversation fluide, gourmandise complice, rouleaux de printemps, l'été indien. Mais alors que nos routes s'étaient si bien croisées, Naomi a bifurqué.

La femme la plus pulpeuse de Manhattan a dit ceci : « *Jack*, tu es différent, je l'ai senti dès que tu es entré dans la boutique. Les autres hommes s'attardent sur mes jolies fesses et mes énormes seins, je ne suis pas sotte, mais toi, tu as immédiatement compris que j'étais un être spirituel. Je n'entretiens mon corps que pour être en forme. » Elle a déblatéré une série d'inepties sur l'Univers, les étoiles et l'immense énergie du cosmos que nous portons tous en nous. De ses entrailles s'est échappé une étrange fumée blanche, tel un soir de conclave au Vatican. Quand j'ai allumé une clope pour l'imiter, elle m'a regardé comme si j'avais assassiné sa petite sœur à la hache. « C'est mal, a-t-elle dit, aussi mal que la façon dont tu te nourris et dont tu bois cette saleté de bourbon. Tu devrais manger davantage de crudités. » Naomi ne buvait pas et ne sortait jamais, sauf pour faire pisser son chien et aller au temple le dimanche matin. La cheftaine de la brigade Promotion de la vertu et Répression du vice du Bronx m'a donné une longue accolade et s'en est allée vers son pavillon de banlieue en roulant de ses hanches pures et venimeuses. À croire qu'elle était payée par mon père pour me casser les burnes à Babylone.

Le lendemain matin, Claudio m'a foutu dehors, prétextant l'arrivée imminente d'une hôtesse de l'air un peu exhibitionniste. Va au diable, Rital de merde, Cosmo a raison, t'es un poison et un enfoiré d'égoïste, je suis pas mécontent de mettre les voiles.

Je suis parti à Washington pour passer Rosh Hashana avec les Fogelnest, des amis d'amis des parents. Plan foireux, prévisible. Les Fogelnest, Mickey et Shirley, ainsi que les Kirschenbaum, leurs invités à cette funeste soirée, sont de grands malades, des émules de la tigresse et de papa Bensoussan. Tous les quatre bossent à l'American Jewish Committee et considèrent que la France d'aujourd'hui c'est l'Allemagne de 1932. « Trop d'Arabes, trop de Nègres, trop de communistes et de laisser-aller, foutez le camp et au plus vite, ça va mal finir », a dit Mme Fogelnest, par ailleurs une cuisinière exécrable.

J'écris sur le lit de leur fils aîné, un pédé, si j'ai bien décrypté les allusions gênées de Mickey hier soir. Je crois qu'ils ont complètement coupé les ponts, le fiston vit au Montana. Je m'en branle autant que du Bingo du Jewish Center de Bethesda où les Fogelnest m'ont proposé de les accompagner. Je déteste Washington, sa moiteur blanche et ses rumeurs conspirationnistes que tous semblent colporter ici avec un malin plaisir.

Demain je me barre. Direction Houston. J'ai enfin réussi à joindre Cindy, la *girlfriend* de Serena. Chère tigresse, ta fiancée sera bientôt mienne. Ha ha ! La roue tourne.

*Los Angeles, 28 septembre 2004*

Cindy est venue me chercher à l'aéroport. On prenait une bière glacée, tranquilles, Downtown, quand son téléphone a sonné. Hyper sympa, Cindy nous avait concocté un programme de malade pour la semaine, des balades en bateau, un barbecue chez un magnat du pétrole, je ne sais quelle autre fantaisie. Elle me bouffait des yeux, elle crevait d'envie que je l'attrape, j'en aurais mis ma main à couper. Mais bon, son téléphone a sonné. Quand Cindy est revenue à table, elle était décomposée : son père venait d'avoir une attaque cérébrale… Elle a sauté dans le premier vol pour Portland et moi je l'avais tellement mauvaise que j'ai failli me battre avec un steward dans l'avion vers Los Angeles. Je ne suis resté que six heures à Houston, dont trois à l'aéroport.

Depuis deux jours, RAS. Je glande à la piscine du motel, derrière Venice Beach, et j'enquille les bourbons en pensant à Naomi la métisse, à Cindy la rousse et à des jours meilleurs. Demain soir, je passerai Kippour avec Paul Koskas, une légende familiale dont on m'a rebattu les oreilles.

Paul est arrivé à Malibu au milieu des années 1960. À Nabeul-sur-Mer, il traînait la réputation d'un galopin vicieux dont la prouesse la plus mémorable fut une liaison avec l'institutrice pendant que son cousin, mon père, d'un an son aîné, peinait à diviser et à soustraire. Les sages du village décidèrent de le déporter. À L.A., le garnement a rapidement fait son trou. Je ne sais trop comment, Paul est devenu l'intime des Beach Boys, au point de les relooker de pied en cap pour leur grand tour '67. Bientôt il s'est retrouvé au milieu de toute la scène psyché de la côte Ouest, les Flying Burrito Brothers, Stephen Stills et même, un temps, le petit Charlie Manson : hippies, freaks, tous se sont habillés chez Paul. Mon père le décrit d'une métaphore : *Bate laïla maa djejaj sbah ikaki :* une nuit avec les poules lui a suffi pour apprendre à caqueter.

Paul a bâti un empire de la sape et aujourd'hui il est la première fortune du groupe Koskas, loin, loin devant Ézéquiel. On raconte que sa multinationale est organisée sur des bases ethniques : les Chinois confectionnent, les Coréens comptent, les Mexicains transportent, les Italiens dessinent, les Israéliens markettent et lui encaisse. Il se fait désormais appeler Paul de Koskas ou PdK, sa marque de vêtements.

J'ai acheté un gros cigare à Paul. Il a peut-être deux ou trois conseils judicieux à me donner.

*Topanga Canyon, 2 octobre 2004*

J'ai loué une vieille Dodge Charger, la voiture des méchants de *Bullitt*, pour aller jusqu'à la villa néogothique de Paul, à Santa Monica. La lune inondait le Pacifique et tout le monde était à table quand je suis arrivé, Paul et ses dix enfants, des métisses, une rousse, des jumeaux blonds et une Eurasienne aux bras tatoués, au milieu desquels tourbillonnait une escouade de soubrettes à coiffes blanches. Pas un ne m'a adressé la parole ni même un regard quand leur père m'a présenté.

Paul et moi sommes partis à la synagogue du Wilshire Boulevard, un théâtre tamisé où grinçaient des violons et où un chœur psalmodiait. Un office très bizarre, piloté par une rabbine lesbienne et peuplé d'oiseaux inconnus à S. Un expert-comptable a battu sa coulpe sur scène. Un rasta et un paralytique ont appelé à la miséricorde et à la clémence. Et puis la guest star a fait son entrée. Barbra Streisand, *the one and only!* Elle a déclamé une comptine de Paulo Coelho : « … Le monde trouvera sa vérité quand l'homme saura aimer – jusque-là, nous vivons en pensant que nous connaissons l'amour, mais sans avoir le courage de l'affronter tel qu'il est. Aimez-vous les uns les autres ! Et n'oubliez jamais qu'une action est une pensée qui se manifeste. La richesse n'est pas la quantité d'argent que l'on possède mais la façon dont on l'utilise. Donnez, donnez, aux nécessiteux de South Central et d'Israël ! » Paul a tendu un chèque de cent mille dollars à une hôtesse qui parcourait en minijupe les travées du théâtre.

Au motel, j'ai passé une nuit affreuse. Mon eczéma m'a rendu dingue, j'avais envie de m'arracher la peau. Ce cirque ésotérique à Kippour, l'orgue et les majorettes, très peu pour moi, j'ai besoin d'orthodoxie et de pèlerins à l'haleine nauséabonde pour expier mes péchés. Je ne plaisante pas avec ma désinfection spirituelle annuelle. J'ai tout de même dû me masturber pour calmer mes angoisses, en suppliant l'Éternel de me pardonner cette ultime souillure avant le grand jugement.

Au réveil je me sentais beaucoup mieux : en ouvrant les rideaux, grand soleil, des bandes de donzelles se dirigeaient vers la plage et j'ai chantonné le générique de *Drôles de dames*... Bien décidé à jeûner, je suis quand même allé à la mer. Une bêtise, une de plus : vers une heure, ma tête cognait tellement fort que j'ai couru à la première buvette m'acheter un Coca et un hot-dog. Dix minutes plus tard, j'étais au volant en quête d'une synagogue. J'ai tourné pendant des heures et des heures. À Hollywood, j'ai guetté en vain Natalie Portman et Winona Ryder. Et puis un vieux juif est tombé du ciel.

Par sa faute, j'ai atterri à l'office iranien du *Beverly Hills Hotel*. Les Persans à grosses bagouses m'ont snobé, eux aussi. Tant pis, je me suis plongé dans le livre de prières glissé dans ma valise par mon père et j'ai frémi en parcourant *La Voie des justes : Qui compte de la petite monnaie dans la main d'une femme, afin de la contempler à son aise, n'échappera pas à son juste châtiment et celui qui scrute avec passion le petit doigt d'une femme est à considérer comme si de son regard impudique il l'avait mise à nu... ; souiller sa bouche par des paroles lascives, c'est s'enfoncer dans la ruine. Ne te laisse pas solliciter par des pensées lubriques pendant le jour, afin de ne pas être éprouvé par l'impureté pendant la nuit. Avoir l'esprit obsédé par des images sexuelles est un état plus grave que l'acte lui-même...*

J'ai eu un méchant coup de cafard quand le *shofar* de la libération a retenti. Tout le monde s'embrassait et grignotait des gâteaux, moi j'étais seul et affamé devant la piscine du palace. En rentrant chez Paul, j'ai pensé à mes parents qui dormaient blottis l'un contre l'autre, comme chaque matin depuis trente-cinq ans.

Chez PdK il n'y avait plus rien à bouffer à part quelques saucisses froides. Un amas de beurre de cacahuètes et de sirop de maïs enveloppé dans un T-shirt de la taille d'un chapiteau est alors entré dans la cuisine. C'était Melika, une voisine, qui m'a chipé une saucisse et m'a proposé de la rejoindre plus tard dans un bar.

J'ai retrouvé Paul dans sa salle de télévision en train de mater un match de boxe sur un écran large comme un wagon-citerne. On a fumé des cigares, bien meilleurs que celui que je lui avais offert, avant de descendre jouer au billard. Paul m'a raconté que ma grand-mère Toutou, décédée l'année de ma naissance, poursuivait mon père jusqu'à l'entrée de l'école un verre de lait à la main. C'était un élève assidu, toujours souriant, un gentil gosse qui collectionnait les timbres et les papillons : Jacques senior Koskas dans toute sa splendeur, déjà.

Et puis, peut-être parce que je l'ai battu à plate couture, PdK m'a demandé combien je gagnais. Deux mille quatre cents euros.

— Par jour ?

Paul s'est foutu de ma gueule. Il m'a demandé si je n'aimais pas les belles gonzesses et les grosses voitures et il a décrété que je ressemblais beaucoup à mon père, un gros bosseur ( ! ? !) incapable de jouir des petits plaisirs de la vie. Ensuite il m'a fait la leçon : « Dans la vie, Jacques, il faut savoir ce qu'on veut. Les contradictions, les doutes, les empêchements, c'est de la gnognote d'ashkénaze ou de gonzesse, il faut oublier. Tu aimes une femme ? Tu te plies en quatre pour la conquérir et la garder. Elle t'ennuie ? Tu te barres. Ton job ? Soit tu l'adores et tu donnes toutes tes tripes, soit tu démissionnes mais tu ne traînes pas, il ne faut jamais, jamais traîner, Jacques ! C'est pareil pour tout. Apprends à trancher, n'aie pas peur de renoncer, c'est comme ça qu'on avance. Moi, je me suis marié quatre fois, je suis tombé, je me suis relevé, c'est la vie, elle est courte et elle vaut le coup. Fous-moi le camp et lève une minette ce soir. »

Au bar où m'attendait Melika, les deux brunes très attirantes qui l'accompagnaient se sont barrées peu après mon arrivée. Son frère et sa femme ayant, je cite, « envie de baiser », on a quitté le bar et je me suis retrouvé en tête à tête avec l'obèse, pour une balade le long de la plage à Venice Beach. Des gangs devaient s'entretuer, dans les parages on entendait des coups de feu. Melika a ricané en dégainant de sa robe bouffante un *blunt* de marijuana, une sacrée massue, waouh, j'ai tiré trois lattes, le méchant trip, j'ai pensé à Clémence, je l'ai vue enceinte de moi et j'ai voulu rentrer dare-dare au motel prendre une douche froide. « Pas question, a dit la baleine, qui m'a plaqué contre une palissade en m'agrippant les poignets, je vais te lécher les testicules. » La déglinguée a imité le castor en exhibant ses incisives tandis que sa langue cognait son palais avec des clappements d'hélicoptère sur le point de s'envoler. Je lui ai balancé un genou dans le ventre et j'ai couru à perdre haleine jusqu'à la Dodge.

Voilà le bilan de mon Kippour californien. Depuis, je tue le temps à Topanga Canyon en shootant des lézards, j'ai la haine, le voyage m'a coûté un bras, j'en ai ma claque de l'Amérique, j'ai pas envie de rester, j'ai pas envie de rentrer à Paris dans trois jours, pour faire quoi, pour voir qui, le gros Freddo, les Robert, les connasses de l'été, Clémence et Serena si tout va bien… Merde de vie.

*Paris, 18 janvier 2005*

À quoi bon consigner le néant ?

Depuis trois mois, je m'emmerde toujours autant au journal. Hugo me tape tellement sur le système qu'un de ces jours je vais lui planter un couteau dans le dos. Le gros Freddo a été nommé rédacteur en chef adjoint.

Cosmo est moins disponible. C'est sérieux avec Sophie, ils vivent ensemble depuis trois semaines.

Mon père n'arrête pas de m'appeler, merde papa il fallait t'occuper de moi quand j'avais six ans plutôt que de jouer jour et nuit au docteur avec tes patientes, trop tard, trop tard papa, fiche-moi la paix.

J'ai perdu mes papiers hier, deux semaines après m'être fait tirer mon portable dans le métro par des gitanes qui avaient à peine douze ans. Je n'ai même pas l'énergie d'aller au commissariat faire une déclaration de vol.

Une bonne nouvelle tout de même : l'adjudant Robert, qui a fait un infarctus la veille de Noël, est toujours dans le coma.

*Éléphant* de Gus Van Sant m'a bouleversé.

Il pleut.

*Paris, 21 janvier 2005*

En fait, je me noie. Je vis au jour le jour comme un animal. Dimanche, j'ai baisé Serena, Clémence *et* Maud. N'importe qui et n'importe quand. N'importe quoi. Léger refrain et douce rengaine, je grimpe les escaliers, pénètre chez l'inconnue, j'adore et puis j'oublie. Je suis un obsédé.

Je n'arrive pas à passer une soirée seul chez moi. *Chez Raymond* est devenu ma seconde maison. Qu'est-ce qui cloche ? Je brûle comme si chaque jour devait être le dernier.

En arrêt maladie depuis hier. Le médecin a dit que je présentais des symptômes avancés de burn-out. Ainsi soit-il. J'ai fait un rêve érotique où mamie Greta me… Elle est décédée il y a huit ans, jour pour jour.

Il faut que je me calme.

Rendez-vous cet après-midi chez un éditeur. Je veux écrire un traité : *Le Sionisme, une révolution érotique : le grand dessein des pères fondateurs.* J'y pense depuis l'affreux mariage de Gabriel.

*Paris, 22 janvier 2005*

L'éditeur est partant ! Je vais reprendre pied, m'y mettre à fond, dès que j'aurai fini l'arrêt maladie.

# 14

*Rio de Janeiro, 3 février 2005, Rio, Rio ! !*

Je me pince mais je suis bien allongé sur une chaise longue à la plage de Leblon ! Tout s'est passé très vite à mon retour à *La Turbine* après le burn-out. Huguin m'a proposé de participer au voyage de presse qu'organise la célèbre marque de tongs Havaianas sur ses terres. J'ai toujours détesté les tongs, presque autant que les pantacourts, mais je n'ai pas fait la fine bouche. Si son clap-clap rythme le roulis de l'océan à Copacabana, va pour la tatane.

Dès que je suis monté dans l'avion, j'ai tout oublié, la grisaille des derniers mois, le bout de plastique aromatisé au saucisson avalé en salle d'embarquement – qui octroie les licences dans les gares et les aéroports français ? Que fait le gouvernement ? J'ai ignoré les affèteries du personnel de bord et les trous d'air pour me plonger dans *Maîtres et esclaves*, offert par Cosmo avant le départ. Gilberto Freyre écrit que la société brésilienne a « (presque) commencé dans une ambiance d'intoxication sexuelle ». Lorsqu'ils accostèrent ces rivages luxuriants, les flibustiers portugais trouvèrent des sauvagesses alanguies qui les prirent pour des dieux. « Les plus ardentes allaient jusqu'à se frotter entre leurs jambes ; elles se glissaient dans leur hamac et s'abandonnaient pour un peigne ou un morceau de miroir… »

Ô Brasil, ô coït tropical ! J'étais en transe à mesure que l'avion transperçait les nuages roses et plongeait vers la lagune étincelante. Rio au soleil levant.

*Rio, 10 février 2005*

La visite de l'usine à claquettes avant-hier m'a mortifié. J'en peux plus, je me suicide à petit feu.

J'ai démissionné.

Je viens d'appeler Huguin, je l'ai réveillé ce con, je lui ai crié *I resign* plusieurs fois pour qu'il ne se méprenne pas, je lui ai conseillé d'en faire autant s'il voulait conserver l'estime de sa femme et de ses enfants et je lui ai raccroché à la gueule, je viens de grimper sur le toit de l'hôtel, le Christ Rédempteur me regarde, auréolé par les étoiles qui brillent de leur éclat impressionnant, le sang bat à mes tempes, je ruisselle de sueur, j'ai brisé mes chaînes, je suis libre, libre, je ne traînerai plus, Paul de Koskas, je te le jure ! cette nuit est un nouveau départ, l'an 1 de ma révolution, adieu France timorée, juifs nombrilistes et angoissés, adieu Hugo, Clémence, Serena et Gabriel, *ciao a tutti*, je viens de tuer l'Austro-Hongrois qui sommeille en moi, vous ne me reverrez plus, je vous laisse à vos abonnements au Club Med Gym et à vos stimulants en suppositoires ou en comprimés, serrés par le fisc et les embouteillages, je prends mon destin en main, les hommes remarquables frôlent constamment le précipice et au Brésil, en Amérique du Sud, partout, je vais faire craquer l'écorce de la vie.

*Trancoso, 6 mars 2005*

Je suis dans un coin de paradis, un promontoire enfoui dans la végétation qui domine l'océan. Les premiers jours ont été idylliques, conformes au programme que je m'étais fixé en quittant Rio : jogging dans l'air transparent du matin, poissons à la braise, réflexions sur le sionisme et coucher avant minuit : « ordre et progrès », comme tous les Brésiliens. À l'exception des villageois de Trancoso. Toute la journée, ils sont vautrés sur la plage à l'ombre d'un tamarinier, ils engloutissent des langoustes et des glaces à la maracuja et se retrouvent le soir pour picoler autour de la roulotte de Fão, un virtuose du shaker dont la caïpirinha au jus d'ananas est une merveille.

La première nuit où je me suis aventuré chez Fão pour acheter de l'eau minérale, le barman et les poivrots du bled ont ricané. Leurs quolibets m'ont fait cogiter : je dois cesser d'être constamment décalé. Si les autochtones ne branlent rien, il faut me plier à leurs coutumes. L'anticonformisme, c'est terminé ! Bref, j'ai décidé de grandir en me laissant vivre.

*Tudo bem.* En toute modestie, je peux écrire que mon intégration a été très rapide. Au village, tout le monde me connaît, et Fão est en passe de devenir un ami : chaque soir, quand le crépuscule framboise monte derrière la falaise, je passe à la roulotte. L'herbe paraguayenne qu'il m'a vendue est si ensorcelante que l'autre jour, sur la plage, j'ai confondu les nuages avec les côtes africaines. La drogue m'encourage à poursuivre mes recherches charnelles de l'inconnu. Dans la mangrove poussent des femmes fruits, des amphores frisottées. Romantiques et désinhibés, nous nous entendons à merveille.

Je ne regrette rien ni personne, sauf Cosmo, mais il a désormais d'autres chats à fouetter. Je n'ai pas été aussi heureux depuis longtemps.

*Trancoso, 10 mars 2005*

Fão m'a présenté Johnny, un drôle de type, visage basané, nez de vautour, des yeux très sombres. Son gros ventre est couvert de tatouages. Je l'avais repéré ce matin, à la plage il jouait avec son labrador à marée basse et, de ma serviette, j'avais l'impression qu'il se faisait lécher les roupettes par l'animal. Johnny a beaucoup aimé ma nouvelle moustache et il m'a payé plusieurs tournées ce soir.

*Trancoso, 17 mars 2005*

Nous sommes désormais inséparables avec Johnny, mon Cosmo des Tropiques. Johnny entretient lui aussi des relations compliquées avec son père, un homme volage qui a fait fortune dans l'huile de palme. Il en exporte à bas prix vers Cuba par sympathie pour l'île rebelle. Et Johnny est lui aussi à la recherche d'une deuxième vie après avoir sérieusement déconné au cours de la première, même s'il ne veut pas m'en dire grand-chose. Mais il est serein. « *Tranqüilo* Jacques, il ne faut rien précipiter, les bonnes idées mettent du temps à mûrir, profitons à fond de la parenthèse qui nous est offerte » : voilà ce qu'il me répète toute la journée.

Hier, pendant notre dîner à la *Baracca de Jonas* où l'on sert une merveilleuse *moqueca* de poissons, un gamin trapu qui jouait au tennis-ballon sur la plage a attiré notre attention. Le gosse avait des jambes félines et arquées, « comme Garrincha », dixit Johnny, et des pieds démesurés, en forme d'éventail, des pattes de canard idéales pour amortir, piquer ou lifter un ballon. On l'a longuement applaudi à la fin du jeu mais ce con nous a tiré la langue.

Ce soir nous sommes revenus l'observer. Il a réussi des passements de jambe et des feintes extraordinaires, dont une aile de pigeon parabolique. Cette fois, nous avons réussi à lui arracher son nom : Guzman Benco. Physique, technique, Guzman est une pieuvre, un futur crack, le Pelé du XXIe siècle, j'en suis convaincu.

*Trancoso, 18 mars 2005*

Johnny m'a réveillé à l'aube, ultra-speed. « J'ai l'idée, j'ai l'idée ! a-t-il hurlé. On va devenir les agents de Guzman Benco, faisons-lui signer un contrat immédiatement ! »

Quand Johnny a quitté ma *pousada*, je trouvais son plan fumeux mais plus les heures passent plus je le trouve sensationnel. En vendant Guzman, on va ramasser un paquet de fric, suffisamment pour roupiller au soleil plusieurs années et m'acheter une villa dans les environs. Paul de Koskas, tu seras bientôt fier de ton petit cousin : grâce à la pieuvre de Trancoso, un fauteuil d'orchestre l'attend ! À lui la mondialisation heureuse, les gourmettes incrustées de diamants et les vacances avec David et Cathy Guetta sur le yacht de Flavio Briatore ! Allez, hop ! Banco sur le Benco !

*Trancoso, 19 mars 2005*

La *vovo* Aida, la grand-mère de Guzman, nous a donné du fil à retordre. Elle nous a fait tout un cirque, la vieille édentée, elle a gémi et s'est signée mille fois devant un crucifix grossier pour négocier un pourcentage plus élevé sur les primes de transfert de son petit-fils. Mais ça y est, c'est signé : Guzman est notre poulain !

Tournée générale chez Fão et grosse fiesta à la mangrove…

*Trancoso, 20 mars 2005*

Intense journée de travail malgré une vilaine gueule de bois. Heureusement, Johnny m'a donné une pilule rose qui m'a bien stimulé.

Voici notre *business plan :*

1) Trouver un club à Guzman. On a hésité – club huppé ? club formateur ? Real de Madrid ? Auxerre ? – et en fin de compte on a décidé de fourguer la pieuvre à une équipe du Golfe (mon idée) : les émirs sont blindés et achètent de jeunes chèvres, des stars déchues ou caractérielles, tout et n'importe quoi tant que c'est certifié *made in Brazil.* Prenez garde, ô nouveaux maîtres du monde, au nom des femmes dont vous avez si peur, nous allons vous entuber.

2) Tourner un clip à la gloire de Guzman. Johnny va le filmer en contre-plongée en train de jongler et de tirer des coups francs. Nous avons aussi prévu d'organiser un petit match factice où Guzman sera mis en valeur.

3) Envoyer l'ensemble du dossier aux clubs d'Al Ahli Doha, Al Khor, Al Rayyan et Al Kharitiyath, nos premiers choix.

Johnny et moi sommes très confiants, rien n'a été laissé au hasard, du travail de pro.

*Trancoso, 21 mars 2005*

Le tournage s'est bien passé. Guzman a trouvé sur coups francs la lucarne de Luis Bebeto, le cuistot de la *Barraca de Jonas*, et lui a marqué la bagatelle de douze buts (dont deux du talon) au cours de la rencontre.

Johnny a monté le film pendant que j'écrivais aux clubs qataris. À trois heures du matin, nous avons sorti du lit le receveur des postes afin qu'il envoie immédiatement nos missives vers le Golfe persique.

Je n'ai pas dormi tellement je suis excité.

*Trancoso, 26 mars 2005*

Incroyable mais vrai : les dirigeants d'Al Ahli et d'Al Rayyan nous ont appelés dans la matinée ! Flairant l'affaire du siècle, ils invitent Guzman et ses deux managers à venir faire un essai sur leur pelouse synthétique. Il lui faut un passeport et régler quelques conneries administratives à Brasilia mais Johnny va s'en occuper. D'ici quinze jours, trois semaines au plus tard, nous serons à Doha pour négocier le fabuleux contrat.

C'est fou comme tout s'est accéléré ces derniers jours. L'écorce de la vie crisse, crisse, les choses bougent, le monde tourne et moi j'avance... Je ne remercierai jamais assez le ciel de m'avoir dépêché Johnny.

*Trancoso, 29 mars 2005*

La rumeur s'est répandue dans tout le village et jusqu'aux coins les plus reculés de la province. On parle de sommes astronomiques et l'ambiance se dégrade : Guzman Benco suscite toutes les convoitises. Le receveur des postes nous a menacés de révéler notre combine à une feuille de chou locale si on ne lui versait pas un quart du montant du transfert. Des donzelles et des travestis rôdent autour du prodige. Même Fão nous regarde différemment. Johnny est nerveux, il a peur du mauvais œil et qu'un malheur arrive à Guzman. Nous lui avons interdit de jouer sur la plage et ne le lâchons plus d'une semelle. Malgré les protestations de la *vovo* Aida, nous avons fêté Pessah tous ensemble dans sa hutte en torchis. La sortie d'Égypte approche.

*La Havane, 2 avril 2005*

Johnny a décidé qu'on devait mettre Guzman au vert tant que les formalités administratives n'étaient pas réglées. Nous sommes donc arrivés hier à Cuba où une délégation officielle nous a accueillis. Tapis rouge, fanfare militaire, majorettes, le père de Johnny, un intime de Raúl Castro, a le bras long sur l'île, il a tout organisé en moins de vingt-quatre heures. Ici, nous pourrons parfaire la condition physique de Guzman et lui forger un mental de guerrier.

*La Havane, 7 avril 2005*

Johnny se révèle un entraîneur pointilleux et autoritaire. Avant sa première collation de sucres lents, Guzman doit s'avaler cinq ou six tours de piste et travailler ses appels dans le dos de la défense, en embuscade. Dans le vestiaire s'enchaînent séances de musculation, causeries technico-tactiques, visionnage des plus beaux buts de la Coupe du monde, audition de l'hymne de la Ligue des champions et tatouage des avant-bras de Guzman : selon Johnny, le métier de footballeur ne s'improvise pas du jour au lendemain. Quand il fait vraiment trop chaud, il fait défiler le gosse dans le corridor de l'hôtel, une contrefaçon de sacoche Vuitton en bandoulière et un casque audio sur les oreilles. Johnny voit décidément très loin.

*La Havane, 8 avril 2005*

Johnny voit trop loin. Pour la première fois nous nous sommes engueulés. Ce matin, il a tenté d'enseigner à Guzman le b.a.-ba de la communication footballistique : « Ne dis jamais ce que tu penses même si tu ne penses à rien. Ne parle jamais politique, ne critique jamais un coéquipier et encore moins ton entraîneur en public. Invoque Dieu si ça t'amuse, c'est tout. » Ensuite, il lui a fait répéter en portugais et en anglais une liste d'expressions-clés dans laquelle il piochera à chacune de ses apparitions télévisées : « Je prends les matchs les uns après les autres » ; « Je suis au service du collectif » ; « Le bloc équipe monte en puissance » ; « Je ne me prends pas la tête » ; « Je ne suis pas un tricheur » ; « L'ambiance est excellente dans le groupe » ; « Que du bonheur ! » « C'est énorme ! » et d'autres âneries du genre. Au bout de deux heures, comme Guzman en larmes réclamait un ballon, j'ai tapé du poing sur la table. J'ai dit à Johnny qu'il ne dirigeait pas un camp de redressement et que j'en avais marre de ses grands airs : « Tu cesses de me donner des ordres parce que je ne suis pas ton adjoint. Et arrête de t'enfiler ces gélules mystérieuses dès que j'ai le dos tourné… » On a eu une sévère explication et à partir de demain c'est moi qui prends les rênes de Guzman. On va travailler en s'amusant. Le pur-sang va retrouver tous ses instincts.

*La Havane, 14 avril 2005*

Les opprimés ne valent pas mieux que leurs oppresseurs.

Depuis que je lui ai lâché la bride, Guzman est insupportable. Avant-hier, en entrant au vestiaire, il m'a balancé un seau d'eau sur la gueule et ce matin, je me suis réveillé le pénis couvert de cirage. Le porc se mouche dans ses doigts avant de me serrer la main chaque fois qu'il marque un but. Je n'arrive pas à imposer mon autorité et je soupçonne Johnny de l'encourager à déconner. Nos relations se dégradent. Depuis notre altercation, il boude, confondant l'accessoire et l'essentiel, sauf la nuit, où il se déchaîne. À ma prise de pouvoir, j'ai inconsidérément abrogé le couvre-feu, après que Guzman est rentré ivre mort du *Tropicana Dancing*; il avait fait le mur. Depuis, nous l'accompagnons dans ses sorties nocturnes. Mais à La Havane, cette ville qui a érigé le vice en veau d'or, nous sommes la proie du Serpent. Tous les soirs, depuis une semaine, c'est le même bordel : nous ne sommes pas de taille à résister à l'essaim de nymphettes humides qui se ruent sur nous sitôt que nous sommes assis à la terrasse d'un café. Surtout pas Guzman, qui vient de prendre conscience de son ascendant, un gourdin gigantesque qu'il exhibe désormais en riant comme un possédé. L'animal (le gosse), Johnny, moi, sommes au paradis. D'un mouvement du menton, pour un mojito et une poignée de dollars, nous pouvons posséder toutes les femmes. Une catastrophe : Guzman n'a plus du tout la tête au football mais à Esmeralda, une garce vénale dont il prétend être amoureux depuis deux jours.

Vivement notre retour au Brésil et le grand départ vers Doha.

*Santiago, 17 avril 2005*

Putain, c'est la merde. Guzman s'est fait la malle avec sa petite traînée et le portefeuille de Johnny qui m'a réveillé en sursaut, furax comme jamais. « Depuis que tu le coaches, Guzman a pris de très mauvaises habitudes. Il fallait le serrer, ce crétin, sa fugue c'est ta faute, j'espère pour toi qu'on va lui mettre la main dessus sinon, sinon… » Ses yeux jetaient des éclairs, j'ai pas bronché.

Guzman devait participer à une rencontre de bienfaisance avec une sélection locale du comité de défense de la révolution, cet après-midi, à Santiago. Une énième initiative du père de Johnny. On a tout annulé.

Toute la matinée, sous une pluie diluvienne, nous les avons cherchés partout, partout, mais que dalle. Il a fallu raconter leur disparition aux autorités et ça a bardé.

*Santiago, 19 avril 2005*

Notre joyau et sa fiancée sont toujours introuvables, c'est à n'y rien comprendre. Le président d'Al Rayyan a encore appelé Johnny ce matin pour connaître la date de notre arrivée. L'émir s'impatiente, Johnny se ronge les sangs et m'insulte. Il a envie de m'étriper mais je reste zen, Guzman va forcément revenir.

*La Havane, 20 avril 2005*

Ma main tremble en rédigeant ces lignes, probablement les dernières, je suis en taule, à la prison pour étrangers de La Havane.

Nous avons pris la route très tôt ce matin pour rentrer, toujours bredouilles, encouragés par les flics de Santiago pas mécontents de se débarrasser de Johnny qui tournait en rond dans leurs bureaux comme un lion en cage depuis la disparition de Guzman. Nous roulions dans la Sierra Maestra quand j'ai avisé une auto-stoppeuse que j'ai fait monter avec soulagement, terrifié à l'idée de rester seul avec Johnny. Il est fou mais pas au point de liquider devant un témoin en body rose un innocent en rase campagne. Il a avalé un sédatif et j'ai été pépère… jusqu'au moment où j'ai mis la gomme et percuté de plein fouet un urubu.

Le pare-brise était explosé et Johnny sur le point de faire une attaque. Il a refusé d'appeler ses amis du parti pour nous dépanner et beuglé comme un égorgé : « Papa va finir par avoir des problèmes à cause de toi. Débrouille-toi, pauvre type ! T'es vraiment une malédiction ! »

*Bueno.* L'auto-stoppeuse et moi avons enlevé les plumes du radiateur et les taches de sang du capot, l'assurance de la voiture ne couvrant pas les accidents dus aux animaux. Comme il n'était pas question que je débourse un centime pour les réparations, ô avaricieux fauché que je suis, j'ai donc mis au point un petit mensonge : des pierres étaient tombées du chargement imaginaire d'un camion fantôme qui avait pris la fuite en voyant le désastre.

Notre croisière a repris à deux à l'heure. Au commissariat d'un bled, un plancton m'a informé que seule la police pour étrangers de La Havane pourrait enregistrer ma plainte contre le vilain camion fantôme. Quand je suis revenu à la vieille Buick, Johnny bottait le train d'un va-nu-pieds qui voulait nettoyer la calandre.

Sept heures plus tard, nous avons enfin atteint les faubourgs de La Havane. J'ai déposé la fille sous un pont, Johnny au bordel, et je me suis présenté tout sourire chez les flics. J'ai raconté mon boniment à une métisse chevaline qui a pris ma déposition sans un mot. « Un instant s'il vous plaît », a-t-elle fini par lâcher.

Elle ne me croyait pas, j'ai insisté, elle est ressortie examiner la voiture, j'ai grimacé, elle et ses collègues m'ont menotté : « *Señor* Koskas, vous nous avez raconté des salades, il y a des traces de sang et des cheveux humains sur votre auto. Vous l'avez maladroitement lavée. La vérité, maintenant ! »

J'ai avoué et vite, le volatile, l'auto-stoppeuse, l'assurance, le vagabond… J'ai tout craché et la jument en uniforme m'a giflé. Ils ont refusé que j'appelle l'ambassade de France ou Paul de Koskas et, quand ils ont réussi à joindre Johnny, ce chien galeux a nié avoir été du voyage.

Et voilà.

Depuis cinq heures je me ronge les sangs dans ce cachot qui empeste l'urine. J'ai la dalle, je crève de soif, ils m'ont même confisqué mes cigarettes… Le *Midnight Express* du couillon. D'ici à ce que la police scientifique examine le sang sur la bagnole, je vais croupir au pénitencier pendant des mois. Ou alors ils me tortureront avant de me fusiller sans autre forme de procès. Imbécile de Guzman ! Saleté d'urubu ! Enculé de Johnny ! Dieu tout-puissant d'Israël, pardonne mes errances et aide-moi à sortir de cette souricière, je T'en supplie, je flippe ma race, j'ai des palpitations, mes testicules sont enflés et mes forces m'abandonnent, je, je…

*La Havane, 21 avril 2005*

J'ai été réveillé à l'aube par le cliquetis de la clé dans la serrure de la cellule. Johnny est apparu dans l'embrasure de la porte, les poings sur les hanches, vêtu du costume d'affairiste cosmopolite et des santiags en lézard qu'il portait le jour où nous avons signé le contrat avec Guzman Benco.

L'ordure m'a tendu une clope et m'a mis en garde, rayonnant : un geste, un seul geste malencontreux, et direction la morgue.

Guzman avait été retrouvé et j'allais sortir de mon trou. Mais à deux conditions : je disparaissais à jamais de sa vie et je renonçais à tous mes droits sur notre footballeur providentiel.

J'ai signé son papelard sans lui jeter un regard et il m'a fait escorter jusqu'à l'aéroport où m'attendait un billet Air France. J'embarque dans trois heures. Retour à la case départ. Je suis exténué.

*Paris, 3 mai 2005*

J'ai renoué avec la France comme il se doit, en m'inscrivant à Pôle Emploi. Ayant travaillé 487 jours soit

2 426 heures au cours des 26 derniers mois, je serai indemnisé 700 jours. Deux ans de vacances ! Gloire à Johnny qui m'a renvoyé au pays où coulent le lait et le miel sur la nuque ployée des chômeurs.

Je ne suis aucunement abattu par mes mésaventures sud-américaines. Au contraire, elles ont forgé mon caractère et conforté mon amour du risque : je suis un aventurier, c'est acquis maintenant, un joueur à qui il peut arriver de perdre. Mais bientôt je gagnerai et repartirai vers d'autres horizons. Pas de précipitation, cela dit : je suis libre comme l'air et merveilleusement installé chez Cosmo. Sa petite copine Sophie me casse bien un peu les pieds parce que je fume de temps à autre dans leur living, mais elle s'y fera, l'asthmatique égoïste, d'ailleurs elle bosse toute la journée, qu'est-ce que ça peut lui foutre ?

Le loisir est indispensable à la civilisation. Maximum de plaisirs, minimum d'emmerdements : je viens de terminer *Éloge du repos* de ce salopard de Paul Morand. Moi aussi, je vais perfectionner l'art du relâchement, de la béatitude et de l'heureux délassement. Je transposerai Trancoso et le Brésil à Paris Plages : je revendique haut et fort mon droit à la paresse. D'ailleurs je vais arrêter ce journal. Trop de boulot tous les soirs, j'ai mieux à faire, je suis vivant.

Ça va barder.

## 15

« Le plaisir, Jacques, le plaisir, traque-le partout sans inhibition, et les femmes t'en seront à jamais reconnaissantes. » Le chant maléfique des amphores brésiliennes fut le mot d'ordre de ce printemps chômé. Sourire bleu dionysiaque, art de la caresse et science de l'effleurement, il promenait son érection et se partageait entre Clémence, Serena, bien d'autres encore.

Un matin clair, Sophie implora Cosmo :

— Va parler à Belzebuth, s'il te plaît. Hier, figure-toi que j'ai trouvé un préservatif derrière la poubelle ! C'est un parasite et un gros dégueulasse, ton pote ! Il ne respecte rien ! Et puis tu n'es plus le même depuis qu'il est là. Je veux qu'il s'en aille. Et au galop !

Après la fermeture de sa galerie, Cosmo avait lancé Un People, une *Simha*, une nouvelle petite entreprise dont Sophie avait eu la géniale intuition. Selon les profils et les budgets de leurs clients, ils conviaient à leurs soirées des miss météo, des sportifs retraités et même quelques stars internationales en manque de liquidités : Patrick Bruel venait par exemple de diriger un atelier poker à une bar-mitsvah au musée Grévin. Pour prononcer concomitamment les éloges funèbres d'un défunt et de la modernité, des accords avaient été signés avec Alain Finkielkraut et André Glucksmann. On s'arrachait les deux intellectuels neurasthéniques et en quelques mois, l'affaire de Cosmo et de Sophie avait décollé. Au cimetière ou le temps d'un cocktail, tout le monde était ravi de frayer avec un histrion de la télévision. Sophie était à fond sur le projet et elle redoutait que son fiancé ne se laisse contaminer par l'indolence licencieuse de son cher ami.

« Comment lui dire ? » se demandait Cosmo en écoutant Jacques lui détailler ses dernières prouesses et la fascination de ses conquêtes pour ses « gros œufs de pigeon » qui avaient encore enflé ces derniers temps. Attablés à *La Moule Rouge* sous une photo de Sadate et de Begin à Camp David, les deux amis croquaient des pistaches à l'anisette quand Ézéquiel entra dans son restaurant. Jacques le croyait en cure à Quiberon. Mince, alors. Le vieil avaricieux fondit sur son petit-neveu dès qu'il aperçut sa crinière.

— Chenapan, va ! Tu n'es même pas rentré pour la fête des Moissons alors que tu étais en France ! Ton père dit que tu ne réponds jamais au téléphone et ta mère se fait un sang d'encre. C'est vrai, cette histoire de football ? Alors ça y est, tu es riche ? En tout cas, tu ne m'as pas transmis tes justificatifs pour ta déclaration fiscale. Mille fois je te les ai demandés ! Tu es une cause perdue, tu paieras la majoration, *ya rabbi !*

Jacques passa machinalement deux doigts dans l'encolure de sa chemise ouverte jusqu'au nombril. Depuis son divorce avec Johnny, nul ne lui avait parlé ainsi et Cosmo saisit la perche tendue par Ézéquiel.

— L'Alsace, Jacques, l'Alsace au printemps : les asperges de Hoerdt ! Les radis blancs au vinaigre de vin ! Les vins chantants ! Les sous-bois qui fleurent l'ail jeune ! Les reines de mai lubriques... Oui, mon corbeau charnel, tu devrais faire un petit tour à S. !

Pourquoi pas ? Sa mère lui laverait son linge, il mangerait et téléphonerait à l'œil en Chine, au Texas et au Brésil et pourrait certainement arracher un peu de pognon pour faire un tour à Bâle et déguster des röstis au lard à l'auberge du *Château Lapin*.

Le 3 septembre 1979, jour de sa rentrée à la grande école, Jacques s'était assis sur le même banc qu'une fillette au visage taché de son, Deborah, la petite-fille du bossu Ezra Schapiro. À cause de sa bouche étroite et de ses yeux exorbités, Gabriel l'avait surnommée Poisson. Par une étrange coïncidence, Poisson était là, dans le train qui le ramenait à S., elle lisait *Voici* et d'autres peopleries de merde au bar du Corail. « Cela mérite une bonne petite punition », pensa Jacques qui l'avait immédiatement reconnue. Bien que des ridules se fussent formées à l'angle de ses gros yeux, elle avait conservé ses traits de turbot ou de carpe, Jacques n'avait jamais su distinguer l'un de l'autre.

— Deborah ! Pour une surprise c'est une surprise ! Tu es radieuse !

Pendant que Poisson lui contait son existence galvanisante d'institutrice à l'École Maïmonide de Boulogne-Billancourt, Jacques constata qu'elle ne portait ni alliance ni perruque et en déduisit qu'elle n'était pas mariée. Il considéra aussi son visage blême et décréta qu'elle était vierge, une véritable pucelle, studieuse et timide. Deborah Schapiro, tu es une chose à peine potable mais incessamment sous peu, je vais te déflorer lentement en te tenant par les cheveux ! Et si Poisson résistait, il l'enculerait. Elle se souviendrait *ad vitam* de son vieux camarade de classe verte, d'ailleurs il voulait lui montrer au plus vite les photos-souvenir. Un rendez-vous fut fixé pour le lendemain soir, le séjour s'annonçait prometteur.

Afin d'avoir la paix, il fit à ses parents un condensé très light de son épopée sud-américaine. L'essentiel, c'était la beauté des paysages, la richesse du judaïsme carioca, le triste destin de Stefan Zweig, les berlines américaines de La Havane et ses progrès en salsa. Céleste aurait adoré. Comment allait-elle, d'ailleurs ? Et les filles ? Lui était en pleine forme, travaillant d'arrache-pied à son livre sur le sionisme… Ce qui expliquait son long silence de plusieurs mois, il s'excusait, il avait eu besoin de se recentrer, il avait mûri et fourmillait de projets ambitieux dont il leur révélerait la teneur très bientôt. Jacques senior et Claire l'embrassèrent sur le front.

Le lendemain matin, plein de sève et tout-puissant, Jacques attaqua la journée par un réjouissant coup de fil à son ami Gabriel. Pour lui aussi, l'heure de la vengeance avait sonné.

— Quel mauvais vent t'amène ? grommela le géopoliticien.

— Voyons, Gabi, je voulais prendre de vos nouvelles après ma longue absence.

Jacques se délectait, l'innocent ne soupçonnait rien.

— Tout va très bien. Que veux-tu ?

— Rien, je t'assure. Delphine va bien aussi ?

— Elle est enceinte, elle se porte comme un charme. Qu'est-ce que tu veux ?

— *Mazzal tov* Gabriel ! Je suis très heureux pour vous, sincèrement.

Jacques marqua une pause, savourant l'instant.

— Dis-moi, tu as toujours ton petit bureau, avenue de la Forêt-Noire ?

— Oui, et alors ?

— J'aimerais y travailler ce soir. Je n'arrive pas à me concentrer chez mes parents, c'est toujours le bordel ici, tu sais bien. Tu pourrais me le prêter ?

— Hors de question. Jamais je n'oublierai ton cirque avec la tante de Delphine à notre mariage. Et tu ne t'es jamais excusé. Un vrai goujat !

— Tu as raison, j'aurais dû vous écrire mais peu après j'ai dû partir en mission aux Amériques, et pris par le tourbillon de la vie, l'éloignement, je... Je t'en prie, Gabi, j'ai un truc urgent à faire, laisse-moi ton studio cette nuit, cette nuit seulement.

— Non et non. Cesse de prendre les gens pour des cons, Jacques.

L'insolent. Il était temps d'abattre la carte maîtresse.

— Ah oui ? Tu le prends sur ce ton ? Alors ouvre bien tes oreilles : il était une fois un jeune marié, brillant géopoliticien de province qui enseignait de temps à autre à Paris. Comme il se sentait très seul, il fréquentait ses étudiantes. Par un bel après-midi de printemps, un mercredi, je crois, place de la Sorbonne, il avait rendez-vous dans un café avec une jeune femme, une jolie blonde qu'il dévorait des yeux et dont il tenait les mains tendrement. Gabriel, je continue ma petite histoire ou tu en connais déjà la fin ?

— Ça ne m'intéresse pas tes conneries, Jacques, je n'ai pas de temps à perdre...

— Et moi je suis persuadé du contraire. Peu après, les deux amoureux sont sortis du café, tendrement enlacés. Ils se sont dirigés vers le Luxembourg… Ils s'embrassaient de temps à autre sur le boulevard Saint-Michel. Ils étaient si mignons ! J'ai tout vu, pas de chance Gabriel ! C'était il y a environ dix jours… Toi aussi, cette histoire te dit quelque chose ?

— Petite salope ! dit Gabriel. Qu'est-ce que tu veux ? Tout raconter à Delphine ? Me faire du chantage ?

— Moi, ton vieil ami ? Ton bureau pour cette nuit, c'est tout ce que je demande, je te l'ai déjà dit.

— T'es un grand malade ! Tu me dégoûtes, Jacques, t'es devenu un sale type, une…

— Les grands mots, tout de suite ! Moi, au moins, j'ai la grandeur de ne pas te juger… Allons, Gabriel, reprends-toi, ce n'est pas si grave ce que tu as fait, c'est très humain même, ne te casse pas la tête… Du moins tant que ça reste entre nous. Alors, pour ce soir, c'est oui ou c'est non ?

— Il y a un épicier kurde en bas de l'immeuble. Il reste ouvert très tard. Je lui laisserai ton nom avec les clés.

— Pas de blague, hein ?

— Non, crois-moi, je n'ai pas du tout envie de plaisanter.

Sur le bureau en Formica du félon, Jacques disposa devant le globe pivotant une salade d'artichauts, une fiole d'huile d'olive et une concoction de sa composition à base de pissenlits, d'extraits de cornes de chevreau et de poudre d'huître. Et, bien en évidence, pour rassurer l'innocente, son album de photos avec le Grand Schtroumpf en couverture.

Poisson contemplait un cliché d'elle en Wonder Woman de 5743 quand Jacques effleura l'une de ses cuisses. Elle dégagea sa main, nonchalamment, et quand il tenta de l'enlacer elle le repoussa.

— Je ne suis pas venue pour ça, c'est mal, c'est mal, s'il te plaît Jacques, laisse-moi…

— Deborah, cela fait plus de vingt ans que je pense à toi nuit et jour, depuis que nous avons dansé le tango ensemble à une fête de fin d'année. Notre rencontre dans le train ne peut pas être le fruit du hasard…

Agenouillé, Jacques couvrait ses mains de tendres baisers et Deborah lâcha prise. Sa langue épaisse suçait désormais la sienne avec avidité… Sacrée Poisson, elle était moins maladroite que prévu et se révélait aussi vorace que les autres. Qu'il était naïf !

Maintenant, la déshabiller. Pantelant, il lui retira son gilet et son sous-pull. Ôté son soutien-gorge, il découvrit des boutons de rose attendrissants sur lesquels il refusa de s'attarder, le plus dur s'annonçait, lui enlever sa jupe, ses collants, lui arracher sa culotte en laine, un string en fin de compte… Poisson le fit glisser d'elle-même le long de ses jambes. Étrange, pour une vierge ultraorthodoxe… Comme sa toison pubienne, coiffée à l'iroquoise. Qu'importe ! À l'assaut : il se déshabilla à toute vitesse et fit miroiter sous ses yeux ses gigantesques testicules avant de tenter une manœuvre difficile, une attaque dite du cobra dans l'État de Bahia. Il glissa sa moustache entre les jambes de Deborah, calée dans l'angle du canapé Chesterfield, les bras en extension pour écarter la fente de son boum-boum.

Quand soudain un craquement, la sensation d'avoir un bras gauche de quarante mètres de long, une douleur atroce. Jacques hurla à la mort.

— Jacques ! Qu'est-ce que tu as ? Que se passe-t-il ?

— Appelle mon père, vite, vite, je t'en supplie ! Je crois que je me suis déboîté l'épaule.

— Non, non, c'est impossible ! Honte sur moi, *Yar-chouma*, je ne veux pas, je ne peux pas ! protesta Deborah, hystérique.

Tandis qu'il sanglotait au téléphone, Poisson, à moitié nue, dégringolait l'escalier sans un regard.

# 16

Comme dans un mauvais rêve, il ouvrit lentement un œil et vit ses parents à son chevet sur un fond blanc immaculé qui ne pouvait être que celui d'un hôpital. Claire Koskas lui avait acheté *Le Journal de Spirou* et Jacques senior souriait béatement en lui caressant les cheveux. Ils avaient annulé leurs consultations pour assister à son réveil. À les croire, l'opération s'était bien passée et ses ligaments avaient été resserrés grâce à un rayon laser, pourtant son épaule était lourde comme du plomb. Tout en l'aidant à absorber la compote industrielle qui lui tenait lieu de dîner, ils l'abreuvèrent de paroles et de recommandations. L'infirmière de garde finit par les chasser à la nuit tombée.

Son voisin de chambrée, un homme replet aux cheveux de zinc, en profita pour se présenter : il s'appelait Coen Van Breukelen, fonctionnaire néerlandais au Conseil de l'Europe.

— Van Breukelen, comme l'ancien gardien de l'équipe des Pays-Bas ?

— Oui, comme le portier. Chapeau, monsieur, pour votre culture footballistique ! C'est un cousin éloigné. Figurez-vous que j'étais au Parc des Princes en 1981 quand Platini a empêché la Hollande de participer au

Mundial en Espagne, avec son coup franc... Le crépuscule de la meilleure équipe hollandaise de tous les temps... Une époque touchait à sa fin. Les Pays-Bas ont beaucoup changé depuis, savez-vous monsieur, monsieur ?

— Koskas.

— Monsieur Koskas. Nous traversons une crise terrible. Théo Van Gogh a été assassiné en plein cœur d'Amsterdam ! Croyez-vous que l'islam soit soluble dans nos vieilles démocraties ?

Coen Van Breukelen monologua une petite heure sur la faillite du multiculturalisme à la hollandaise, les banlieues sordides de Rotterdam, la guerre des civilisations, l'attentat à la gare de Madrid – pourquoi les musulmans d'Europe ne manifestent-ils pas ? –, la débâcle des nationalismes arabes, les péchés originaux du colonialisme européen, le ressentiment des uns et les frustrations des autres, les pour et les contre de l'entrée de la Turquie dans l'Union européenne...

Décidément, on n'était jamais tranquille nulle part. Même à l'hosto, il fallait endurer un gros Van Breukelen, allégorie de l'Europe malade et angoissée de ce début du siècle.

— À votre avis, monsieur Koskas, Nicolas Sarkozy ferait-il un bon président ?

— Excusez mon impertinence, monsieur Van Breukelen, mais vous ne voulez pas fermer votre gueule ?

Sous l'effet de la morphine, Jacques passa une nuit étrange, perturbée par des songes psychédéliques et baroques. Un soleil vermillon pointait derrière des persiennes entrouvertes sur un campus californien envahi par des infirmières noires en jupettes de tennis, des clones de Peggy, l'assistante de Mannix, aux cheveux conglomérés en choucroute et ceints de serre-tête fluorescents. Elles lui portaient des œufs brouillés au petit déjeuner.

L'aube était macabre quand Jacques émergea. L'infirmière qui lui fit sa toilette énergiquement écarquilla les yeux en voyant ses testicules :

— *Gotfertomi*, monsieur, excussez-moi, je reviens tout de suite…

Impassible, le Pr Schmuckler lui palpa les bourses et lui tordit les couilles. Il détecta une tuméfaction irrégulière et un ganglion entre la clavicule et le cou. En attendant les résultats de l'échographie, il le soumit à un questionnaire sévère : consommation d'alcool, de tabac et de drogues ; exposition à des radiations nucléaires (Tchernobyl) ; début de l'enflure…

— Qu'est-ce que vous cherchez, docteur ? Vous êtes de la police ? Qu'est-ce qui se passe ? C'est grave ?

— Je ne sais pas encore… Dites-moi, vous êtes le fils de Jacques ?

Le Pr Schmuckler avait bien connu son père.

— Lui, c'était un vrai spartiate, votre papa ! En Mai 68, il bossait ses examens comme si de rien n'était, le monde aurait pu s'écrouler, il aurait continué à étudier. Je n'oublierai jamais sa tête quand un copain, de retour de je ne sais plus où, en Asie, a fait circuler un joint dans une soirée. Notre premier joint ! Votre père a détalé, on aurait dit qu'on lui proposait de la mort-aux-rats…

Le professeur se rembrunit soudain, son assistante lui avait transmis les résultats. Jacques ferma les yeux, marmonna une prière silencieuse.

— C'est pas génial, Jacques, je suis sincèrement désolé. Les testicules... Il va falloir opérer rapidement. Dans une semaine, je ne peux pas le faire plus tôt mais il faut aller vite, on a déjà perdu suffisamment de temps. Vous allez subir une orchidectomie : je vais retirer les testicules du scrotum et examiner les tissus. Compte tenu de ce que révèle votre examen, j'ai peur que leur ablation ne soit nécessaire.

— Leur ablation ! Vous êtes sûr, docteur ?

— Oui, Jacques, je suis navré, vraiment.

— Alors, je vous demande une petite faveur : ne dites rien, pas un mot à mes parents, je vous en conjure, docteur.

Un cancer des testicules...

S'il disparaissait, il voulait laisser à ses parents un souvenir impérissable. De retour chez eux, il fut un agneau. Malgré ses nombreux handicaps, il proposa à sa mère de peler des légumes, de faire les courses à l'hypermarché près de la frontière et le ménage des cabinets médicaux – frottis inclus. Il sauta au cou d'Ézéquiel, prêta l'oreille à ses élucubrations sur la *flat tax* estonienne et sur la légende dorée de Nathan de Rothschild. « Tu te rends compte, ce Bonaparte de la finance a livré tout l'or d'Europe aux troupes du duc de Wellington et acheté des bons de la couronne britannique dont la valeur a augmenté après la défaite de Napoléon. Prends-en de la graine, Jacques : deux ans plus tard, il les a revendus pour des centaines de millions de sterling... »

Lorsque son père posa affectueusement une main sur son épaule valide en lui dévoilant la nouvelle fresque de son cabinet, Jacques faillit cependant défaillir.

« C'est une ode à la femme. Les fleurs soulignées par les petites dorures évoquent l'ovocyte qui va s'expulser au moment de l'ovulation. Ses extrémités ressemblent à une structure d'anatomie féminine : l'utérus et ses voies génitales, les trompes et les follicules des ovaires. Mon fils, cette symbolique est extraordinaire, j'y vois un heureux présage pour toi dans cette maison, havre de bonheur et de sérénité. Admire ses pignons jumelés ondulants et leurs colonnes à cannelures torsadées. C'est ta maison, Jacques ! Dans quelques années tu t'occuperas de cette splendeur Jugendstil ! Ne t'en fais pas, mon lapin, pour ton épaule, tu la récupéreras. Je veillerai moi-même à ta rééducation. Positif, sois toujours positif ! Maman et moi sommes très heureux de t'avoir parmi nous. Et cinq sur toi mon fils dont je suis fier. C'est vrai que tu as changé, tu fumes moins, tu es en train de mûrir… »

Il faillit se jeter aux pieds de son père, lui demander pardon et lui révéler le terrible mal dont il était la proie. Il se contenta de lui demander une bénédiction au pied d'une statue dogon de la fertilité, il s'en remettait désormais à la Providence. Mais pouvait-on rattraper le temps perdu ? Verser les trois quarts de son allocation chômage aux bonnes œuvres de la synagogue, torcher des handicapés, héberger des Afghans chez Cosmo ou faire le clown dans un orphelinat ne changerait rien, il était vraisemblablement trop tard : une semaine de pénitence et de bonnes actions, même intensives, ne suffirait pas à sauver une existence d'errances et d'égotisme forcené. Confrontés à la maladie et à la souffrance, d'autres pécheurs en eaux troubles avaient certainement tenté les mêmes manœuvres dilatoires mais l'Éternel n'était pas si sot, il savait avec quelle délectation il avait mordu son hot-dog à Venice Beach le jour de Kippour. N'empêche, s'il s'en sortait, un jour il Lui rendrait grâce et se soumettrait à ses Commandements.

La nuit, dans son lit d'enfant, Jacques était hanté par ses atermoiements. Il battait sa coulpe, lui qui avait pris la vie comme un pamplemousse et l'avait sucée jusqu'à la dernière goutte. Désormais ne restaient que les pépins, de très gros pépins. Tout n'avait été que plaisanteries et théories foireuses, brèves ruades et soumission à une liberté corrompue. Triste existence et dérisoire destin quand il les comparait à celui de ses maîtres, ces héros de jeunesse dont il avait secrètement rêvé de prendre la succession mais n'avait singé que les travers : boire comme un trou, baragouiner huit langues, fouler les Commandements, vadrouiller, cultiver l'antithèse et le désabusement. À son âge, Joseph Roth militait activement pour l'hypercosmopolitisme de la défunte Autriche-Hongrie, Arthur Koestler avait survolé le pôle nord en zeppelin, Elias Canetti était marié... Ils avaient tutoyé le goulag ou les camps de concentration et leurs livres étaient autrement plus denses que ses minables analyses de la zone euro par temps d'inflation modérée.

Quant aux femmes... Il avait couru la donzelle et forniqué à s'en ruiner la santé mais il n'avait pas assouvi ses fantasmes, jamais tamponné de skieuse autrichienne ni de danseuse du ventre égyptienne. À l'exception de Minox, qui ferait peut-être carrière dans les sommets du parti communiste chinois, il n'avait baisé aucune femme remarquable. Koestler avait attrapé Simone de Beauvoir ; Romain Gary épousé Jean Seberg. Jacques n'avait ni la virilité éthylique de Norman Mailer ou d'Ernest Hemingway ni le pathos héroïque de Vladimir Poutine ou de Chuck Norris. Plus accablant encore, il n'avait jamais rien sacrifié pour vivre pleinement une passion et écouter les palpitations de son cœur, jamais senti de mouvements extraordinaires, d'élans sublimes, de transports cosmiques. Rien qu'une vie de branleur, sans affect ni grandeur.

Il n'était pas Fabrice del Dongo.

Il n'avait jamais aimé.

Il n'avait jamais trouvé sa panthère.

Fabrice del Dongo le tourmentait. Ces jours terribles de juin 2005, quand il ne regardait pas *Une famille en or* au côté d'Ézéquiel, Jacques lisait *La Chartreuse de Parme.* Il en rêva. Del Dongo, redingote sombre et mèche mutine, était l'invité d'un talk-show animé par un roquet qui se pavanait devant un public multiethnique et candide.

— Fabrice, je peux t'appeler Fabrice, n'est-ce pas ? disait l'animateur. Alors, Fabrice, tu as souffert de solitude dans la tour Farnèse ? Tu écris que c'était grandiose mais en réalité tu t'es ennuyé ?

Murmure de l'assistance.

— Honnêtement, Fabrice, Clélia, tu l'as sautée, en prison ?

Rires et applaudissements des premiers rangs. Zoom sur une rousse extatique à forte poitrine.

— Page 600, tu affirmes qu'après avoir aperçu la marquise tu t'es dit : « Peut-être je vais mourir !

Quelle façon charmante de finir cette vie si triste ! » Franchement, Fabrice tu n'en fais pas un peu trop ? Tu te la joues à mort ! Tu gagnes combien, Fabrice ?

Jingle.

La même nuit, Jacques fit un rêve de toute-puissance. À la tête d'un quarteron de généraux en retraite, il s'emparait du conseil général d'Alsace et du siège de France 3 à S. Il proclamait l'indépendance de la province et montait sur le trône avant de masser ses troupes aux frontières de la Franche-Comté. Son mariage impérial avec Aïcha Kadhafi, la Claudia Schiffer du désert, en présence de son père Muhammad et de représentants des dynasties Habsbourg et Hohenzollern s'organisait quand il se réveilla en érection, trempé de sueur, Aïcha !

Le cœur battant, il s'assit en tailleur et contempla ses gigantesques testicules dont les veines saillantes étaient dilatées comme des pipelines. Elles devaient répandre leur poison dans tout son organisme. Pourrait-il encore bander après l'opération ? Avoir du plaisir ? Se reproduire si vraiment il le fallait ? Dans trois jours, le Pr Schmuckler ouvrirait sa bourse pour contempler l'ampleur des dégâts. Au mieux, il finirait impuissant, avec des couilles en verre. Plus vraisemblablement, le médecin découvrirait des métastases disséminées dans tout son organisme. Ses génuflexions matinales n'avaient servi à rien. Il avait dilapidé des hectolitres de foutre. Sous sa couette encore humide, Jacques ne put s'empêcher de songer à ses obsèques, à sa mise en terre aux côtés des Scholem dans le caveau familial, aux sanglots longs de ses parents et de Cosmo, au visage impassible de Guibor Zylberstein et aux éloges de Hugo Huguin et d'Alain Finkielkraut. Ce délire narcissique d'écrivaillon le dégoûtait.

Il avait pourtant été si fier de ses grosses roubignoles... Quel imbécile ! Il allait s'évanouir tel un son sans écho, un bras en écharpe et l'épaule décharnée, à trente et un ans. Il avait tout foiré. Il versa de chaudes larmes cadencées par le tic-tac frénétique de la pendule du salon, compte à rebours de ses dernières semaines ici-bas.

*Love to love you baby* : ces spéculations quasi théologiques furent interrompues par la sonnerie disco du portable. Serena Bensoussan, dont le ton enjoué sonnait faux et qui cherchait ses mots...

— Bon, écoute, Jacques, c'est pas si compliqué finalement..., je suis enceinte d'un mois !

— De moi ?

— De toi !

— Tu es sûre ?

— Certaine !

Un blanc.

— Serena, je te rappelle dans quelques minutes. Jacques fila vomir aux toilettes en maudissant une nouvelle fois ses testicules de taureau. Puis, de retour au lit, il rappela la tigresse.

— Bon, et toi, t'en penses quoi ?

— J'ai été surprise quand je l'ai appris il y a trois jours mais maintenant je suis hypercontente. C'est top ! Papa aussi est ravi. Il dit que mieux vaut un juif bizarre qu'un goy philosémite pour géniteur. Et toi, ça te fait quoi ?

— Je crois que ça va nous faire avancer. C'est tellement beau, un enfant ! Je suis très ému.

— Tu me surprends, Jacques. J'avais très peur de ta réaction... J'espère que c'est une petite fille. J'ai déjà pensé à des prénoms. Que penses-tu de Lindsay ou Allison ? Ou alors Shirel ? Shirel c'est grave canon ! Ah, aussi, papa pense qu'on devrait se marier...

Jacques céda sur tout, le henné de cinq jours, la cérémonie à Eilat ou à Marrakech, le buffet thaï, les dragées roses, MC Nagogue aux platines de la soirée, aucune objection, quelle importance ? Ses jours étaient comptés.

Mais Serena ne risquait-elle pas la fausse couche ? À trente-huit ans, les débuts de grossesse étaient périlleux, Jacques senior mettait toujours en garde ses patientes. Cette fois, Jacques était décidé à perpétuer la lignée des Koskas. Il offrirait à ses parents ce qu'ils attendaient de lui depuis des années, et pour concevoir cet ultime cadeau, il songea à Clémence. Plus jeune que Serena, plus chaleureuse que les éprouvettes à conserver le sperme, Clémence serait une mère attentive et une nourrice robuste. Leur enfant passerait ses étés au grand air à gambader dans les pâturages devant la chaumière de ses grands-parents, à Eguisheim. Schäkele prendrait le petit Franz-Joseph Koskas sous son aile. Ensemble, ils iraient fleurir sa tombe à la Toussaint. Et puis Clémence serait si heureuse d'avoir un enfant de lui. Avant de partir, il sèmerait le bien à tout vent. Que c'était beau ! De nouvelles larmes lui montèrent aux yeux.

Il l'appela et la supplia de le rejoindre le soir-même à S., où il entreprit de la féconder en fleur éclatée dans le bureau de Gabriel. Après quoi, il se réfugia dans ses bras, le corps secoué de sanglots, à bout de nerfs.

*Je pars quelques jours pour des rendez-vous importants à Karlsruhe et Haguenau. Je vous embrasse très fort, votre fils qui vous aime infiniment.* Il avait mesuré ses mots, soigneusement rédigés avant d'être déposés sur la table de la cuisine, et partit au CHU l'esprit serein, ce matin du 12 juin.

À son réveil, le professeur Schmuckler lui apprit qu'il avait procédé à l'ablation du testicule gauche mais qu'il n'avait pas touché au second, moins infecté que prévu. Il n'était pas sorti de l'auberge pour autant : dans deux semaines, il passerait un scanner de l'abdomen au thorax afin de détecter s'il y avait une extension des métastases dans les poumons et le cerveau.

En temps, Jacques acheva *La Chartreuse de Parme* et rédigea son testament. À la petite Lindsay, Allison ou Shirel il léguerait son fauteuil scandinave, et à son fils Franz-Joseph ses platines. Dans un état d'exaltation et d'angoisse extrême, il finit par appeler Cosmo, qui accourut à son chevet. Mort de trouille, il lui montra ses bourses déshonorées par une grosse balafre. La visite de vérité approchait.

Au moins, tout était en ordre : Clémence (aussi) était enceinte de lui, ils allaient fonder une famille.

« Merde à toi, mon frère ! » l'encouragea Cosmo devant l'hôpital, le lendemain. Mais une heure plus tard, Jacques était plus songeur qu'abattu.

— Ça va ?

— Ça va.

— Mais encore ?

Jacques poussa un long soupir. Ses mains tremblaient.

— Le médecin m'a dit que j'étais un miraculé… *A priori* je n'ai pas de métastases dans le reste du corps. Je devrai quand même subir des analyses sanguines et des radiographies pulmonaires tous les mois pendant un an…

— Mais c'est génial, Jacques ! Et ta queue ?

— Elle devrait redémarrer plus ou moins prochainement.

— Et tu n'es pas fou de joie ?

— Oui sauf que… Comment te dire ? Il y a un hic dans cette affaire. Je ne t'ai pas raconté tout ce que j'ai bricolé ces dernières semaines…

Serena. Clémence. Les fœtus.

— En effet, dit Cosmo, pensif. T'es balèze, y a pas à dire… Qu'est-ce que tu vas faire ?

— Je n'en ai pas la moindre idée. Putain de vie ! Je les déteste, ces deux gonzesses, je voudrais ne plus jamais en entendre parler ! Et ces gosses qui vont naître à un mois d'intervalle, qu'est-ce que je vais en foutre ? Tu me vois, faire la navette entre deux foyers, un biberon pour l'un, un petit pot pour l'autre, sans compter leurs mères hystériques ? C'est impossible ! J'ai fait ces gosses pour mes parents ! Pour ne pas complètement m'éteindre. Mais je n'ai jamais eu envie de me reproduire avec ces deux grognasses…

— T'es sûr ?

— À deux cent pour cent.

Les yeux de Jacques s'embuèrent.

— Cosmo, j'en peux plus de mes conneries. Cette existence, c'est fini pour toujours. J'ai pris plus de plomb dans la cervelle ces trois dernières semaines qu'en trente et un ans… Je veux grandir, changer, recommencer ma vie à zéro.

— Vraiment ? Alors barre-toi et fais-toi oublier. Si t'es capable d'assumer l'abandon de deux gamins, c'est la seule solution. Fous le camp !

Dans une lettre type dont il ne changea que les prénoms des destinataires, Jacques annonça à Serena et à Clémence qu'il renonçait à ses enfants et qu'il ne voulait plus jamais entendre parler d'elles. Plus jamais ! Les réactions à ses missives ne tardèrent pas. Joe Bensoussan fut le premier à lui laisser un message sur son portable. Accompagné du service d'ordre du CRIF, il fondait sur S. pour le ramener à la raison. Deux heures plus tard, Schäkele et les frères de Clémence promirent de lui faire la peau. Le clan Schapiro aussi était à ses trousses : Poisson avait raconté à son époux le piège que Jacques lui avait perfidement tendu. Et Gabriel (avec son cousin Jean-Schmuel) était bien décidé à lui fermer sa grande gueule une fois pour toutes.

Jacques devait partir, au plus vite. Le 30 juin 2005, à la nuit tombante, il grimpa à bord d'un train en partance pour Berlin.

# 17

L'opération rédemption commença dans un centre de rééducation de briques roses et de plexiglas austère où il entreprit de revigorer son épaule. Un tram jaune et un train rouge le conduisaient chaque matin à Teltow, commune du Brandebourg, et il y découvrit les charmes d'une certaine routine, les frictions vigoureuses d'un kiné amateur de pizzas Hawaï, les bains tièdes avec des handballeurs estropiés, les mouvements pendulaires fastidieux pour renforcer grand pectoral et abaisseur. Trois mois épuisants, cerné de basketteurs octogénaires et de manchots à minerves, à sursauter aux hurlements de ses comparses en balnéothérapie, des rectangles à têtes de porc, à subir la nourriture monotone, les sifflements de ses ligaments au moindre faux mouvement et le jargon obscur d'une ergothérapeute au parfum écœurant.

Ana, une quadragénaire blonde et francophone qui soignait une rotule fracturée, se prit d'affection pour lui. Chaque soir, en rentrant à Berlin, Ana, volubile, lui parlait de cette ville indécise et de ses constants chambardements : à la chute du Mur, Ana avait connu comme bassiste une gloire éphémère sur la scène post-punk de Kreuzberg tout en travaillant dans un supermarché.

Elle n'avait jamais terminé sa thèse sur la culture du presbytère dans le protestantisme allemand mais elle s'était amusée, avait bu, beaucoup, et absorbé pas mal de cocaïne et autres pilules – les pulsations de la techno. Quand elle fit la connaissance de Jacques, elle était plus sobre et alternativement coiffeuse, cuisinière dans le restaurant d'une amie et photographe.

Elle voulut lui présenter ses amis, l'emmener dans des galeries temporaires où l'on buvait des bières et des jus de pomme sous des néons tièdes. Jacques préféra garder ses distances avec cette femme indiscrète dont la voix haut perchée lui rappelait celle de Clémence. Il voulait manger son pain noir en solitaire, secoué par l'improbable succession de désastres auxquels il venait miraculeusement d'échapper.

Les mois passant, le moineau farouche quitta peu à peu son nid. Ana réussit à le traîner à des vernissages où des lianes portant de grandes bottes d'officiers devisaient de mise en abyme et d'appropriation du réel. Il passa dans des soirées, croisa des géants au crépuscule de la trentaine qui dansaient sur des vinyles de Johnny Cash et sniffaient de la coke sur des lave-linges. Mais il ne s'attardait jamais, il se méfiait de lui-même, de ses errements tempétueux, la farce était finie. Il était sincèrement décidé à franchir un cap et à vaincre son addiction consumériste au sexe. Aussi feignait-il d'ignorer les sourires et les sous-entendus d'Ana qui n'était pas insensible à sa judéité composite. Une nuit de décembre il dut même la repousser. Sans être l'exact sosie de Heidi Klum, elle avait des seins protubérants dont il avait pu observer le nez de Boeing à la piscine de la clinique. Jacques avait succombé à des créatures bien plus ingrates au cours de sa longue carrière de séducteur sans frontières, mais il n'avait pas envie d'elle. Baiser une femme, aussi intelligente fût-elle, lui semblait aussi plaisant que traverser le Pacifique à la nage. Sa *Weltanschauung* était désormais asexuée, il devait se ménager.

Alors ils devinrent amis. À l'orée de sa deuxième vie, il n'aurait pu trouver camarade plus enthousiaste et plus généreuse. Tous les samedis de cet hiver exceptionnellement froid, lorsqu'ils cheminaient à travers des bois étincelant de givre et le long de canaux bordés de pins bleus, Jacques respirait. Cette fois, le Grand Architecte de l'Univers lui offrait la chance de tuer le Bouc qui manipulait ses entrailles depuis l'été de ses dix-sept ans, l'été maléfique du Lavandou. C'était fini, il ne se jetterait plus dans le brasier, il ne glisserait plus sur chaque pente qui s'offrait à lui. Cette conception purement expérimentale de l'existence, tous ces zigzags, le labour de la mer, le virus de l'intensité, c'était terminé.

Au côté d'Ana et des copines qui les accompagnaient parfois, d'accortes Teutonnes également dotées de plusieurs paires de chaussures de randonnée, il se sentait gagné par une nouvelle maturité émotionnelle. Le monde n'existait pas seulement pour satisfaire ses désirs. Le monde, c'était aussi l'amitié et ses hautes exigences morales, le romantisme campagnard qu'il découvrait en visitant les monastères de la région, foyers des visions rigoristes de la bourgeoisie éclairée allemande, de sa soif de systèmes et d'absolus. Ana parlait, Ana expliquait et, comme dans un tableau de Chardin, il entrevoyait de chastes jeunes filles qui cousaient devant l'âtre en écoutant la prière du soir tandis que des galettes de pommes de terre rissolaient dans le saindoux. Une existence harmonieuse et ascétique, version originale de celle qu'il menait chez lui dans son petit penthouse, temple des Lumières de l'an 06, en le quartier bourgeois-bohème de Prenzlauer Berg.

Il cherchait le vrai, il s'en approchait. Dans son intérieur frugal, seuls détonnaient l'œuf scandinave et un cadre baroque où ses deux nièces tiraient la langue. Il s'efforçait d'épousseter régulièrement et prenait des nouvelles de ses parents un dimanche sur deux peu avant onze heures. De New York, Claudio, à qui il avait pardonné, gérait sans indulgence son budget. Aux allocations chômage venait s'ajoutait le loyer d'une studette que le Napolitain lui avait fait acheter (à crédit) à Miami après avoir vendu les deux box de parking à S. légués par les bienveillants Scholem. Mais pas question que Claudio vienne perturber son nouvel environnement ne serait-ce qu'un week-end. Jacques chérissait sa solitude, les longues soirées d'hiver à écouter les miaulements cosmiques de Phallus Dei et la Traummaschine de Ash Ra Tempel, « le krautrock à son zénith, peut-être le nec plus ultra de la civilisation germanique », écrivit-il à Cosmo. Cette cacophonie lancinante lui ouvrait les portes de la perception, l'accès à des paysages à la Jérôme Bosch ou à la solitude d'une station orbitale dans la nuit écarlate. À chaque écoute, de nouvelles associations fusaient et puis disparaissaient comme une étoile filante. Avec leurs congas et leurs sirènes de fin du monde, leur musique parfois menaçante, les dingos chevelus de Ash Ra Tempel lui rappelaient qu'il était minuscule, un atome dans l'infini du cosmos. « *Inbafi wadi el zbib* », aurait dit Jacques senior : un grain de raisin dans le vignoble d'un oued.

Quand le soleil chassait les nuages, Jacques se plantait sur l'Alexander Platz pour observer le rétro-futurisme de Berlin-Est, les ondulations du métro aérien et la tour de télévision dont le gland effilé effleurait le ciel limpide. Il méditait devant les bronzes lézardés du Palais de la République, navire amiral d'une escadre depuis longtemps naufragée. Partout des fourmis à chasubles phosphorescentes, des grues et des pelleteuses s'employaient à effacer, nettoyer, bientôt absoudre.

Berlin et Jacques se reconstruisaient. À l'étroitesse fébrile de sa vie parisienne, à ses théories délirantes, à Clémence et à Serena, il s'efforçait de ne jamais penser. Ses tribulations sud-américaines, autrefois – il y a un an ! – lui semblaient pure science-fiction. Pour sauver sa peau, Jacques avait décidé de vivre en anachorète. Lorsque son isolement lui pesait, qu'il souhaitait prendre un verre avec Cosmo, enlacer une femme, ô oui, être étreint par une femme, tendrement ou plus fermement, ou s'il songeait à la précarité et à la singularité de son existence, il se plongeait dans l'étude du stoïcisme, la philosophie des volontaristes angoissés et des anges faillibles. Il lut Sénèque et tapissa la porte de son frigidaire de ses meilleures maximes : *une existence pleinement heureuse s'écoule d'un cours régulier et non torrentueux ; libère-toi toi-même de ces chaînes que sont nos erreurs indurées, nos affects accoutumés, le désir et la crainte…*

Nouvelle vie ou miroir inversé de ses excès précédents ? Cela, Jacques n'aurait su le dire.

## 18

Des battements d'ailes, le printemps, un matin, à l'Arena, une piscine flottant sur le fleuve où les baigneurs plongeaient nus comme des poissons volants. Sous la douche, Jacques se frictionna lentement, des effluves d'eucalyptus s'échappaient du sauna mitoyen, c'était très agréable. Quand il rouvrit les yeux une femme sans charme se savonnait énergiquement face à lui. Il ressentit un frisson le long de son échine, une secousse tellurique, et sa verge se redressa avec une force redoutable. Elle bavait. Son œil borgne dévisagea la femme qui hurla.

Jacques avait sauvé sa peau. Jacques était guéri.

— T'es pour qui toi ?
— Oh toi, le bouclé, t'es pour qui ?
— C'est à moi que vous parlez ?
— Oui à toi. Tu soutiens quelle équipe ?
— L'Argentine.
— Redis-le, pour voir.
— Argentina, Argentina ! cria Jacques.

Devant lui, des types costauds coiffés d'un casque à pointe en plastique se retournèrent, perplexes. Ils suivaient le quart de finale Allemagne-Argentine de la Coupe du monde 2006 sur l'écran géant du *Prater*, l'immense brasserie en plein air de la Kastanien Allee, à deux pas de chez Jacques.

— Mais tu n'es pas argentin ! Pas du tout, même, l'interpella une blonde. À ton accent je parie que tu es belge…

Piqué au vif, Jacques se lança dans une sombre histoire, un père argentin, une mère française, leur divorce, son rapatriement en France après une enfance malheureuse au pied des Andes et une passion toujours intacte pour le *toque* et la *grinta* argentins, petite passe, petite passe.

— *Vamos, Argentina ! Argentina !*

La jeune femme plaqua une main menue sur sa bouche et Jacques se tint enfin tranquille. À la mi-temps, il lui ramena une pinte de bière et une gaufre à la chantilly. Juste après la reprise, l'Argentine ouvrit le score. Goooooooooool ! Quelques énergumènes perdus dans l'assistance exultèrent et Jacques embrassa l'inconnue sur les joues. « *Fuck you !* » lui signifia-t-elle avec un sourire désarmant. L'effrontée avait confiance en la *Mannschaft.* L'Allemagne ne quitterait pas son Mondial si facilement. Mais le temps filait. Les yeux rivés à l'écran, la supportrice vibrait et souffrait davantage que l'entraîneur Jürgen Klinsmann sur son banc. À la quatre-vingtième minute, immense clameur, Klose venait de tromper le portier argentin. Un partout ! Le *Biergarten* exulta. « *Deutschland* ! *Deutschland !* » Elle jubilait.

— Je te l'avais bien dit ! Tu frimes moins maintenant, hein l'étranger !

— Jacques, je m'appelle Jacques. Et toi ?

— Frauke.

— Comment ?

— Frauke. C'est un vieux prénom du nord de l'Allemagne. Le prénom de ma grand-mère.

Les prolongations furent inutiles, la séance de pénaltys débuta. Les premiers tireurs ne flanchèrent pas. Vint le tour d'Ayala. Pris d'un mauvais pressentiment, Jacques ferma les yeux et, aux cris de joie, il comprit que le gardien allemand avait stoppé son pénalty. Son capitaine Ballack ne manqua pas le sien. « *Sieg, Sieg !* », fanfaronnaient Frauke et la foule. Si Cambiasso ratait son tir, *adios Argentina*. Cambiasso échoua. *Pobre Cuchu !* Putain de chauve ! L'Allemagne était en demi-finale.

— Allez, Jacques, tu vas pas pleurer, t'es un grand garçon, c'est pas si dramatique ! lui dit Frauke. Et puis la France est encore en lice…

— Je me fous de l'équipe de France ! Ou plutôt, je déteste l'Australie et l'Arabie Saoudite, je me branle des autres équipes, je n'aime que l'Argentine. Putain, je suis dégoûté…

— Pauvre petit ! Tu vas t'en remettre, crois-moi. Viens, on va prendre un verre, ça te requinquera.

— Tu ne veux pas voir Italie-Ukraine dans une heure ?

— Jeune homme, c'est une proposition très alléchante mais non merci.

Le *Schwarzsauer* était bondé, ils durent jouer des coudes pour s'approcher du comptoir.

— C'est ma tournée, Jacques. Tu bois quoi ?

— Un jus de pomme.

— Tu te fous de moi ? Un jus de pomme ! Pourquoi ? T'es allergique à l'alcool ? T'es musulman ?

— Ni l'un ni l'autre. Simplement, je ne veux pas trop picoler.

— Mais t'as rien bu de toute la soirée. Allez, mec, une petite bière ! Ou un petit vodka ! C'est léger le vodka ! Tu peux le mélanger au jus de pomme si ça t'amuse. Ou à la bière ! Allez hop, un vodka ! Ça va pas te tuer, crois-moi ! Hellen, rugit Frauke à destination de la filiforme barmaid, deux jus de pomme et deux vodkas !

Jacques leva les yeux au ciel. Il offrirait plus tard une tournée à Frauke et puis basta, il rentrerait chez lui, il regarderait des extraits du triomphe argentin au Mundial 1978 et au dodo, il ferait de beaux rêves et se réveillerait en pleine forme, un vrai tigre, prêt à méditer toute la journée en attendant le prochain match.

— *Prosit* le Français ! Parce que tu es français, Jacques ! À deux cent pour cent ! Je sais très bien, tu es aussi argentin que moi je suis congolaise. Bas les masques, monsieur !

Jacques protesta mollement avant d'humecter lentement ses lèvres de quelques gouttes de spiritueux.

— Tssst Jacques ! Tu me prends pour une conne ? Cul sec, cul sec le vodka !

— *La* vodka !

— Si tu préfères, ça ne me choque pas. À l'Allemagne !

— À l'Argentine !

Leurs verres s'entrechoquèrent et tous deux y plongèrent à plein nez.

— À ton tour de payer une tournée !

Jacques avala une lampée de jus de pomme puis s'exécuta sans mot dire. Ses défenses sautaient avec une facilité déconcertante. Comment ne pas avoir envie d'obéir à ce bout de fille irrésistible ? Ses grands yeux émeraude comme un lac de montagne, ses longs cils retroussés, telles des étoiles de mer... Frauke était vive et drôle, son français redoutable. Plus elle buvait et plus elle fronçait un œil, le droit, c'était prodigieux.

— Alors tu viens d'où ? insista-t-elle.

Grisé, Jacques entama la longue saga des Scholem et des Koskas, le récit de son enfance à S., de son intimité avec Zantafio le poney, sa peur des abeilles, ses déboires footballistiques et sa passion naissante pour le stoïcisme, le tout entrecoupé de plusieurs vodkas glacées.

Jacques et Frauke trinquèrent encore et encore, à tout et n'importe quoi, à Paul Breitner, à Maradona, à Ludwig Erhard et à Borges...

— À Goebbels ! rugit l'Alsacien.

— T'es con de dire ça. C'est pas drôle, Jacques.

— T'as raison, pardon. Je suis un peu...

Frauke lui fit signe de se taire et monta sur la pointe des pieds pour coller ses lèvres chaudes aux siennes. Leurs bouches firent connaissance avec des baisers furtifs puis s'entrouvrirent et se happèrent. Têtes renversées et yeux clos, magie noire, volupté d'une nuit d'été. « On va chez toi ? » suggéra-t-elle.

Ils grimpèrent jusqu'à sa mansarde étoilée.

Onze heures étaient passées quand Jacques recouvra ses esprits. Elle avait disparu sans laisser d'adresse, pas un mot, rien, juste quelques mèches blondes ondulées sur l'oreiller et un soutien-gorge Agent Provocateur qu'il dénicha sous une serviette, dans la salle de bains. Il le renifla en songeant à la douceur de sa propriétaire, aux senteurs de magnolia que dégageait son corps mince et ferme, à son haleine teintée de bière et de vodka de la nuit passée, cette nuit tourbillonnante où il avait forniqué pour la première fois depuis plus d'un an, depuis ce jour funeste où il avait engrossé Clémence dans le bureau de Gabriel. Il se fit couler un bain et puis se recoucha.

Il ne pensa plus à l'inconnue du *Prater* les deux jours suivants. Au troisième il consulta Ana. Hélas, une blondinette prénommée Frauke ne lui disait rien, elle s'en serait souvenue, il ne devait pas y en avoir dix mille à Berlin. Connaissait-il au moins son nom de famille ? Où vivait-elle ? Non, comme un crétin il avait causé de lui pendant des heures sans s'inquiéter un instant de son adresse et de son boulot.

Il s'efforçait de ne pas penser à elle mais elle lui trottait dans la tête. Frauke avait titillé son *Dibbouk*. Elle hantait ses branlettes de plus en plus intempestives et vertigineuses. Pourquoi avait-elle disparu ? N'avait-elle pas ressenti le même fluide que lui, cette irrésistible attraction ?

Il partit à sa recherche, arpenta les rues de Prenzlauer Berg et de Mitte, les bars de Kreuzberg, les jardins publics de Friedrichshain. Un matin, il crut reconnaître sa crinière blonde mais lorsqu'il héla la cycliste, elle poursuivit sa route. Chaque soir, il retournait au *Prater*. Il scrutait la foule, les buveuses de vodka et les mangeuses de gaufres, les visages grimés en pleurs le soir de la demi-finale Allemagne-Italie. Nulle trace de la jeune femme.

Et puis il finit par la croiser, dans un supermarché au rayon fruits et légumes. Jacques rougit.

*Verweile doch du bist so schön !*

Attends un peu, tu es si belle !

En un battement de paupières, il prit son numéro de téléphone. Ils dînèrent ensemble le soir même et cette nuit-là un orage éclata.

# 19

Le plus beau jour de l'histoire de Berlin se levait quand Jacques quitta l'appartement de Frauke le lendemain. Des bandes de brume roses se reflétaient dans la Spree où des péniches chargées de houille glissaient comme des cygnes. L'haleine sucrée des tilleuls fouettait les larges avenues encore ankylosées par le passage de la foudre. Jacques avait le vertige et avec lui les rares nuages chaviraient.

Au commencement l'alchimie. Un champ magnétique : les corps de Frauke et de Jacques s'échangeaient des ondes. La présence de l'un électrisait l'autre et sitôt mis sous tension ils devaient passer à l'acte, ils couraient chez lui, chez elle, derrière un arbre, une nuit, dans un parc. Forniquer. Jacques prenait Frauke par-derrière. Frauke chevauchait Jacques. Sa chatte huilée pompait sa queue et lui enfonçait un majeur dans sa croupe moite. *Oh Gott.* Encore ? Encore. Deux doigts. Une fessée. Plus fort. Debout, en tailleur ou allongées, leurs chairs irradiées savonneuses s'entrelaçaient. Au crépuscule rose les humeurs tièdes, le premier été de Jacques et de Frauke. Pour dix minutes ou tout le jour, des heures et des heures suspendues et derrière les rideaux dilatés l'haleine du vent les clochers luthériens ensommeillés. *La Passion de Saint-Matthieu* ou bien les *Impromptus* de Schubert escortaient sa bouche vers les plis de ses coudes, les paumes orangées de ses mains menues, ses lèvres salées.

Ils jouaient. Au viol, le samedi et le dimanche matin, jours des Seigneurs. Jacques courait après Frauke et tentait de lui attacher les mains et de la bâillonner. Elle faisait semblant de se débattre et le menaçait avec une pompe à vélo ou une spatule de cuisine en le maudissant, lui, les Scholem et tous les Koskas de l'univers avant de le supplier de la tordre, de la baiser comme il n'avait jamais baisé personne. Ils riaient, des bêtises que racontait Frauke, de ses drôles de fantasmes, être prise à la Moshe Dayan, un œil bandé, ou alors elle et lui dans la suite d'un palace à Klagenfurt, le guéridon Marie-Thérèse, elle vêtue d'un tablier de soubrette fesses à l'air, lui derrière portant monocle entreprenant, des inconnus en cercle dont un sikh au sexe aussi long qu'un harpon de baleinier qui se branlaient tandis qu'ils joutaient, flegmatiques, avant de jouir chorale sur le ventre de l'amazone petite.

Le corps agité de spasmes, Frauke se recroquevillait silencieuse après l'amour. Jacques ne pouvait la toucher ni même lui parler, seulement la regarder s'installer nue au piano quand ils étaient chez elle : Frauke von Schwarzenbeck était pianiste.

Tout l'été sublime, Berlin offrit aux deux amants des escapades contrastées, les terrasses de Prenzlauer Berg et les clubs de Mitte, l'île aux paons à Potsdam et des fleurs sur la tombe du poète von Kleist. Ils s'affrontaient au ping-pong ou enfourchaient leur vélo pour s'allonger dans une clairière et se baigner dans les lacs qui ceinturaient la ville, ils s'aspergeaient avec des pistolets à eau et faisaient la course dans l'eau fongueuse, le premier à la bouée. Ils fumaient un peu d'herbe en contemplant le va-et-vient des nuages, bercés par le bruissement des roseaux et le clapotis des canards sauvages. Ils se dévoilaient, parlaient, parlaient. Jacques de ses errements passés, de sa passion intacte pour la cuisine austro-hongroise et de sa nouvelle maturité émotionnelle depuis son arrivée à Berlin : « Je suis en train de m'en sortir. » Frauke de sa famille, des histoires compliquées, très allemandes, un grand-père *Oberfeldwebel* en Ukraine pendant la guerre et plus tard industriel, un père longtemps bohème et à fleur de peau, aujourd'hui architecte à succès. Elle lui raconta son enfance dans la maison cossue de Hambourg, l'émotion qu'elle avait ressentie toute petite en écoutant les variations Goldberg, version Glenn Gould, et sa vocation née ce jour-là jusqu'à ses études au Mozarteum de Salzbourg. Helmut Schmidt – « Oui, oui le chancelier, notre voisin » – passait quelquefois le dimanche interpréter avec elle un quatre-mains sur le Steinway que son père lui avait offert pour ses douze ans. Elle avait deux sœurs et un caractère bien trempé dont ses professeurs apprirent à se méfier : « Des ongles un peu trop longs, quelques minutes de retard ou une approximation dans leur jeu et je les envoyais valdinguer... »

Lorsque Frauke s'assoupissait, Jacques apposait une oreille vigilante sur la poitrine de son aimée, guettant les battements de son cœur et le sang qui s'écoulait dans ses veines. Elle avait des lèvres sinueuses d'où s'échappaient quelques bulles de salive pendant le sommeil, des sourcils arqués et deux fossettes à la naissance des fesses. Frissonnant d'extase, il caressait ses cheveux d'or et sa peau de marbre où miroitaient les rayons du soleil, il l'embrassait doucement, ses mains se promenaient sur tout son corps et s'attardaient sur ses cuisses et ses chevilles délicates, de la porcelaine de Saxe, jusqu'à effleurer ses pieds, leurs extrémités rouge corail ou abricot pourpre.

Jacques marchait sur l'eau. Il flottait et palpitait. Jamais il ne s'était senti si fort, soulagé, enfin, Frauke l'aimait sans déguisement.

Sous un soleil ambré d'automne, des porteurs polonais transbahutèrent son piano, sa coiffeuse, une lithographie de Sigmar Polke et une trentaine de paires de chaussures : Frauke emménageait chez Jacques. Rapidement, les tourtereaux trouvèrent leurs marques. Jacques était ravi, incrédule aussi, jamais il n'aurait pensé que vivre avec une femme pouvait être aussi plaisant. Il jouissait de leur nouvelle intimité, de sa présence rassurante, du quotidien anodin, le crissement de la brosse dans sa chevelure, cet exquis cérémonial auquel elle se livrait tous les soirs devant sa coiffeuse ou sa façon tellement sensuelle dont elle suçait les glaçons du gin tonic qu'il lui préparait quand elle rentrait de répétition, avant de les croquer d'un coup sec. Le matin, il l'observait bâiller en s'étirant puis quitter le lit en petite culotte, les seins tendus vers la penderie, un peu renfrognée, encore endormie. Après avoir bu un café noir et fumé sa première cigarette, la coquette le consultait. Cette robe ? Cette jupe ? Assortie à ce châle ? Si elle l'avait écouté, elle aurait mis chaque jour sa blouse à lavallière marron glacé. Elle rappelait à Jacques Susan Sarandon dans *Atlantic City*. Lorsque Frauke la portait sans soutien-gorge, il lui demandait de l'ôter lentement puis de s'asperger le buste de jus de citron, comme le faisait l'héroïne de Louis Malle en rentrant du casino sous les yeux de Burt Lancaster dissimulé derrière des persiennes, dans la scène la plus érotique de l'histoire du cinéma.

En confiance, Jacques Koskas renouait avec son caractère fantasque. Sous le regard amusé de Frauke, il imitait la poule ou l'âne, dansait en miaulant sur ses disques préférés d'électro cosmique et il lui arrivait de se déguiser en grosse madame pour descendre incognito à la boulangerie acheter du pain. Certaines nuits de pleine lune, il prenait l'accent bavarois : son allemand s'améliorait à la vitesse éclair d'un missile V2 lancé sur Londres de la base de Peenemünde. Il lisait chaque mot que les lèvres ondulantes de sa compagne prononçaient et les répétait à voix haute comme un perroquet. *Schildkröte :* la tortue. *Kegelklub* : le bowling. *Glockenspiel* : le carillon. *Götterdämmerung* : le crépuscule des dieux. *Xylophon* : xylophone.

Engagée depuis peu au Konzerthausorchester, l'orchestre symphonique de Berlin, Frauke était tendue la veille de ses concerts. Elle craignait de ne pas être à la hauteur, ou de louper un mouvement de tête du chef d'orchestre et gérait encore mal la pression, les premiers articles que les quotidiens régionaux lui consacraient. Lorsque la *Wunderkind* se montrait irritable ou souffrait d'insomnies, Jacques, qui, en queue-de-pie et haut-de-forme était toujours assis au premier rang à ses récitals, la prenait dans ses bras ou bien faisait le pitre. Où qu'il fût, il lui rapportait toujours une petite attention, une fleur, un string, un livre de Joseph Roth, du sel de Guérande ou de la muscade de Madagascar, Frauke avait un faible pour les épices. Prévenant, fou comme un agneau, Jacques lui mitonnait régulièrement d'étranges spécialités. Chez les Koskas-von Schwarzenbeck, il faisait bon vivre. La porte était toujours ouverte, les amis passaient à l'improviste, Ana et sa clique d'affamés, les copains de Frauke, des musiciens ou Caroline, son amie, presque sa sœur, Caroline qui tenait une boutique de fringues à Mitte et jouait très bien de la guitare. On mangeait, on buvait et ensuite Frauke s'installait au piano, ou bien improvisait un petit concert plus rock en compagnie des voisins du troisième, un couple de web designers israélo-suédois qui fumait une herbe exquise.

Le 20 décembre, Frauke en robe longue et Jacques en smoking fêtèrent en amoureux son trente-troisième anniversaire et leur premier Noël. Avant le dessert neigeux, elle lui offrit une paire de bottines en cuir jaune et lui, après avoir bandé ses yeux et exigé qu'elle se bouche les oreilles, découvrit un monticule drapé d'où s'échappait une mélopée joyeuse : un canari, aussitôt baptisé Amadeus. Le lendemain, Frauke s'envolait pour le Mexique en famille et Jacques, flanqué d'Amadeus, d'une valise bourrée d'écharpes tricotées main par ses copines berlinoises et d'un boulier bio pour Ézéquiel, rentrait à S., pour une fois de gaieté de cœur.

Rien ne vint perturber sa félicité pendant ces dix jours. Ni l'irascibilité de son père, exténué par les neuf cent soixante-dix-huit accouchements de l'année écoulée, un record que *Les Dernières Nouvelles d'Alsace* avaient salué par la remise d'une cigogne de cristal à son cabinet, ni la mélancolie de sa mère et ses infects pieds de veau en gelée à Noël, ni même les gémissements d'Ézéquiel en judéo-arabe. Affublé jour et nuit d'un bonnet de laine rouge tel le commandant Cousteau, l'oncle était désormais désormais installé *full time* chez les Koskas.

Lorsque la chaudière au mazout inonda la cave, Jacques obéit à son père, enfila sans mot dire une fourrure polaire et suivit Jacques senior, en Crocs et chaussettes montantes, pour participer à l'endiguement de la marée noire. Parfait, il fut parfait tout au long de son séjour, il accompagna ses parents à la synagogue un vendredi soir frigorifique, il ne fuma qu'en cachette et éteignit la lumière chaque fois qu'il quittait une pièce. Il aida Ézéquiel à découper les bons de réduction des paquets Pepito et à décoller les timbres que la Poste avait omis d'oblitérer. Il n'interrompit jamais les prêches hygiéno-anxiogènes de son père et le tranquillisa quant à un éventuel regain d'antisémitisme en Allemagne. Non, il n'avait pas peur de sortir seul le soir, il ne s'était jamais fait agresser ni n'avait croisé de skinhead ou de néonazi, il n'habitait pas à Rostock, tout allait bien à Berlin, *vielen Dank !* papa, ne t'inquiète pas. Si ce n'étaient sa fébrilité quand il recevait un texto et la fragilité intestinale de son oiseau chantant, Jacques était de l'avis de tous dans une spirale positive : calme, l'épaule gauche alerte, souriant même par instants, il paraissait plus serein.

Les petites habitudes de ses parents, immuables depuis qu'il avait poussé son premier cri, le touchèrent enfin. Les tomates et le pain rassis que son père avalait au petit déjeuner, la frénésie avec laquelle il touillait son café au lait comme un sorcier son chaudron de potion magique, les pas feutrés de sa mère à l'aube dans la cuisine envahie de fruits et de légumes, son sudoku les yeux bouffis par une nuit trop courte, leur promenade hebdomadaire « en ville » comme ils disaient, tous les samedis après-midi, leur passage rituel à la librairie et à la pâtisserie, chez tous leurs patients commerçants de la rue du 22-Novembre et puis leur lent retour à la maison où ils se barricadaient, ce gigantesque bazar débordant de papiers, d'extraits bancaires, de sacs plastique, de bibelots et de vieux meubles échoués là à la mort de parents, parfois très éloignés, et dont Jacques senior refusait de se débarrasser… La larme à l'œil et Amadeus sous le bras, Jacques leur confirma en partant ce qu'ils avaient pressenti : il avait une fiancée.

# 20

À la fin de l'hiver, Cosmo vint s'encanailler à Berlin. Sous un ciel de béton, ce fut une semaine de montées vertigineuses et de descentes en pente douce, d'electro beats et d'eaux-de-vie, ponctuée de gros cigares et de *Schnitzels.* Ils firent en VIP la tournée des clubs où Frauke avait ses entrées, le *Week-End* perdu dans les brumes de l'Alexander Platz, le *Cookies* et ses boiseries de sauna finlandais, le *Watergate* sur la Spree glacée. Ils s'offrirent une escapade givrée en Posnanie et rendirent hommage à Frédéric le Grand en son château de Sans-Souci : sensation onctueuse et éther de l'existence, adrénaline, intensité, comme au bon vieux temps de leur rencontre et de leur grand tour initiatique, la belle vie.

Cosmo trouvait Jacques transfiguré. Plutôt que tamponner toutes les femmes qu'il croisait dans la rue, il laissait des petits mots à Frauke sur son oreiller. Il dormait mille fois mieux. Cette fille lui avait fait un bien fou, elle le cadrait et en plus il avait (re)commencé à travailler. Oui, à travailler ! Frauke le lui avait gentiment suggéré un jour qu'ils s'attardaient devant la devanture d'une librairie. Depuis le temps qu'il lui parlait de son livre sur le sionisme... Son éditeur finirait par annuler son contrat. Au boulot, Koskas.

Jacques renoua ainsi avec ses sujets de prédilection. Mais cette fois il se sentait à distance, sans affect, un véritable intellectuel, prêt à réveiller les consciences de ses coreligionnaires. Il procéda méthodiquement pour démontrer que le sionisme, plus qu'un mouvement de libération nationale, était d'abord une utopie sexuelle que les vicissitudes de l'Histoire, les voisins moustachus puis barbus d'Israël et les nouvelles technologies avaient fait dévier de son orbite sentencieuse. Il y a un siècle, les juifs des marches orientales de l'Europe se morfondaient. Embarrassés par leur corps, mal à l'aise nus et interdits aux plaisirs et à toute sécrétion, ces bouseux malingres étouffaient par crainte de Dieu et du qu'en-dira-t-on. Qu'on en jugeât par les rites puritains de la cour au temps des trois empires, le sévère prussien, l'exquis austro-hongrois et le terrible tsariste : les jeunes gens se retrouvaient dans des granges pour lire des légendes bibliques, cernés de poules et bestiaux. Ô charme de la rencontre ! Ô modernité contestée ! Ils confabulaient têtes empourprées, sans s'effleurer la main, sans même regarder l'autre, et leur destin était scellé, le rabbin bénissait l'union et ils étaient condamnés à se reproduire et à enterrer leurs désirs jusqu'au dernier soupir. Se fondant sur les travaux de Max Nordau et d'autres savants fin de siècle, Jacques en conclut que les teints hâves, les os fragiles, la nervosité excessive, la vue défectueuse, la mauvaise haleine et les calvities précoces ne s'expliquaient ni par la surconsommation de harengs, ni par les pogroms mais plutôt par les inhibitions du shtetl et l'impécuniosité sexuelle, le dénuement érotique d'une population frustrée depuis son départ forcé vers Babylone.

Telle était l'ambition des sionistes originels : créer un Hébreu épanoui, physique, frénétique. Les corps dégénérés par des siècles d'exil se reconstitueraient dans le foyer national, lieu de transmutation de la sexualité juive. La résurrection d'Israël rendrait vigoureux les *Luftmensch*.

Au confinement des ghettos, à l'asphyxie des grands centres urbains et aux traditions répressives succéderait l'air pur de la mer et des déserts rocailleux. Le travail de la terre sculpterait les corps et les âmes. Exergue de la force physique, culte de la jeunesse, prophétie révolutionnaire : les pionniers qui s'uniraient à la glèbe d'Israël féconderaient des surhommes sensuels. Nulle santé étincelante sans pratique assidue du coït, socle et burin de la nation régénérée. Canaux d'irrigation et canaux spermatiques fertiliseraient l'humus ancestral. Gloire au judaïsme nouveau, musculeux et érectile.

Des ouvrages scientifiques étayaient ses thèses, ainsi que les poèmes luxurieux d'Abraham Shlonsky et d'Uri Zvi Greenberg ou encore *Die Sexualethik der jüdischen Wiedergeburt*, de Hans Goslar, chantre de la vie bucolique et des unions précoces, seuls remèdes aux troubles de la sexualité féminine juive. Les écrits d'Aharon David Gordon célébraient l'union mystique des corps et du cosmos, dans la lignée de Tolstoï. Emberlificoter l'humain et les éléments naturels, unir les épidermes en de nouvelles combinaisons mystiques, tels étaient les objectifs des premiers sionistes. Zvi Shatz prêchait pour une commune d'intimité : le retour sur le sol des aïeuls enfanterait un nouvel éros juif, à la cool, très familial. Chez les sionistes de droite, Vladimir Jabotinsky, barde de la virilité, considérait la

Bible comme un modèle de libération sexuelle dont Samson était le phallus libertaire. La circoncision n'était plus le signe de la dégénérescence du mâle juif mais le symbole de son orgueil recouvré et de la fin de la faiblesse débilitante de la diaspora. Cela coulait de source mais demandait tout de même beaucoup de travail. Ce printemps-là, Frauke et Jacques bossaient avec acharnement. Elle enregistra son premier disque chez EMI, de la musique de chambre de Francis Poulenc. Lui lisait, annotait et structurait, fort d'une documentation digne d'un astrologue de la Renaissance. La composition de son pensum prenait corps. Grisé par les encouragements et les ahanements de Frauke, il entrait dans une période d'excès sentimentaux et intellectuels dont il avait le secret. Il préparait aussi leur congé d'été, un long circuit dans les villes d'eau les plus célèbres d'Europe et dans des hôtels dont la construction n'excédait jamais 1900.

Deux semaines avant leur départ, Frauke vint le trouver sur leur balcon. Elle avait une bonne et une mauvaise nouvelle : ils devaient annuler leurs vacances, elle était sincèrement, sincèrement désolée, mais la Philharmonie de Berlin lui proposait de remplacer au pied levé son pianiste attitré à l'occasion d'une grande tournée en Amérique du Sud ! Huit semaines de concerts ! Son rêve de gosse se réalisait : Frauke ne parvenait plus à masquer sa joie et sa fierté. Elle partait dès la semaine suivante dans un avion de la Lufthansa spécialement affrété pour l'orchestre. « Tu te rends compte ! Rien que pour nous les musiciens ! *Yes* ! La Philharmonie ! On va jouer à Buenos Aires et à Santiago ! Ça ne se refuse pas, tu comprends ? »

Oui, Jacques comprenait. Adieu Karlsbad et Eugénie-les-Bains, tant pis, l'année prochaine à Marienbad, murmura-t-il tandis qu'il dégoupillait une bouteille de champagne et que Frauke glapissait de joie au téléphone.

Très vite, il ressentit terriblement son absence.

Il la cherchait machinalement au réveil dans leur grand lit. Il s'enduisait le corps de sa crème au lait d'amandes et portait nuit et jour son grand sweat gris : ses éclats de rire de gamine ou ses coups de gueule, la chaleur de ses seins lunaires auxquels il s'agrippait la nuit comme un enfant singe, son cul, évidemment, tout lui manquait, elle lui manquait, à en avoir le vertige. Un an déjà. Une année exceptionnelle, la plus belle de sa vie. De l'autre bout du monde, même s'ils étaient déphasés et qu'elle était très occupée, elle l'appelait presque chaque jour. Et quelle joie de découvrir ses messages arrivés pendant son sommeil ! Le matin, pâteux et érectile, il s'installait devant l'ordinateur et faisait une courte prière, le temps d'accéder à ses e-mails, d'effacer les annonces publicitaires et les offres d'extension de pénis (mais de lire les SOS d'Ivoiriennes en manque d'affection et de liquidités) et de se plonger le cœur battant dans les messages de sa bien-aimée. Ses cartes postales de Montevideo et de Valparaíso décoraient déjà leur frigo. Si cela continuait, il la demanderait en mariage. Oui, bientôt elle serait sa femme, Mme Jacques Koskas, pour toujours à ses côtés.

En attendant, il mit les bouchées doubles pour terminer son livre. Fidèle et sevré, avec pour seule compagnie Amadeus à qui il lisait les passages les plus enlevés de son opuscule, il décelait désormais des incitations à la copulation dans toutes ses sources. D'ailleurs, il n'hésitait pas à traficoter des citations pour servir son propos, même celles des plus hautes autorités rabbiniques, tel le vénéré Rav Kook. Il prêtait foi aux racontars les plus loufoques, se délectait des rumeurs d'échangisme sous les tentes des premières communes sionistes. Quand il ne trouvait pas ce qu'il cherchait, il brodait. Son traité scientifique se métamorphosait en SAS à Beth Alpha, kibboutz libertin mais légendaire. Qu'importe ! Il inventait des romances dans le désert, des gang-bangs de pionniers biélorusses anarchisants, il décrivait des bacchanales dans les vignobles, des concours de poésie lubrique, des baignades de pécheresses dans le Jourdain chamarré de poissons dorés, des scènes arcadiennes où des femmes en tenue d'Ève attachaient à des pieux les agriculteurs du kibboutz pour les gaver de pâte d'amande aphrodisiaque.

Quelques heures avant le retour de Frauke, Jacques fiévreux envoya son manuscrit à son éditeur parisien. *Israël, une révolution érotique*, était en marche.

## 21

Jacques consulta nerveusement sa montre. Dans huit minutes, le train entrerait en gare de Hambourg Altona, avec Jacques senior et Claire Koskas à son bord. Il ruminait. Quelle mouche avait piqué Bernd et Sylvia, les parents de Frauke ? Convier les Koskas à passer Noël chez eux… Il était opposé à ce grand rassemblement mais Frauke avait trouvé l'invitation charmante. Leurs parents devaient se rencontrer un jour ou l'autre et ils s'entendraient bien : « Les chiens ne font pas des chats », lui avait-elle dit. « Tu parles, Charles… tu n'as pas encore la chance de connaître les Koskas », avait marmonné Jacques, piégé.

Il lui avait fallu une semaine pour transmettre l'invitation et convaincre sa mère de communiquer la délicate attention à son père. Les moustaches de senior s'étaient redressées. Il n'avait jamais fêté Noël de sa vie et il ne commencerait pas à soixante-deux ans : « L'intégration oui, l'assimilation non. Si ça amuse Jacques, tant mieux pour lui, mais moi, Jacques Haïm Khamous Clément Koskas, en aucun cas. Voilà, les ennuis recommencent avec ton fils. Il nous a laissés tranquilles pendant deux ans et on s'est réjouis trop vite, en réalité il continue de nous emmerder et ça ira de mal en pis s'il épouse cette Frauke, quel nom de merde d'ailleurs, et s'il lui fait des gamins, des Hans, des Maria ou je ne sais quelles autres calamités. » Claire était revenue à la charge quelques jours plus tard. Elle avait insisté sur le côté païen de la fête, la courtoisie des von Schwarzenbeck, leur philosémitisme vanté par Jacques, la nécessité de prendre l'air après une nouvelle année d'intense labeur et, *last but not least*, le bonheur de leur couillon de fils. Elle lui avait juré qu'ils n'iraient pas à la messe de minuit. Jacques senior avait capitulé.

Sur le quai de la gare balayé par des bourrasques humides, Jacques flippait. Son père était bien capable de faire la gueule toute la soirée pour torpiller sa grande histoire d'amour. Il devait s'attendre aux coups les plus tordus. Jacques senior lui demanderait de parler allemand bien que tout le monde maîtrisât le français. Il exigerait qu'il fasse le paon, comme à huit ans devant le parvis de la synagogue, quand il avait commencé à baragouiner spontanément le hongrois. Ou alors, il réclamerait à Frauke un petit récital. Du Mozart ou du Vivaldi, il y mettait sa main à couper, son père ne connaissait pas d'autres compositeurs car « à Nabeul il n'y avait pas d'orchestre symphonique, on se battait pour trouver à bouffer, on chassait les rats en jouant du pipeau. Le culte des plaisirs, c'est pour vous, pour votre génération, nous c'était différent, il fallait s'en sortir, il fallait montrer les dents, ça n'avait rien à voir ». Ça ne manquerait pas, le coup du concerto privé. Et si Jacques avait le malheur d'allumer une cigarette, son père ne le louperait pas, Frauke et Sylvia, qui fumaient encore plus que lui, auraient aussi droit à des remarques lourdingues. Il serait traité comme un gamin devant ses futurs beaux-parents, adieu prestige et autorité.

Surtout, ses parents allaient découvrir Frauke. Jacques voyait déjà sa mère, avec ses petits yeux de taupe, passant sa copine au scanner, des pieds à la tête, aussi discrètement qu'un éléphant s'élançant sur une patinoire. Jacques senior la soumettrait à une batterie de questions : « Jacques dort suffisamment ? Il ne mange pas de beurre cuit ? Il ne boit pas trop ? Il fait attention à son hygiène buccale ? Il ne paie pas ses impôts ? Et vous aimez la soupe aux légumes ?... » Miam.

Forcément, les parents de Frauke prendraient les siens pour des péquenauds coincés. Quant à Claire et Jacques senior, ils trouveraient certainement que Bernd et Sylvia étaient arrogants. Ces quatre-là n'auraient rien à se dire du dîner. Que partageaient un gynécologue et une urologue bas-rhinois juifs avec un architecte athée volage, fils de SS, marié à une grande bourgeoise hanséatique diplômée de Berkeley ? Bernd avait fait la révolution en 1968 pendant que Jacques senior époussetait ses poteries de Nabeul-sur-Mer (la commune est mondialement fameuse pour la beauté de ses faïences), en implorant le général de Gaulle de mettre fin à la chienlit pour pouvoir passer ses examens et rentrer chez sa mère en Tunisie. Quand Bernd évoquerait ses vignes et les meilleurs crus de Bordeaux, Jacques senior parlerait de la « cirrhose en plaques de Mme Nippelstein »... Rien, ils n'auraient rien à se dire. Les Koskas et les von Schwarzenbeck n'avaient jamais vécu dans le même système solaire.

Il reviendrait à Jacques de briser la glace, de faire la conversation à table. Il devrait relancer les uns et les autres, prévenir les blancs, les combler avec courtoisie et désinvolture. « Et vous, Bernd, qu'en pensez-vous ? Papa, tu es d'accord ? Sylvia, ce saumon est succulent ! Saviez-vous qu'Angela Merkel a fait un doctorat en chimie quantique ? »

Il ne serait pas à la hauteur. Il balbutierait et rougirait, un premier communiant. D'ailleurs il n'arrivait pas à cerner les parents de Frauke, des gens courtois mais distants. Il avait croisé son père une fois, avant de passer Noël chez eux. Bronzé à l'année, doté d'une ample chevelure paille-de-fer, Bernd était le prototype du vieux beau, un clone vieilli de Bobby Ewing. Il avait les yeux vert profond et le nez retroussé de sa fille, une sacrée poignée de main, les deux fois où il la lui avait serrée, Jacques avait bien cru y laisser deux phalanges. Bernd venait d'acquérir un de ces majestueux percolateurs italiens et, avec son torchon blanc plié sur un bras, il proposait à toute heure des expressos et des cappuccinos pour le plaisir de dessiner des cœurs dans la mousse de lait. Quand Jacques le voyait actionner la pompe à vapeur de la cafetière dans un raffut assourdissant tel Jean Gabin dans *La Bête humaine*, il n'était pas très à l'aise. Vraiment, Bernd était bizarre. Dans cette maison gigantesque, Jacques avait constamment l'impression de déranger. Il aurait bien donné un coup de main en cuisine mais Marthe, la vieille bonne, et Mme von Schwarzenbeck (elle voulait qu'il l'appelle Sylvia et qu'il la tutoie mais il n'y parvenait pas) l'avaient gentiment envoyé promener. Et Julia, la benjamine des trois filles, le scrutait sous tous les angles comme une bête de foire. Elle ne semblait guère convaincue par la grande gigue moustachue qui partageait la vie de sa sœur et la suivait d'une chambre à l'autre pareil à un caniche. Elle souriait ironiquement chaque fois qu'il prononçait un mot d'allemand. La petite garce ! Heureusement, la cadette était en stage en Chine, Ezéquiel coincé à S. Malgré les protestations de Jacques senior, sa mère avait eu la bonne idée de confier le vieux schnock à une ancienne sage-femme.

Et s'ils parlaient de la guerre ? se demanda soudain Jacques terrifié tandis qu'une voix nasillarde annonçait que l'ICE en provenance de Francfort avait sept minutes de retard. S'il était question des exploits du grand-père von Schwarzenbeck en Ukraine, par exemple… Nés en Allemagne, les Scholem avaient refusé d'y remettre un orteil après guerre. Ils n'étaient pas retournés sur les tombes de leurs aïeux et n'avaient pas voulu toucher un pfennig des réparations que l'État ouest-allemand leur avait *généreusement* accordées. Pour eux, à l'exception des variétés bavaroises, l'Allemagne n'existait plus. Il y avait eu un certain nombre de déportés dans la famille. La tante Alice. L'oncle Rolf et sa femme, la grosse Rosette. Leurs fils Arthur et Ernst gazés à Treblinka. Et Jacob Scholem, son arrière-grand-père. Pourtant le vieux Jacob avait été décoré par le Kaiser en personne, Croix de fer, il avait survécu à Verdun et y avait laissé deux doigts. Resté à Fürth, les nazis l'avaient abattu chez lui, en 1942.

La guerre, ça jetterait un sacré froid… C'est sûr, cette petite soirée finirait par déraper.

En plus, Jacques était diminué. Il s'était réveillé avec de terribles douleurs à l'estomac, une indigestion probablement, les harengs à la crème de la veille, avalés en quantité astronomique au marché aux poissons pour célébrer son anniversaire. Ses entrailles le tourmentaient et il émettait aussi discrètement que possible d'infectes fumigations dans le jardin de la villa. Hélas, la vieille Marthe l'avait certainement entendu commettre ses pets pestilentiels au pied du grand marronnier. Et, comble de malheur, voilà qu'un furoncle pointait sur son front. La pustule tiraillait et enflait d'heure en heure, elle serait mûre pour la veillée de Noël.

Cette fois, plus de doute ! Jacques tressaillit en apercevant ses parents. Claire et Jacques senior s'étaient équipés comme pour participer à un moto-raid en Laponie. Couverts de fourrures, des chapkas achetées à Montréal à l'occasion d'un congrès de pédosexologie organisé par Gynécologie sans frontières, sans oublier leurs éternelles étoffes polaires dont les cols zippés dépassaient de leur manteau à poils. Des tueurs.

— Et vos huskys où sont-ils ? leur demanda-t-il aussitôt après les avoir embrassés.

— Tu as une petite mine, mon chéri, dit sa mère.

À dix-neuf heures précises, Jacques vint les chercher à l'hôtel. Ils l'attendaient dans le hall, fleurant les doux effluves de bergamote de Shalimar et l'après-rasage, un magnum de champagne dans les bras de son père. Jacques senior s'était retroussé les moustaches à la Guillaume II et avait donné un coup de peigne à ses sourcils capricieux. En complet anthracite et nœud papillon, il faisait penser à un notable de la république de Weimar. Quant à Claire, elle plut beaucoup à Jacques avec son tailleur pantalon surmonté d'un carré Hermès aux teintes chaudes. Dans le taxi, il ne put s'empêcher de les briefer sur les us et coutumes de la grande bourgeoisie allemande. Son père l'interrompit sèchement : « Ne t'inquiète pas, Jacques, tout se passera très bien. Tu as l'air terriblement crispé, il n'y a vraiment pas de quoi. »

*Wilkommen*, amis français ! Bernd et Sylvia les accueillirent chaleureusement sur le perron. Frauke, délicieuse dans une robe chasuble à manches courtes, les guida jusqu'au living-room où rayonnait un gigantesque sapin étoilé, une espèce de gratte-ciel stalinien en vareuse militaire dont le rez-de-chaussée était squatté par un monticule de paquets multicolores. Des coupes de champagne s'impatientaient. Marthe leur présenta des canapés au saumon fumé et au foie gras, « du Périgord », précisa fièrement Bernd, ainsi que des crevettes grises de la Baltique. Jacques déclina poliment. Enfoncé dans le grand ottoman carbone, il tenait nerveusement la main de Frauke et surveillait ses parents comme le lait sur le feu, Julia se fourrait des doigts dans le nez, un feu crépitait dans la cheminée. Rien à signaler pour l'instant.

À sa grande surprise, les Koskas jouaient le jeu. Ils buvaient, croquaient des crevettes et semblaient avoir minutieusement préparé cette rencontre au sommet. Jacques senior jouait les Monsieur Loyal.

— Bernd, il paraît que vous avez des vignes dans le Bordelais. Comme je vous envie ! Moi aussi, si j'avais un peu plus de temps, je cultiverais un petit arpent de terre. Des fruits et des légumes. Mon grand-père Gagou possédait un immense verger, le plus grand de toute la Tunisie. Et où êtes-vous installés en Gironde ? Jacques me l'a dit mais ma mémoire me joue quelquefois des tours…

— À Fronsac.

— Fronsac, c'est charmant, absolument charmant. Je connais bien la région, figurez-vous. J'y ai effectué mon service militaire en 71, j'étais médecin-chef. En permission, j'allais souvent à Lacanau où je me suis initié au surf. On ne dirait pas, dit-il en palpant sa bedaine, mais j'ai été un redoutable surfeur. J'ai affronté des tubes aussi hauts que des immeubles de trois étages…

Claire sourit tandis que Jacques pinçait machinalement la main de Frauke.

— … et le samedi soir avec les copains du régiment, on claquait notre solde *Chez Yvette*…

— Ah, *Yvette* !, s'exclama Bernd, les yeux brillants.

— Ça alors ! Vous connaissez le restaurant ? Le monde est petit, n'est-ce pas ?

— Les soles de pinasse y sont fabuleuses, dit Bernd.

— Et la friture de petite pêche… Une merveille ! renchérit Jacques senior. C'est formidable *Chez Yvette*. Une fois, j'y ai aperçu Jacques Chaban-Delmas et Willy Brandt en train de déguster des huîtres…

— Vraiment ? demanda Sylvia. Les dirigeants de l'époque avaient encore bon goût…

Elle alluma une Davidoff à filtre bleu à l'aide d'un briquet Dupont en or.

— … Sarkozy, lui, préfère se fiancer à Disneyland, poursuivit-elle en relâchant la fumée par le nez comme un dragon. En Allemagne, tout le monde rit de Sarkozy et de Carla. Qu'est-ce qu'il est nerveux votre nouveau président ! Et sa manie d'embrasser tout le monde ! Il a dû manquer d'affection dans sa jeunesse, ce petit... Enfin, Carla et Nicolas sont plus glamour qu'Angela Merkel et son mari, Joachim Sauer. « Angela Sauer ! » : vous vous rendez compte ? Ça veut dire Angela l'aigre ! Ces quatre-là sont voués à ne jamais s'entendre...

Claire gloussa et Marthe s'empressa de remplir sa coupe.

La conversation filait sans temps mort, plaisanteries, foie gras, bons mots, champagne. Sylvia glissa à Jacques que son père était un « vrai mousquetaire gascon », un homme vraiment délicieux.

Ils firent le tour du propriétaire. Un coup d'œil aux grandes baies vitrées du salon, au lac Alster enveloppé de lumières tremblotantes puis Bernd et Sylvia leur firent admirer quelques perles de leur collection. Le clou était un grand Polke, période psychédélique, une toile de la série *Mu Nieltam Netorruprup* où des Peaux-Rouges se pavanaient autour d'un champignon géant. Elle ne suscita qu'un silence poli de la part des parents Koskas, et un clin d'œil complice qui n'échappa pas à leur fils. Jacques senior fut plus loquace devant un petit moulin à vent près d'une rivière, signé Jan Van Goyen.

— Bernd, je dirais 1650. Comme ça, au pif. Je suis loin du compte ?

— Pas du tout : 1642 précisément. Vous m'impressionnez Jacques ! Vraiment. Vous aimez l'art flamand ?

— Ma foi, je ne suis pas spécialiste mais j'ai une patiente d'Amsterdam, une restauratrice très bavarde et incollable sur le sujet. J'ai beaucoup d'admiration pour la Hollande de cette époque, ses grands travailleurs, dévots et économes, des qualités de Koskas, si je puis me permettre.

Il réajusta son nœud papillon et prit le bras de son hôtesse.

— Voyez-vous, Sylvia, autant je ne supporte pas le baroque lourdingue de Rubens et ses chérubins grassouillets, autant j'apprécie les paysages simples des puritains néerlandais, leur don pour peindre l'atmosphère épique des champs de bataille, les navires de guerre ou les grands ciels. Figurez-vous, les premiers grands ciels de l'histoire de l'art ! Chez Van Goyen, en particulier, poursuivait le Dr Koskas, intarissable. Pas de chichis néo-classiques à la Lorrain, pas de temple d'Apollon, la simple splendeur paisible de la plaine hollandaise. Van Goyen et De Vlieger ont donné au pittoresque ses lettres de noblesse…

Jacques était bluffé. Ce surfeur élégant qui badinait avec tant d'aisance sur la peinture flamande au siècle d'or était-il bien Jacques Haïm Khamous Clément Koskas, son père ? L'hygiéniste fou de Nabeul-sur-Mer ? Le taliban de l'obstétrique alsacienne ? Quelle drogue s'était-il injectée ? Et pourquoi n'avait-il jamais partagé sa science avec lui ? Pendant que son père exposait sa science des pigments, Jacques s'était pour la énième fois posé sur la cuvette marbrée des toilettes. Son indigestion ne s'arrangeait pas. Entre deux soubresauts, il méditait sur les peintres des Provinces-Unies et les effets de la mescaline sur les sexagénaires. Il grelottait sur son trône livide et pétait doucement, de tristes mélodies pour intestins en rut.

Quand il retrouva la petite troupe réunie autour du sapin stalinien, le temps de la prière était venu. Sylvia entonna la naissance de Jésus, Luc 2.1.

*Es begab sich aber zu der Zeit, dass ein Gebot vom Kaiser Augustus ausring, dass alle Welt geschätzt würde…*

Tel un guetteur à la proue d'un navire, Jacques épiait un mouvement d'humeur de ses parents, un signe de malaise, même minime, chez son père en particulier. Mais la mer était d'huile, tout allait bien. Jacques senior avait les bras croisés sur la poitrine, la tête légèrement inclinée. Son crâne clairsemé au sommet lui donnait un halo de sainteté en cette nuit de Noël. Claire semblait jouir de la supplique.

*… Und die Hirten kehrten wieder um, priesen und lobten Gott für alles, was sie gehört und gesehen hatten, wie denn zu ihnen gesagt war. Amen.*

— Bon Noël et joyeux Hanoucca ! claironna Bernd.

Tous s'embrassèrent. Jacques senior félicita chaudement Sylvia.

— Vous avez une voix sublime, lui dit le barde de Kippour. C'est important, les traditions et la transmission des valeurs. Je ne cesse de le répéter à Jacques. C'est très important…

— Le bon vin aussi, c'est très important ! sourit Bernd.

— Vous avez parfaitement raison, l'approuva Jacques senior.

— Le faux cul, murmura son fils à Frauke.

— Alors passons à table, gronda Bernd. Après vous, mon cher Jacques, venez, venez, je meurs de faim. Des merveilles nous attendent ! Du beurre au cognac, des prunes de Karlsbad, le café le plus exquis, vous m'en direz des nouvelles… C'est par ici…

Ils admirèrent les lithographies rupestres qui décoraient le corridor, sur fond d'un damas azur profond, et entrèrent dans la salle à manger. Des murs blancs immaculés, une immense photo d'un paysage hivernal barré du sigle rouge d'une compagnie pétrolière, un buffet, la nappe, la porcelaine opaline, étincelante comme l'argenterie que rehaussait le doux éclairage des candélabres. Ô splendeur d'une plaine enneigée réchauffée par le soleil au couchant. Bernd agita une petite cloche et par enchantement Marthe entra les bras encombrés d'une soupière écumante de bisque de homard.

Israël. À cette table, à l'exception de Julia qui parla d'un état apartheid mais que son père fit taire rapidement, tout le monde aimait Israël, enfin une certaine idée d'Israël, un peu jaunie, irénique. Claire montra des photos de ses petites-filles sur des poneys nains dans un ranch en Galilée. « Ah, la Galilée… », gémit Bernd. Il raconta son séjour dans un kibboutz à la veille de la guerre des Six Jours. Il avait torché de vieux juifs polonais. Sylvia s'était baignée dans le lac de Tibériade. Frauke avait donné un concert à Safed. Jacques senior vantait l'air pur au sommet du mont Méron.

— Et toi, Jacques, s'enquit Bernd, tu connais bien le nord d'Israël ? Tu vas souvent voir tes nièces ?

Six paires d'yeux se tournèrent vers Jacques, aussi blême que les murs crayeux autour de lui. Son front suintait, il n'avait pas touché à son assiette de potage. La pustule grotesque et écarlate émettait des signaux de détresse.

— Ça va, Jacques ? demandèrent en écho Frauke, Claire et Sylvia.

— Franchement, pas génial, murmura-t-il. J'ai des douleurs terribles au ventre, je crois que j'ai la fièvre.

— Il est brûlant, confirma Frauke, une main sur son front.

— Marthe ! rugit Bernd. Faites une tisane à Jacques et apportez la trousse à pharmacie.

Les Drs Koskas bourrèrent leur fils de médicaments et l'envoyèrent dare-dare se coucher sans l'autoriser à ouvrir ses paquets.

## 22

À Noël, quelque chose s'était cassé. Rien de dramatique, juste un léger malaise que Jacques avait perçu chez Frauke. Peu après leur retour, elle lui avait raconté qu'elle s'était sentie en décalage avec ses amies d'enfance, lors du dîner où elle les avait retrouvées, comme chaque fin d'année, dans un restaurant asiatique de la Hermannstrasse. Elles n'avaient pas terminé leurs nems que ses copines exhibaient leurs photos de voyage de noces à Bali ou détaillaient leur liste de mariage. L'une annonça qu'elle était enceinte de trois mois et qu'avec son mari, ingénieur chez Deutsche Telekom, ils venaient d'acheter un appartement à deux pas de la villa des parents von Schwarzenbeck. À trente ans passés, toutes s'étaient lancées sur l'autoroute de la vie et n'avaient plus envie de s'égarer en chemin, de traînasser sur de petites départementales et moins encore de s'engager dans une impasse. Avancer, construire et reproduire, unies à des hommes prometteurs de leur milieu, elles avaient opté pour des cardigans en cachemire, un coach à domicile et bientôt un chalet à Saint-Moritz, le confort et la sécurité. Frauke n'avait pas dit à Jacques qu'un fantaisiste de son genre ne faisait pas rêver ses amies et qu'aucune n'aurait voulu prendre sa place, elle l'avait bien senti, même après leur avoir raconté leurs exploits sexuels.

Mais Jacques l'avait écoutée d'une oreille distraite. Depuis qu'il avait rendu son manuscrit, il n'en branlait pas une. Déprimé puis euphorique – *Israël, une révolution érotique*, marquerait les esprits –, il avait brûlé son modeste à-valoir en lui achetant des robes somptueuses et en s'offrant une guimbarde de grand style sur un coup de tête, une Saab Turbo griotte 1978. Au volant de son bolide, Jacques virevoltait sur les autoroutes autour de Berlin tel un garçonnet au guidon de son premier vélo de course.

Enfin débarrassé de ses problèmes intestinaux, Jacques voyait grand pour 2008. En janvier, il fut à deux doigts de se lancer dans l'écriture d'un scénario de film, un thriller à la Ken Follett, une chasse aux nazis expressionniste dans le Mecklenburg-Vorpommern des années 1960. En manque d'escargots un soir pluvieux, il s'imagina à la tête de *Chez Jacquot*, une prospère brasserie française non loin du Bundestag. Un article sur des forages miraculeux en mer des Tchouktches lui fit envisager de postuler à un emploi de géologue auprès d'une compagnie pétrolière russe. De temps à autre, il songeait à faire une thèse dans une université américaine de la côte Est. Langage et pouvoir ou bien Stefan George et l'esthétisme du symbolisme français ou... Peu importait le sujet, il se voyait si bien dans une maison patricienne des environs de Boston, la soixantaine costumée de tweed, un cocker et Frauke à ses côtés. Avec le concours de la Commission européenne, il caressait aussi l'idée de lancer le programme Mathusalemus d'échanges paneuropéens de vieillards : un barbon finlandais pourrait passer six mois dans une maison de retraite du sud de l'Italie, une grand-mère slovaque se requinquer à l'océan dans un foyer breton…

En avril, sa rencontre inopinée avec le consul du Brésil lui fit penser à embrasser une carrière diplomatique, attaché culturel en Amérique du Sud de préférence. La nuit qui suivit, il rêva d'Asunción, d'une Renault cubiste de fonction, d'impeccables costumes couleur café à larges revers et de baisemains dans des jardins suspendus où chuinteraient fontaines et oiseaux tropicaux. « Et pourquoi pas DJ ? » se disait-il en rentrant de diskoclub. DJ Koskas (Berlin/Paris) sur des flyers et de grandes affiches ! Bras en l'air, DJ Koskas transcendant les foules ecstasiques du Berghain-Panorama et des festivals du monde à sexualité libérée. Et pourquoi pas diplomate le jour et DJ la nuit, en véritable chevalier des Arts et des Lettres ?

Il s'égarait parmi ces brillantes idées. L'une chassait l'autre et voilà qu'il retombait dans ses travers austro-hongrois : oscillations et piétinements, mouvements circulaires uniformes, énergie juvénile et aboulie romantique. Jacques tournait, un homme toupie, et il retombait sur son séant, à l'endroit même d'où il s'était élancé. Frauke était de plus en plus déroutée par sa personnalité changeante, son sens inné de la dispersion, cet art de l'esquive qui le rongeait progressivement sans qu'il s'en aperçût et qu'elle discernait chaque mois davantage. La potentialité était son royaume et, au moindre obstacle, il fuyait, comme si la vie n'était qu'une source inépuisable d'amusements, comme s'il tournait toujours dans le placenta de sa mère pour ne jamais en sortir, lui le caméléon, la girouette en Saab Turbo dont l'humanité attendait la tardive éclosion.

À plusieurs reprises, Frauke avait tenté de lui parler. Elle lui répétait souvent une maxime de Mao martelée par son père que Jacques senior n'aurait pas reniée : « Il faut confronter les idées vagues avec les idées claires. » Chaque fois, il promettait de se prendre en main mais chaque fois, il recommençait ses enfantillages et échafaudait de nouvelles feintes. À force, Frauke prit ses distances. Elle voyait davantage les musiciens de son orchestre et ses amis, surtout Caroline, qu'elle aidait à boucler son premier disque. Selon les lois immuables de la physique humaine, Jacques le sentait et demandait toujours plus d'attention, tel un chien dont le maître vient de s'amouracher d'une nouvelle compagne. Leur relation se dégradait. Réclamée et acclamée à Bayreuth, à Salzbourg et à Séoul, Frauke voyait sa carrière décoller et grisée par le succès et des cachets de plus en plus substantiels, elle attendait de Jacques qu'il l'accompagne sur le toit du monde, qu'il embraye sa carrière, d'écrivain, de diplomate ou de restaurateur, peu importe, mais qu'il cesse de faire la toupie, qu'il avance et montre un peu de ténacité plutôt que de traîner dans son sillage. Jacques pouvait garder sa fantaisie mais sans s'y complaire. Il devait la faire rêver. Son livre, c'était bien, mais il devait enchaîner, s'investir dans de nouveaux projets, elle avait besoin de l'admirer.

Mais Frauke n'avait pu avouer à Jacques que son nomadisme sexuel d'autrefois lui manquait de plus en plus. Il savait qu'avant lui elle avait trompé tous ses petits amis. Tel un marathonien obligé de courir chaque jour, son corps les réclamait, son cerveau quémandait cette sensation de force et de bien-être, ce sentiment d'être un peu plus maligne, de vivre plus intensément, d'accomplir ses fantasmes et ceux des autres. Elle le lui avait dit, elle voulait jouir plus que toutes les femmes et venger sa mère que son père n'avait jamais cessé de cocufier. Les hommes aimaient Frauke et elle adorait sentir leur masse sur son corps fragile, renifler le musc de leur poitrail, étaler leur semence tiède entre ses doigts. Et faire se dresser leur queue gorgée de sang... Il lui était arrivé de suivre chez eux des inconnus croisés dans un bar et de déguerpir au milieu de la nuit. Désormais, tandis que Jacques préparait le dîner, il arrivait qu'elle se doigte dans la baignoire avec le jet de douche brûlant, en songeant à la bite d'un mec qui la suivrait dans le tramway et l'enfilerait brusquement contre une porte. Jacques sentait bien qu'il l'agaçait. Quant il rentrait crevé du *Schwartzsauer* où il travaillotait de temps en temps au bar, elle l'embrassait sans un mot tendre. Quand il s'était cassé un ongle en décrochant une photo à la galerie d'Ana, elle ne lui avait pas accordé un regard. Ils se disputaient de plus en plus fréquemment, leur couple avait besoin de vacances, il fallait retrouver un élan.

— Tu entends ça ? Ce doux bourdonnement ? Elle tourne comme un moulin. Une véritable symphonie !

La culasse, les pistons, les cylindres, tous ensemble… Mieux que ton orchestre !

Jacques lâcha un instant le volant pour dessiner de grandes arabesques de maestro.

— Baby, tu me passes un peu d'eau s'il te plaît ?

— …

— Merci. Tu me files une clope aussi ?

— Autre chose peut-être, Jacques ?

— Tu peux mettre la main sur *Harvest* ? La voix de Neil Young cadrerait merveilleusement avec les masures aux toits de chaume, les champs de blé à perte de vue, les fermiers perchés sur leur vieux tracteur…

— C'est tout, Jacques ?

— Juste quelques Dragibus, s'il te plaît. Mais pas de jaunes.

— Je sais, dit Frauke.

Jacques avait posé une main gantée de chevreau et de laine tissée sur une cuisse de sa copilote. Une écharpe légère autour du cou, ses longs cheveux flottant au vent, il souriait. Ces vacances avec la femme de sa vie, c'était prodigieux. Ils se baladaient aux croisements du Vieux Monde et exploraient la centralité cosmopolite de la germanité. Depuis trois semaines, doucement, à bord de la Saab Turbo, ils avaient traversé le Brandebourg et la Saxe, la Bohême puis le plateau autrichien avant de plonger sur Vienne qu'ils avaient arpentée arrondissement après arrondissement pendant quinze jours. Ils se caressaient à l'aube, marchaient toute la journée, s'empiffraient de mets typiques et délicieux. À la nuit tombée, enlacés sur la banquette d'un café non loin de l'opéra, sur le Ring ou au bord du Danube, ils sirotaient un schnaps ou une liqueur hongroise à l'abricot et Jacques faisait la lecture à Frauke. Les mystères de l'Autriche-Hongrie n'avaient plus de secrets pour elle. La crise du libéralisme des années 1870 ; le succès du populisme communautaire chez les étudiants de la capitale impériale ; l'exaltation de la Grèce antique et de Richard Wagner pour régénérer la société allemande ; la revendication de l'instinct contre la raison bourgeoise et l'esprit d'analyse ; la plongée dans la psychologie des profondeurs ; le pessimisme automnal et le culte narcissique du moi ; l'Éros et la dilution des frontières entre la pensée et le sentiment ; les créatures libidinales de Klimt ; la colère métaphysique des expressionnistes... Ils avaient délicieusement glissé et dérivé loin du monde (la modernité selon Hofmannsthal) depuis leur départ. Oubliées les tensions des derniers mois, ils s'étaient retrouvés. La nuit dernière, à Sremski Karlovci, sur le lit grinçant de l'auberge à l'entrée du parc... Ce matin, pendant la visite de la splendide cathédrale Saborna Crkva et le cérémonial de la fontaine aux Lions : « Le voyageur qui boira de son eau reviendra ici et se mariera », leur avait expliqué une grand-mère moustachue. Ils avaient bu... Un excellent présage avant d'arriver à Belgrade. Ce soir, Jacques touchait au but. Il avait réservé un box à la meilleure *Kafana* de la ville et avant même les hors-d'œuvre, une coupe de mousseux des Balkans virilement brandie, il offrirait à Frauke la bague qu'il cachait au fond de sa malle depuis Budapest. Dans quelques heures, Jacques Koskas demanderait la main de Frauke von Schwarzenbeck.

*Did she wake you up*
*to tell you that*
*It was only a change of plan ?*
*Dream up, dream up,*
*let me fill your cup*
*With the promise of a man.*

Frauke observait Jacques tapoter son volant en cadence avec la guitare de Neil Young. Elle le trouva empâté du visage. « Et moi aussi, nom d'un chien, se dit-elle, en contemplant ses cuisses, j'ai grossi avec toutes ces saloperies, les ragoûts de Szeged à la choucroute, les rouleaux de jambon farcis à la macédoine... Interdiction de manger une salade ! En Autriche-Hongrie, on mange austro-hongrois, Kaiser Jacques a dit ! » Frauke alluma une cigarette et observa le paysage qui défilait, la plaine poussiéreuse de Voïvodine parsemée de fermes misérables suintant au soleil comme des pois chiches dans un four. L'air sec et le tabac lui brûlaient la gorge. « Ah, c'est pas les Caraïbes... On aura tout fait pour éviter la mer. J'ai été conne d'accepter tout ça. Je voulais lui faire plaisir après l'annulation de dernière minute de l'an dernier. Mais ça tourne à la punition. Putain ! marmonna-t-elle dans sa barbe. Quatre semaines dans cette vieille caisse en plein cagnard ! Sans air conditionné. Sans lecteur CD. À me taper ses vieilles cassettes de hippie. J'en peux plus, j'avais besoin de déconnecter au soleil, pas de changer d'hôtel toutes les quarante-huit heures pour "découvrir les pays de l'intérieur et faire la connaissance des derniers juifs du Danube"... Égoïste ! Je t'en foutrais moi des pays de l'intérieur,

Koskas. Et des juifs et du Danube. Y a plus un seul juif dans le coin… Pas folles les guêpes. Faut dire aussi que papi von Schwarzenbeck et ses copains ont tout nettoyé… Qu'est-ce qu'on est mal assis sur ces sièges en similicuir. Et puis mon ventre qui se détraque. Ça va être sympa, les règles à Belgrade… Comment dit-on tampon en serbe ? »

Un transport de bovins, renversé, bloquait à présent la route mais Jacques demeurait impavide, songeant au dîner, à sa tenue du soir, au petit discours qu'il prononcerait en remettant la bague. Frauke ferma les yeux, inspira très longuement. « Du calme, du calme, de toute façon, demain ces conneries, c'est terminé. Berlin mon amour je serai là demain ! Jamais je n'ai été si contente de rentrer de vacances. Quand je repense à la cathédrale, ce matin, ça puait l'encens et la naphtaline, cette saloperie… Et les popes ! Jacques ne les a pas vus, il ne voit plus que ce qui l'arrange, mais moi j'ai senti les regards de ces porcs sur mes jambes. Et le pompon, c'était cette sorcière devant la fontaine. Elle voulait nous faire boire de son eau dégueulasse. Pouahh ! Mais moi j'ai fait semblant ! La vieille pute ! Non mais ! »

Ils roulaient à nouveau, accompagnés par les miaulements de Deep Purple. Frauke éteignit brusquement l'autoradio. Elle avait cru entendre un bruit bizarre dans le moteur, comme si un parapluie était coincé dans l'embrayage.

— Ne stresse pas, mon amour. Tout va bien et cette voiture marche du feu de Dieu. C'est le ronron du turbo. Notre carrosse nous escorte vers des lendemains qui chantent ! Il nous ressemble, ah, ah…

Dans une heure, une heure et demie max, nous serons à Belgrade, une ville magnifique, tu ne voudras plus la quitter.

Frauke se recroquevilla dans son siège et réajusta ses lunettes de soleil. « Très bien, Jacques, fais ce qui t'arrange. Ne m'écoute pas, ne nous arrêtons pas pour regarder le moteur, tu n'en fais qu'à ta tête depuis le départ. Je t'avais proposé de rebrousser chemin à Budapest pour nous baigner en Autriche et remonter ensemble vers l'Allemagne. Par l'autoroute ! Mais non, il fallait continuer coûte que coûte vers le sud-est, “la frontière”. Il fallait absolument voir Szeged ! Remarque, c'était pas mal ce bled, le restaurant sur la Tisa était agréable. Mais tes lectures au coin du feu dans la “capitale impériale” – “la capitale impériale ! !”, pincez-moi, je rêve ! –, je ne suis pas près de les oublier, mon chéri. Wagner et Mahler… Tu vas les payer tes petits bouquins et tes sous-sols aux plafonds voûtés. Et tous ces cafés enfumés aux napperons maculés, ils vont aussi te coûter cher. Je te le promets, mon doux Jacques. Certaines choses vont changer à notre retour, crois-moi. »

Frauke caressa le cou de Jacques.

— Tu ne peux pas savoir comme j'ai hâte d'arriver à Belgrade et de prendre une douche avec toi…

— Et moi alors, mon cœur. Mais promets-moi qu'on sera au restaurant à huit heures et demie pile-poil. Je t'ai réservé une petite… Putain de merde !

Le moteur avait émis une sourde détonation et une épaisse fumée noire s'en échappait. Jacques descendit constater les dégâts et revint s'asseoir à côté de Frauke, livide.

— Je vais te tuer, Jacques ! Elle a quoi cette caisse de merde ?

— Je ne sais pas… Il y a un trou dans le moteur et l'huile fuit…

— Tiens donc ! Alors, c'était pas le ronron du turbo, monsieur je-sais-tout ? Il ne fallait surtout pas s'arrêter, n'est-ce pas ? Et maintenant on fait quoi ? Je te mets en garde, Jacques, demain matin, j'ai mon avion pour Berlin et pour rien au monde, écoute-moi bien, pour une fois, pour rien au monde je ne le louperai. Maintenant va au diable et débrouille-toi !

Il fallut trois heures à Jacques pour contacter son assurance, expliquer à l'opératrice qu'ils se trouvaient non loin de Belgrade et non de Bellegarde, dans le Gard, obtenir que la responsable de l'opératrice joigne leur partenaire en Serbie et que ledit partenaire envoie une dépanneuse conduite par un colosse débonnaire aux bras tatoués de tigres en l'honneur d'Arkan, le criminel de guerre.

Enfin, ils atterrirent dans un dépôt de fortune. Des ailes de Lada et la carcasse d'un tank rongé par la rouille jonchaient le sol. Sur les murs, des posters de l'équipe de l'Étoile rouge de Belgrade voisinaient avec une photo géante de Samantha Fox. Surélevée, la Saab griotte subissait l'examen sceptique de trois crânes rasés, roues pendantes, un gros insecte mal en point.

— Frauke, écoute-moi, je suis sincèrement désolé. Oui, c'est vrai, j'aurais dû m'arrêter, j'aurais dû…

— Laisse-moi tranquille, Jacques, j'ai pas envie d'entendre tes excuses foireuses…

Elle lui tourna le dos.

— Frauke ! T'exagères à la fin, ça peut arriver à tout le monde d'avoir une panne. Y a pas mort d'homme ! Dans trois mois on en rira, de notre petit accident en Voïvodine !

— Jacques, ça ne me fait pas rire du tout. J'en ai marre, marre et plus que marre de tes extravagances et de tes gamineries. Tu es un petit garçon et moi j'ai besoin d'un homme...

Elle gueulait si fort que les mécanos se retournèrent.

— Je suis une fille normale, tu comprends ? Je suis vannée, je voulais me relaxer et pas faire un circuit Connaissance du monde de l'Europe centrale. Tu y as pensé, peut-être ? Tu t'es mis à ma place ? Qui bosse comme une folle toute l'année ? Qui avait besoin de vacances ? Et d'ailleurs tu crois quoi, Jacques ? Que Stefan Zweig va prendre un café avec toi à Vienne ? Dans quel monde tu vis, bordel ? Ouvre les yeux ! Sors de ta bulle ! Tu es pathétique ! L'Autriche-Hongrie c'est fini tout ça, fini, fini ! La Cacanie est morte ! Je me fous de la Serbie, je me fous de Belgrade, je me fous de tous les losers qui t'entourent à Berlin, je peux plus les voir en peinture tes petits amis, Ana et compagnie. Tu me fatigues, tu me...

Leur chauffeur vint timidement les interrompre :

— *Auto nicht gut, Auto kaputt...*

— OK, Jacques, tu fais réparer ta caisse ou tu la laisses crever, comme tu veux mais moi je me casse. Je vais prendre un taxi jusqu'à Belgrade et demain je rentre.

Jacques fondit en larmes :

— Pas ce soir, Frauke, par pitié, pas ce soir, tu peux pas faire ça...

Il essaya de l'embrasser, de lui agripper un bras, il la conjura de rester avec lui ou de le laisser l'accompagner mais rien à faire.

— Je me barre, tu comprends ! On se reverra à Berlin. *Tchüss !*

Elle empoigna sa petite valise et disparut à toutes jambes dans la nuit.

## 23

Le premier choc passé, Jacques voulut croire à un mouvement d'humeur. Mais à son retour à Berlin il comprit que la brouille était sérieuse, Frauke s'était envolée et leur placard était à moitié vide. Sur la porte du frigo, un mot précisait qu'elle partait à Vérone et à Bergame donner une série de concerts puis passerait quelques jours à la mer « chez une amie ». Elle lui demandait d'être courageux, de ne surtout pas essayer de la rejoindre ni même de l'appeler. *La crise que nous traversons, cette distance que j'instaure entre nous, aussi éprouvantes soient-elles, peuvent nous permettre de nous en sortir. Mon cher Jacques, certaines choses doivent changer.* Elle l'embrassait et lui promettait de lui donner régulièrement de ses nouvelles. *Prends soin de toi, petit Koskas. Réfléchis de ton côté, sereinement, analyse tout ce qui s'est passé entre nous depuis quelques mois. XXXo, Frauke. PS/N'oublie pas de payer l'électricité, le 15 au plus tard, et va récupérer Amadeus. Ton amie Ana a encore appelé hier.*

Il lut et relut la missive, la trouvant tantôt chaleureuse et encourageante tantôt inquiétante et paternaliste, une simple formalité. Il avait beau fouiller dans sa mémoire, il ne se rappelait pas que Frauke eût mentionné ces deux concerts. Elle avait pourtant bel et bien joué la veille à Vérone et se produirait le soir même à Bergame, Internet était formel. Mais chez qui passerait-elle ses vacances ? Qui était cette « amie » ? À quelques reprises Frauke avait mentionné de vagues connaissances italiennes mais il ne les avait jamais croisées. Mille fois il composa son numéro et mille fois il se dégonfla avant la première tonalité. Alors il se coucha en caressant la bague de Budapest comme un talisman, et pria l'Éternel de lui rendre sa petite femme, un repos hanté d'insectes grouillants et de hautes montagnes, des cauchemars dont il ne se souvenait pas quand il se réveilla, dès l'aube, le soleil pointait à peine.

À neuf heures, il avait déjà fumé un paquet de cigarettes quand il appela Ana : il venait chercher Amadeus et avait « urgemment » besoin de lui parler. Son amie lui prépara un café et le rassura. Frauke reviendrait, évidemment, on ne quittait pas son grand amour pour une panne de voiture. C'était limpide, Frauke voulait se faire désirer mais ses sentiments pour Jacques n'allaient pas s'évanouir en quelques semaines. Jacques devait profiter de son absence pour se prendre en main et réfléchir à ce qu'elle lui avait reproché.

Elle lui servit une nouvelle tasse de café.

— C'est gentil, Ana. Mais tu crois vraiment qu'elle va revenir ?

— J'en suis certaine. Dans un mois ou deux, vous serez à nouveau ensemble.

— Tu es sincère ? Tu ne dis pas ça pour me faire plaisir ?

— Pas du tout, Jacques. Elle va revenir.

Rasséréné, il oublia Amadeus et fila à la boutique de Caroline. Il la trouva devant sa page Facebook et un *latte macchiato* au soja. Frauke allait bien, elle lui avait écrit la veille mais Caroline ne savait pas chez qui elle allait après ses concerts ni quand elle rentrait à Berlin.

— Écoute, Jacques, elle a besoin d'un peu de temps. Elle veut faire le point. Tu es très important pour elle mais laisse-la tranquille. Ne la harcèle pas. Si elle veut revenir vers toi, elle reviendra. Fais-toi désirer. Disparais pendant un moment et montre-lui que tu sais te prendre en main. Si tu as besoin de parler, tu sais où me trouver.

— Mais tu crois qu'elle va revenir ?

Caroline ne voulut pas s'avancer et lui dit que c'était du cinquante-cinquante, personne ne pouvait rien dire. Jacques frémit, une boule d'angoisse dans le ventre. Lui savait, il n'avait pas le moindre doute pour une fois, Frauke devait rentrer à la maison, il ne pouvait vivre sans elle, il l'aimait, à la folie. « À la folie, Caro », répéta-t-il, tremblant d'émotion, à la jeune femme un peu gênée, une cliente venait d'entrer pour essayer un pull en vitrine.

— Bon, Jacques, je te laisse. À très bientôt. Bon courage.

Jacques courut à la banque régler la facture d'électricité et rentra en vitesse pour appeler Cosmo.

— Laisse décanter, ma chatte. Tu vas la reconquérir, c'est sûr. Dis-moi, pendant les vacances, vous avez continué à baiser comme des lapins ?

— Toujours. Un peu moins qu'avant mais c'était fantastique à chaque fois.

— Jacques, des mecs qui la baisent à la Moshe Dayan, y en a pas trente-six sur terre. Et comme Moshe Dayan est mort, paix à son âme de grand guerrier, tu peux dormir tranquille. Mon galopin, elle va revenir ta meuf.

— T'es sûr ?

— Certain.

— Et si elle est partie en Italie rejoindre un autre mec ?

— Pourquoi y aurait-il un autre mec ? Elle t'a donné l'impression de penser à quelqu'un d'autre ces derniers temps ?

— Non.

— Alors ne te torture pas. Et puis franchement, même si elle s'envoyait en l'air une fois ou deux avec un autre type, qu'est-ce que ça changerait ? Votre couple ne se joue pas là-dessus, il…

— Cosmo, tu, tu crois qu'elle baise avec un autre ?

Au bord du malaise, Jacques entrevoyait déjà Frauke en train de sucer le prépuce rosâtre d'un gland de goy.

— J'ai jamais dit ça ! Relax, mec ! J'ai dit au cas où… Jacques, laisse tomber, Frauke est pas en train de baiser. Elle prend des bains de soleil, beaucoup de gens font ça en août.

— T'es sûr ?

— Certain ! Fils, excuse-moi mais Sophie m'attend à l'autre bout de Paris. Je t'appelle ce soir. Tiens bon. Et te casse pas la tête, hein, ça sert à rien.

Jacques guettait les SMS, un appel providentiel, un mail réconfortant, un signe. Il dormait peu et se forçait à manger, des crèmes au chocolat, des yaourts à boire ou des bananes, des trucs liquides faciles à avaler. Tendu comme un ressort, il ne pensait qu'à Frauke. Trois semaines qu'il ne l'avait pas vue. Il tournait en rond dans l'appartement, leur nid d'amour, une cigarette au bec, pleurnichant régulièrement chaque fois qu'il contemplait la photo où ils posaient souriants devant le Stephansdom à Vienne ou quand son regard croisait les draps qu'ils avaient choisis ensemble, une épingle à cheveux, une pantoufle de Frauke, n'importe quoi qu'elle avait porté ou bien seulement trituré et auquel il n'avait pas osé toucher par superstition. Il eut un haut-le-cœur en découvrant son horoscope pour la semaine du 15 août : *Vous n'oubliez pas les rituels de séduction, certes, mais vous n'avez pas l'intention de rester sur des fringales. Mercure et Uranus sont formels, votre gourmandise ne se limitera pas à un fantasme mais deviendra une réalité. Et, bien sûr, vous ne résisterez pas à une seule nuit d'amour !* Pour lutter contre les astres néfastes, il s'en remit au briquet Kiss qu'il lui avait offert après leur rencontre. Il devint son fétiche : chaque fois qu'il allumerait une clope, s'il embrassait les visages des rockers grimés, elle reviendrait... Ana l'appelait quotidiennement et l'exhortait à s'accrocher. Maigre réconfort. Il voulait la croire mais ne savait pas sur quel pied danser. Oui. Non. Pile ou face. *Kiss !*

Les messages de Frauke entretenaient le doute. Elle lui écrivait régulièrement, tous les deux ou trois jours, le plus souvent l'après-midi, rien n'était perdu. Mais elle ne racontait que des banalités, de celles qu'elle aurait pu échanger avec sa grand-tante : elle rechargeait ses batteries à la mer, elle mangeait des salades de poulpes et avait découvert les spaghettis aux oursins (il pensa qu'elle était en Sicile), elle espérait qu'il allait bien, que la maison était en ordre, bla-bla-bla... Jacques jouait le jeu, voulait lui montrer qu'il ne se laissait pas abattre et qu'il s'était lancé dans de grandes réformes structurelles : il faisait le ménage tous les jours ☺, retournait à la piscine et courait régulièrement ☺, la sortie de son livre en septembre se présentait sous d'excellents auspices ☺... Il essayait de l'émouvoir, subtilement, en lui écrivant qu'elle manquait terriblement à Amadeus, leur oiseau innocent. *Arrête de me faire culpabiliser. T'es pas drôle Jacques* ☹, lui répondit-elle. Dix minutes plus tard, elle lui demandait de transmettre ses salutations les plus distinguées à leur canari.

*Je rentre demain. RDV au* Schwarzsauer *à 7.30 ?*

Pomponné et vêtu d'une chemise bleue soigneusement repassée, lesté d'un bouquet de roses, du premier exemplaire d'*Israël, une révolution érotique* dédié à F., l'amour de ma vie et de la bague de fiançailles-retrouvailles, Jacques courait vers son destin. « Dans six minutes, dans cinq minutes..., point d'impact, Jacquot, Koskas, c'est ce soir ou jamais, *go for it ! Go !* » murmurait-il en marchant à grands pas, le cœur battant, heureux, stressé, dans tous ses états.

Il aperçut Frauke assise à la terrasse du café, fumant nonchalamment, les jambes aussi délicieusement cuivrées que ses épaules de moineau, ses pommettes parsemées de taches de son, de petits abricots mûrs à croquer. Quelques mèches ondulées, des pousses de blé sauvage, couraient le long de ses joues, rarement ce brin de Vénus nordique avait été aussi ravissant.

Jacques n'osa pas l'embrasser. Il lui tendit les fleurs, la serra longuement dans ses bras et flaira dans sa nuque une senteur citronnée inconnue.

— Voyez-vous ça, mister Koskas ! s'exclama Frauke. Aminci ! Les cheveux courts ! Et plus de moustache mais une barbe bien taillée !

Elle lui passa une main dans sa toison coupée de frais le matin même par Ana.

— T'es tout mignon… Tu vas bien, Jacques ?

Il la toisa lentement en s'arrêtant sur sa robe couleur bronze qu'il ne connaissait pas non plus, remonta jusqu'à ses lèvres sinueuses avant de plonger dans ses yeux souriants et insondables. À quelle sauce allait-elle le dévorer ? Pile ou face. Oui. Non.

Peine perdue.

— Ça va, finit-il par répondre. J'ai déjà passé de meilleurs moments dans ma vie mais je fais face. Et toi, tout roule ?

— Super ! Enfin, n'exagérons rien, disons que ce petit séjour m'a fait le plus grand bien…

Un ange passa. Plusieurs longues secondes suspendues dans l'air saturé de cette soirée de fin d'été.

— Tu as une mine superbe en tout cas. C'étaient bien, les vacances ? Tu étais où alors ? Et chez qui ? J'ai enfin le droit de savoir maintenant ?

Le rythme de son cœur s'accéléra.

— Absolument. J'ai passé deux semaines chez Angela, une vieille copine italienne de San Francisco, dans sa maison au sud de la Sicile à…

— J'en étais sûr !

— Pourquoi ?

— À cause des spaghettis aux oursins !

— Pas mal, baby !

Jacques se relâcha, elle l'appelait toujours baby. Frauke le félicita pour son livre même si son nom était écrit « en trop petit » sur la couverture. « Tu vas voir, tu vas cartonner », lui dit-elle. Ils trinquèrent à son succès, burent très vite leur verre de vin blanc et en commandèrent deux autres aussitôt. En route vers le pissoir, Jacques aurait volontiers embrassé la barmaid qui lui faisait un clin d'œil complice. Et s'il avait été moins pressé de retrouver la femme de sa vie, il aurait pu graver leurs noms avec ses ongles sur la porte vermoulue des chiottes.

À présent elle lui montrait des photos. Sur trois d'entre elles, au second plan, un beau gosse, svelte, très brun.

— Et lui c'est qui ?

— Lui ? C'est un cousin d'Angela. Paolo, je crois, il était là pour une journée.

— Sympa, Paolo ?

— Oui, sympa. Un consultant ou un truc du genre, on a à peine échangé quelques mots.

— Tu es sûre ?

— Oui Jacques, je suis sûre ! Tu vas poser des questions sur chaque mec dont tu aperçois la silhouette ? Regarde le gros qui mange une glace derrière Angela. Tu veux connaître son âge et son numéro de carte de crédit ? Et sur celle-là, un ado qui a maté mes seins tout un après-midi. Tu veux son adresse pour le trucider ? Jacques, je ne suis pas venue pour ça, je…

— OK, pardonne-moi c'est ridicule. On efface tout. Une toute petite question seulement : tu as fait du mono-kini sur la plage ? Pourtant, tu disais toujours que…

— Oh, mais tu le fais exprès ou quoi !

Jacques tambourina nerveusement des doigts sur la table.

— Frauke, c'est un peu facile ces mystères, tu ne crois pas ? Pourquoi tu m'as pas dit où tu étais et avec qui ?

— Tu le sais très bien : je voulais retrouver un peu d'indépendance. J'ai détesté nos vacances et je tenais à ce qu'on réfléchisse chacun de notre côté…

— Et tu en es où ?

Les pulsations du cœur de Jacques Koskas montèrent à cent quatre-vingts tours minute, ses jambes branlaient plus vite que celles d'un parkinsonien.

— J'en suis, j'en suis… Comment dire… ? En fait, je n'ai pas fini de cogiter…

— Je t'ai manqué ?

— Oui, bien sûr. Mais j'étais contente aussi d'être sans toi pendant quelques semaines.

— Si je t'ai manqué, ça veut dire beaucoup de choses tu ne crois pas ?

— Certainement. Mais je ne sais pas comment tu m'as manqué.

— C'est-à-dire ?

— Je ne sais pas si c'est par la force de l'habitude ou parce que je t'aime et que j'ai besoin de toi…

— Frauke, tu, tu ne m'aimes plus ?

Pouls à deux cents. Jacques serrait l'écrin de la bague dans son pantalon. Il était suspendu à ses lèvres, au bord du précipice, et se gratta la tête.

— Si, si je t'aime, ça j'en suis certaine, mais…

— Mais…

Frauke n'était pas sûre d'être encore amoureuse de Jacques. Il l'avait vraiment déçue. Pas seulement pendant les vacances mais depuis Noël en réalité. Elle ne tolérait plus sa paresse ni sa nonchalance, son laisser-aller. « Madame est servie, c'est pas sexy. » Elle aimait les hommes décidés et indépendants, « virils », pas les précaires à la sauce berlinoise et encore moins les petits garçons. Frauke ne comprenait pas comment il fonctionnait, pourquoi il perdait son temps alors qu'il était intelligent, de cela elle ne doutait pas, pourquoi il tournait casaque chaque fois que la réalité ne correspondait pas à ses projections (infantiles), comme s'il était le spectateur de sa propre vie. Bref, elle doutait et avait besoin de plus de temps pour y voir vraiment clair.

Elle but une longue gorgée de vin blanc.

— Au fait, tu te déguises toujours en grosse madame ?

— Quelle question ! Non Frauke, je ne me déguise plus. Pas depuis mon retour. Tu ne réalises pas, j'en ai chié ces dernières semaines, dit Jacques, vexé… Mais tu aimais ça quand je me déguisais.

— Oui, c'était très drôle. Mais à trente-cinq ans ce n'est pas une vie… Et cette saleté de Saab, qu'en as-tu fait ?

— Elle est réparée et à la première occasion je la revendrai.

Jacques la fixa droit dans les yeux. Il se serait agenouillé à ses pieds s'ils avaient été seuls.

— Écoute-moi sans m'interrompre, s'il te plaît. J'ai réfléchi et j'ai vraiment changé. Tu avais raison :

j'abandonne l'Autriche-Hongrie ! *Nie wieder !* C'est fini ce délire, fini, tu m'entends ? J'ai pris du plomb dans la cervelle. Je me bouge le cul. Les enfantillages c'est terminé aussi. Je fais du sport. Je bosse. Je prépare la sortie du livre avec le service de presse, tout pulse. Et surtout, Frauke, je t'aime, je t'aime de tout mon cœur. Je t'en prie, reviens. Tu peux pas tout foutre en l'air comme ça, tu peux pas jeter aux orties ce qu'on a construit ensemble ces deux dernières années. Je vais te surprendre. En bien. Vraiment, je te jure que j'ai changé !

Frauke se mordit les lèvres tandis que Jacques allumait une cigarette et embrassait discrètement son briquet. Il hésita à sortir la bague de sa poche.

— Jacques, j'ai envie de te croire. Mais je ne sais pas si on peut changer. Pas à nos âges. Enfin, j'en sais rien… Je te demande de me laisser du temps, je te le répète. Ne me presse pas, c'est contre-productif. J'ai envie de te voir. J'ai envie qu'on s'amuse ensemble mais ne me mets pas la pression…

— Mais du temps pour quoi faire ? cria-t-il, le front baigné de sueur. T'es pas contente de me revoir ? Ça ne te suffit pas ? Je te comprends pas, je te…

— Ça suffit, Jacques ! Comme d'habitude il faut faire ce qui t'arrange. Tu commences sérieusement à me…

Les deux amants se regardèrent en chiens de faïence. Un tramway grinça. Frauke commanda une nouvelle tournée d'entre-deux-mers qu'elle régla immédiatement. Silencieux soudain, ils observèrent le défilé des badauds à la nuit tombante, de longs cyclistes barbus, des femmes enceintes, nombril à l'air, un sale type au visage tatoué, et, perdu au milieu de la foule, Jack Lang, bizarrement vêtu d'un immense imperméable malgré la chaleur, Jack Lang accompagné de sa femme Monique et d'un petit jeune homme en polo amidonné. Frauke et Jacques poursuivirent leur beuverie. Enfin, ils grimpèrent chez lui, chez eux, miraculeusement, et baisèrent comme des chiens avant de s'évanouir.

Quand elle se réveilla, Jacques était auprès d'elle, souriant, déjà douché. Il était sorti acheter des brioches et lui avait pressé un jus d'orange. Il la regardait avec tendresse.

— Ça va mon amour ?

Elle se racla la gorge, elle avait mal au crâne. Jacques ouvrit doucement les rideaux et Amadeus gazouilla. Des rais de lumière transpercèrent le corps nu de Frauke. L'eau à la bouche, Jacques courut à la salle de bains lui chercher une aspirine.

Quand il se recoucha, l'écrin de la bague sur la table de nuit, Frauke avait remonté le drap jusqu'à sa poitrine et mangeait la tête basse.

— Tu veux qu'on aille se balader à vélo ?

— Non, j'ai une répétition cet après-midi.

— Alors ce soir, on va manger des sushis ?

Frauke esquissa un sourire.

— Tu manges des sushis maintenant ! Et depuis quand ?

— C'est ça le nouveau Jacques ! Je raffole de ceux au thon et à l'anguille. Bon, alors pour ce soir c'est bon, je réserve chez *Sasaya* ?

— Non, Jacques, je suis désolée, j'ai déjà un dîner…

— Avec qui ?

— Ne recommence pas !

— Frauke, avec qui vas-tu dîner ce soir ?

Il s'était redressé droit comme un cierge.

— Avec Caroline, nom de Dieu !

— Avec Caroline, bien sûr… C'est chez elle que sont tes affaires ?

— Oui. Pour l'instant je vis chez elle.

Jacques se colla à Frauke et chercha à lui peloter les seins.

— Pas maintenant, Jacques ! Laisse-moi s'il te plaît, j'ai pas du tout la tête à ça. Quelle heure est-il ?

— Midi moins vingt.

Frauke sauta du lit et enfila précipitamment son string et sa robe.

— Ne fais pas d'histoires, dit-elle d'un ton autoritaire tandis qu'elle nouait les boucles de ses sandales. Je dois filer. C'était sympa hier soir. On se reverra bientôt, je t'appellerai.

Sa bouche effleura les lèvres de Jacques et elle dégringola les escaliers.

Ce bal des amants maudits dura de longues semaines, avec la même orchestration, Frauke à la baguette et Jacques en troisième violon. Ils se retrouvaient dans un bar, enchaînaient les premiers verres, Jacques tentait de faire bonne figure, offrait un petit cadeau à Frauke avant de l'interroger sur ses intentions, elle minaudait, lui faisait part de ses doutes, refusait de lui dire ce qu'elle bricolait quand ils n'étaient pas ensemble, Jacques lançait une nouvelle salve de questions, Frauke s'énervait, Jacques hésitait à lui fixer un ultimatum mais préférait *in fine* lui réitérer son amour, elle allait pisser ou se remaquiller, lui souriait mystérieusement, ils continuaient de picoler, avalaient un bout, filaient baiser chez lui, ou pas, pour des raisons mystérieuses mais non négociables. Puis Frauke disparaissait quelques jours avant de le convoquer à une nouvelle séance, dans un bar…

Entre leurs rendez-vous, Jacques souffrait le martyre. Il se torturait à analyser ses paroles et les inflexions de sa voix, à décomposer les expressions de son visage, de son langage corporel et leurs ébats erratiques (Frauke ne voulait plus se faire prendre qu'allongée sur le ventre) sans rien y comprendre. Pourquoi le traitait-elle avec tant de légèreté ? Quel malin plaisir avait-elle à le faire tourner en bourrique ? Il lui écrivait de longs mails auxquels elle ne répondait jamais sinon pour lui dire qu'elle était pressée, il ne devait pas s'inquiéter, ils se parleraient très franchement lors de leur prochaine soirée. « La petite pute », maugréait-il avant de s'adoucir et, comme un crétin, une pauvre lavette, de la remercier pour son message. Certains jours, n'y tenant plus, il l'appelait ou lui envoyait un SMS et si aucune réponse ne lui parvenait dans l'heure, il se rongeait les sangs, follement anxieux, consultant sa machine finlandaise toutes les quatre minutes, la faisant passer en mode vibreur ou silencieux comme si ces stratagèmes pouvaient accélérer le rappel de Frauke ou encourager la clémence des dieux. Pour se calmer, Jacques faisait l'inventaire de ses défauts : sa ponctualité maladive, son *Pflichtgefühl*, ce sens du devoir obsessionnel, ses accès de mauvaise humeur, sa mauvaise haleine au réveil, rarement en fait, s'il était honnête, ses éternuements intempestifs d'octobre à mai, son allergie aux œufs – même aux œufs Bénédicte –, et ses saloperies de ballerines qui lui faisaient de minuscules pieds de souris. Parfois aussi, il cachait son téléphone dans la salle de bains sous une pile de serviettes. Ou alors il l'éteignait, mais bien vite il le rallumait, tremblant, le sang battant aux tempes, guettant le voyant rouge qui aurait signalé un appel manqué ou un message de sa bien-aimée. Des heures durant, il faisait les cent pas dans son appartement, fumant cigarette sur cigarette, la maudissant, la bénissant, l'implorant, prenant Amadeus à témoin de ses malheurs. Et puis, las, il se recroquevillait dans l'œuf scandinave, mâchoire serrée, prostré devant des compétitions de curling ou des émissions de téléachat. Son supplice ne prenait fin que lorsque Frauke se manifestait. Il bondissait alors de joie, raccrochait en criant « Elle m'aime, elle m'aime donc ! » et en brandissant son téléphone comme une Ligue des Champions. Mais ce n'était qu'un court répit, quelques heures seulement, et puis l'angoisse revenait.

Que de souffrances il endurait ! En permanence sur le qui-vive, dans l'attente fébrile d'un nouveau rendez-vous, il comptait et décomptait les jours et les heures qui séparaient leur dernière entrevue et leur prochaine confrontation. Debout trop tôt, avec un nœud dans la poitrine, il souffrait d'insomnie et maigrissait à vue d'œil, il avait perdu neuf kilos depuis son retour de Serbie.

De longues promenades dans les allées désertes du Tiergarten humide apaisaient un peu son stress mais sur le chemin du retour, à mesure qu'il se rapprochait de son immeuble terreux, l'anxiété revenait. Il laissait le jour vide s'éteindre, il se parfumait la barbe, enfilait une chemise, un blazer et devant son miroir, dans ses vêtements trop larges, il se forçait à sourire, pathétique. Quand il sortait, il buvait un verre ou deux, des petits remontants qui l'aidaient à converser avec des inconnus mais dont les effets s'estompaient vite, de la neige fondante, trop vite, il ne les écoutait plus, ces gens équilibrés, il n'avait pas envie de leur raconter sa vie de merde, la tête à Frauke, sa malédiction, à ce qu'ils auraient pu faire ensemble ce soir-là, à ce qu'elle faisait sans lui, à la même heure, à peut-être seulement quelques centaines de mètres de lui. Alors il s'éclipsait discrètement, l'âme en peine au milieu de la foule allègre et rentrait chez lui aussi triste qu'une pierre. Un soir il se mit minable et suivit chez elle une fille aussi esseulée que lui dont il venait de faire la connaissance, un tromblon en manque d'amour, basse du cul, qu'il embrassa sans plaisir et qu'il quitta sans ménagement, en courant littéralement, dégoûté, sitôt qu'elle se fut déshabillée et eut commencé à activer sa langue sur son sexe recroquevillé. Il était cinq heures et Berlin pleuvait encore.

Les premières semaines, il avait régulièrement appelé Caroline mais la fidèle complice s'était lassée de ses sempiternelles questions, de ses « Tu l'as vue hier soir ? Et avec qui ? Et est-ce que tu crois que… ?… » Elle lui avait demandé d'arrêter de la harceler ou de lui parler d'autre chose, de musique ou de cuisine, comme « avant », mais ses airs de chien battu quand il passait à la boutique, sa voix suppliante au téléphone, ses interrogatoires de Colombo accablé devaient cesser. « Stop, Jacques, tu te fais du mal et je ne peux rien faire pour toi, je ne peux pas être votre *go-between*,

parlez-vous en adultes, s'il te plaît, ne m'en veux pas. »
Ana était sa dernière soupape. Elle ne se lassait pas de ses histoires ni de ses radotages, des bennes d'angoisse qu'il lui déversait à chacune de leurs rencontres. Mais Frauke avait raison, hélas, Ana était une conne, une ratée qui de projets avortés en envies contrariées l'avait entraîné par le fond. Sa sempiternelle bonne humeur avait encouragé un dilettantisme dont il payait aujourd'hui le prix, un prix faramineux.

# 24

« Si tu savais comme je suis content ! ça fait des semaines que j'y pense ! Découvrir la ville de mon cher fils en sa compagnie… » Mi-octobre, le Dr Koskas vint passer deux jours à Berlin à l'occasion d'un nouveau congrès de Gynécologie sans frontières. Jacques l'emmena déjeuner au *Paris Bar*, après l'avoir attendu une heure dans le lobby de son hôtel où il confabulait avec des collègues nantis eux aussi d'une sacoche en nylon siglée Berlin ! – GSF '08.

— Tu es obligé de te balader toute la journée avec ça ?

Jacques senior sortit du sac une liasse de journaux, les quotidiens français et allemands de la veille récupérés dans l'avion, des stylos du congrès, une boîte de gâteaux à la cannelle de Claire, et enfin un livre soigneusement emballé.

— Tiens, de la part de ton petit papa…

Jacques grimaça en découvrant la tête chapeautée du grand rabbin de France Joseph Haïm Sitruk en couverture de ses mémoires, *Rien ne vaut la vie.*

— Merci mais il ne fallait pas, marmonna-t-il.

— Mon petit doigt de père me dit que tu en as besoin actuellement. Tu n'as pas desserré les lèvres dans la voiture. Je sais qu'il ne faut pas te brusquer mais quand même… Tu es à nouveau fuyant au téléphone. Tu n'es pas venu à Rosh Hashana et à Kippour… Ça fait une demi-heure qu'on est ensemble, tu as déjà fumé un demi-paquet de cigarettes et, chose étrange, tu n'arrêtes pas d'embrasser ton briquet. Jacques, tu n'es pas dans ton assiette…

Le regard du Dr Koskas se braqua sur le visage blafard de son fils et ses yeux cernés.

— Qu'est-ce qui ne va pas, Jacques ? C'est ton bouquin ? Ça ne marche pas comme tu veux ?

Disponible dans tout l'espace francophone, *Israël, une révolution érotique* connaissait des débuts contrastés. L'ouvrage avait été encensé par *Vosgian Force*, un fanzine rock et libertaire d'Épinal, par la revue du Bloc identitaire et par une radio web salafiste. L'animateur s'était félicité qu'un juif eût enfin le courage d'exposer au grand jour l'« hypersexualité de son peuple de reptiles apostats ». *Le Monde diplomatique* estima que « grâce aux travaux de Jacques Koskas, nous avons la confirmation de ce que nous pressentions depuis des décennies : les Palestiniens ont été expulsés de leur terre afin que des impérialistes puissent satisfaire leurs penchants pervers pour la polyfornication ». Jacques était attendu au prochain forum social de Saint-Denis et Mireille, son attachée de presse, lui avait transmis une invitation du gouvernement iranien pour des conférences au séminaire théologique de Mashhad, près de la frontière turkmène. Les médias juifs, en revanche, l'étripaient. Itzik Mendelssohn, doyen de l'université de Lorraine, écrivait dans *Tabernacle :* « Tandis que l'État hébreu vit des heures dramatiques et que le tic-tac de la bombe atomique iranienne frémit à nos oreilles, un historien amateur, gandin immature de trente-cinq ans (!), prend ses fantasmes pour des réalités et sa vessie pour une lanterne en nous livrant, pour le plus grand plaisir des antisémites de France et de Navarre, une fable érotique soft, aussi dégradante que mensongère. *Israël, une révolution érotique* (névrotique ?) souille la mémoire des pionniers, nos parents et grands-parents à qui nous devons tant. » Mendelssohn reprochait à Jacques d'avoir sciemment ignoré l'ascétisme des hassidiques, la tradition de contrôle et de refoulement des instincts du Talmud, le puritanisme des pères fondateurs, leur conception purement nataliste de la sexualité et nullement appréhendée, « certainement pas ! », comme source de plaisir. « Dans notre histoire plurimillénaire, les seules entorses à la moralité eurent pour but la procréation afin de sauver le peuple d'Israël : Ruth a séduit son beau-père pour donner naissance aux ancêtres du roi David ; les filles incestueuses de Loth créèrent les nations de Moab et d'Amon. [...] Les travailleuses des kibboutzim, dont ma mère, étaient pures et chastes. Les kibboutzniks sublimaient leurs pulsions au service de l'idéal national et non de l'individualisme décadent dont souffre l'auteur. Ils n'avaient qu'une priorité : l'érection de leur commune et de leur nouvelle patrie. Sinon, comment auraient-ils transformé le désert en jardin d'Éden ? Comment auraient-ils construit les plus belles autoroutes du monde ? Remporté toutes les guerres ?

Monté des laboratoires de biotechnologie ? Bâti un Dôme de fer ? La débauche a conduit la France de Louis XV à la ruine. Le stupre a balayé la *szlachta* polonaise. Israël vivra parce que Israël, n'en déplaise à Jacques Koskas, célèbre la retenue sexuelle depuis la nuit des temps. Eliahou Rapoport disait que le sucre ne sert à rien quand le sel manque. Même le petit serpent a du venin. Lecteur ! Lecteur, passe ton chemin et consacre les 22 euros que coûte ce livre à de bonnes œuvres ou à ta sainte épouse à l'approche des lumières de Hanoucca. »

— Oui, dit Jacques senior, je ne comprends pas l'intérêt de descendre un auteur aussi durement. Si le bouquin ne leur plaisait pas, ils n'avaient qu'à l'ignorer… En tout cas, ta mère et moi l'avons beaucoup aimé. Albert Sebban, le gérontologue, l'a trouvé un peu bizarre mais remarquable. « Chapeau ton fils ! », m'a-t-il dit l'autre jour à la station-service. On est fiers de toi. C'est la première fois qu'un Koskas écrit un livre ! Tu veux un apéritif ? On trinque ensemble ?

— Non, je ne veux rien du tout, répondit Jacques. Cette critique de merde, je suis sûr que c'est un coup de Gabriel…

— Qu'est-ce que tu racontes, Jacques ? Vous êtes pourtant bons camarades…

— Tu ne sais rien, papa. Gabriel a travaillé avec ce fils de pute de Mendelssohn. Je suis sûr que ça vient de lui, il a téléguidé ce vieux croûton, il a même écrit le papier, j'ai reconnu son style emphatique…

— Arrête tes histoires, Jacques, tu travailles du chapeau. Et puis le monde ne s'arrête pas de tourner à cause d'une mauvaise critique. Les plus grands se sont fait violemment attaquer. Que dit ton attachée de presse ?

— Rien. Cette conne est injoignable...

Il mentait : Mireille lui avait dit la veille que compte tenu des premières critiques n'avoir aucun article ces prochains temps était « bon signe » et qu'il devait s'en « réjouir ».

Jacques senior restait positif. *Israël, une révolution érotique*, qu'il vendait à son cabinet, s'écoulait comme des petits pains, ainsi s'expliquait la quatre cent trente mille six cent cinquante-septième place du livre au classement des meilleures ventes d'Amazon.fr. Il proposa à Jacques d'appeler son attachée de presse pour lui « bouger un peu les fesses ».

— Ça va pas ou quoi ! brailla son fils. Ne te mêle pas de ça ! Tu me le jures ?

Jacques senior promit en se lissant les moustaches.

— Sinon, il y a autre chose n'est-ce pas ? Qu'est-ce qui te tracasse ? C'est ta copine Franka ?

— Frauke ! Je te l'ai dit mille fois. Tu le fais exprès ou quoi ?

— Oui, Frauke, excuse-moi. Ça va pas avec elle, n'est-ce pas ?

Jacques tritura machinalement la fourchette devant lui.

— On s'est séparés il y a quelque temps... Enfin, elle est partie, soupira-t-il. Et j'essaie de la récupérer par tous les moyens. Toi, tu n'as jamais eu de problèmes avec maman ?

— Non, jamais. Pourquoi veux-tu que j'aie des problèmes avec ta mère ?

— C'est pas la question, papa, s'agaça Jacques. Vous n'avez même jamais eu de petite crise ?

— Non. Ta mère est extraordinaire. C'est une perle, mon trésor le plus cher, avec toi et ta sœur bien sûr. Maman est…

— Oui, je sais, maman est parfaite, c'est une sainte femme mais ce n'est pas ce que je t'ai demandé. Et avant, avec d'autres gonzesses ? Tu n'as jamais couru après une femme ?

Jacques senior but bruyamment un grand verre d'eau gazeuse.

— Bien sûr que j'ai connu d'autres femmes. Mais quand elles sont parties, elles sont parties, basta, terminé. Jacques, les choses sont assez simples : en amour, ou bien elle veut ou bien elle veut pas. C'est aussi élémentaire que ça. Si elle n'a pas envie, passe à autre chose. Une de perdue, dix de retrouvées.

— Frauke ne sait pas ce qu'elle veut, c'est différent, dit Jacques.

— Si tu le dis, répondit son père, pensif. Mais pense à toi…

— On dirait que ça te fait plaisir mes petites histoires…

— Pas du tout, simplement, je vois que tu n'es pas bien et je me fais du souci pour toi, comme un père pour son fils. Ne va pas chercher autre chose.

— Tu es sûr ? Tu ne te dis pas : « Ça y est, enfin débarrassé de la goy qui voulait me prendre mon fils… »

Jacques senior se défendit, il n'avait pas l'intention de se mêler de la vie privée de Jacques. Il le mit en garde toutefois : construire un foyer était plus facile avec une fille « de chez nous », une fille dont les valeurs et les origines étaient proches des siennes. Il connaissait la vie, d'autres avant lui s'étaient brûlé les ailes et s'en mordaient les doigts aujourd'hui.

— Ils ne peuvent pas aller à la synagogue avec leurs enfants et...

— Mais l'amour, tu en fais quoi ? l'interrompit Jacques. La passion, ça ne te dit rien ? La démesure, papa ! Tu n'as jamais connu ce truc qui te retourne la cervelle et te ronge le foie ? Tu ne crois quand même pas que je vais choisir une fille parce qu'elle a le tampon du Beth Din sur le derrière ! Je me fous des autres femmes. Frauke, je suis dingue d'elle, raide dingue ! Tant qu'il y a une chance, même un pour cent de chance de la récupérer, je n'abandonnerai pas...

— Jacques, encore une fois, tu fais ce que tu veux. Mais attention à toi. Maintenant, calme-toi et mange ton escalope, elle va refroidir. Et arrête de trépigner, c'est insupportable.

— Je voulais sortir fumer une clope.

— Non, tu restes ici et tu manges.

Jacques s'exécuta péniblement. Des aphtes asticotaient sa langue. Il annonça à son père que Frauke dînerait avec eux ce soir.

— Si ça te fait plaisir, dit Jacques senior, laconique. Finis ton assiette et prends un dessert. Tu as maigri comme tout.

Ils firent le tour de l'Alexander Platz mais renoncèrent à la capsule de la tour de télévision, la file d'attente étant trop longue devant le phallus de la RDA triomphante. Ils parcoururent en silence les travées du Mémorial de l'Holocauste. Jacques senior frissonna en passant sous les arcs de la porte de Brandebourg mais s'extasia devant l'architecture mauresque de la grande synagogue de l'Oranienburger Strasse qui lui rappelait l'Espagne de ses lointains ancêtres. Jacques lui parla de la symbiose judéo-allemande d'avant les crématoires en désignant la coupole dorée de la maison de Dieu.

De retour à Prenzlauer Berg, Jacques senior était mélancolique. Il semblait perdu dans ces rues sombres imprégnées de lignite dont certains immeubles, vétustes et encore criblés de balles, espéraient un riche promoteur munichois ou un fonds d'investissement russe.

— C'est glauque, rentrons chez toi j'ai froid, lui dit-il.

Un message de sa tortionnaire attendait Jacques. Elle ne mangerait pas avec eux mais ils pourraient prendre un verre. « Amène ton père, je serai heureuse de le revoir. Je te dirai où un peu plus tard. »

Jacques senior refusa le verre de whisky que son fils lui tendait et but un jus de carottes en grignotant des noisettes. Du canapé où il s'était enfoncé, essoufflé par les cinq étages, il contemplait la poussière amoncelée autour des multiprises et sur les étagères, les cadavres de bouteilles, la poubelle pendue à la poignée de la porte de la cuisine, la vaisselle qui attendait un sauveur et les chemises de son fils entassées sur le dossier de l'œuf.

— Jacques, tu ne prends pas soin de tes affaires. Et ça pue le tabac chez toi, je vais ouvrir la fenêtre.

Il proposa de faire le ménage : il se sentirait beaucoup mieux dans un logement propre. Jacques refusa, son père recommençait à l'agacer. Il valait mieux descendre dîner. Mais rien à faire, le processus était enclenché.

— Dis-moi, où en es-tu financièrement ? Comment gagnes-tu ta vie ? lui demanda Jacques senior, les pointes de ses moustaches rougies de sauce tomate.

Jacques se voulut rassurant. Il y avait l'appartement à Miami que Claudio lui avait fait acheter, les loyers qu'il encaissait toutes les semaines, le prêt adossé à l'emprunt et d'autres mystérieux à-côtés. Et puis il pensait à ouvrir un restaurant dans le quartier, une brasserie franco-tunisienne.

— Mais ce n'est pas une vie, ça ! fulminait son père. Un restaurant, c'est très compliqué à gérer. Ça ne s'improvise pas. Ce que je comprends c'est que tu n'en fiches pas une ! Et tu sais que les marchés dévissent aux États-Unis ? Que les prix de l'immobilier se cassent la gueule ?

Le portable de son fils couina. Jacques embrassa machinalement son briquet grigri et sourit, enfin, en s'emparant de l'appareil auquel il n'avait cessé de jeter des œillades alanguies depuis le début du repas.

*Bon appétit et baisers ! ☺ Maman.*

Jacques pâlit, son père tapa du poing sur la table.

— Ça suffit, Jacques, tu vas te ressaisir et vite ! Cette fille est en train de te rendre maboul…

— Laisse-moi tranquille. Tu ne comprends rien, et d'ailleurs tu ne m'as jamais compris. Je ne suis plus un gamin alors laisse-moi gérer ma vie comme je l'entends…

— Ben tiens ! Elle est belle ta vie ! Elle ressemble à ton appartement ! Elle…

— Papa, un mot de plus et je quitte le restaurant.

Père et fils plongèrent dans leur assiette. Enfin Jacques senior se redressa et tendit un billet de cinq cents euros.

— De la part de ta mère et de ton père ingrat qui ne te comprend pas. Ne fais pas d'histoires. Si on travaille dur c'est pour vous, pour toi, pour ta sœur et ses petites. Va t'acheter un beau pantalon ou prends une femme de ménage, fais-toi plaisir. Pas de discussion.

Le bar était bondé et la musique trop forte. Frauke se cachait derrière un épais halo de fumée. Elle était avec Caroline, son nouveau mec, un grand blond à la mâchoire carrée, et des musiciens qu'il connaissait de vue, sauf un, Rolf, un type râblé en parka Barbour qui lui tendit la main mollement sans le regarder.

Frauke embrassa chaleureusement Jacques senior. « Alors Berlin ? Où étiez-vous ? *Na, wie schön !* » Il avait bien fait de venir, elle s'inquiétait un peu pour son fils. Ah bon, elle aussi ? Jacques senior hésita à lui tirer les vers du nez et à la mettre devant ses responsabilités mais s'il se mêlait de leurs affaires, Jacques en ferait encore toute une histoire. Il préféra parler de la grande synagogue, de ses vitraux et de ses beaux volumes.

Jacques essaya de badiner avec Caroline et son ami, mais il était de plus en plus tendu. Il avait tenté sans succès de prendre la main de Frauke et ne pensait qu'à une chose, être seul avec elle. « Peut-être plus tard », lui chuchota-t-elle. Si seulement tous ces abrutis pouvaient déguerpir, notamment ce nain chauve de Rolf dont il avait plusieurs fois croisé le regard condescendant. Son père, déboussolé, ne savait que faire de la bière qui suait entre ses doigts, cela devait faire trente-cinq ans qu'il n'avait pas mis les pieds dans un bar, pour peu qu'il y fût jamais entré. Pour cet homme qui se couchait tous les soirs la conscience tranquille, le bar *Drei* était le dernier cercle avant l'enfer, peuplé de damnés picolant, fumant et se trémoussant sur une cacophonie électronique, et de brindilles blondes qui se pressaient aux toilettes et le bousculaient sans même s'excuser, hilares, en en sortant.

Au bout d'une heure, il demanda à son fils de le raccompagner.

Supplice, Jacques venait justement de coincer Frauke à qui il suggérait une escapade au *Week-End* et quelques lignes de coke ponctuées de sexe sauvage : ils n'avaient pas baisé depuis deux semaines.

— Tu es sûr ?

— Certain. Je suis fatigué, j'ai soixante-trois ans et ce n'est pas pour moi, ici.

— Raccompagne ton père, Jacques, intervint Frauke. On aura l'occasion de se parler une autre fois, rien ne presse…

— Exactement, dit Jacques senior. Je dois faire mon allocution demain à dix heures. Allez, Jacques. Tu peux revenir après si ça t'amuse mais là je veux rentrer.

— Tu ne veux pas prendre un taxi ? suggéra Jacques.

— Enfin, Jacques ! dit Frauke. Ton père ne connaît pas la ville et ne parle pas un mot d'allemand. Reviens après l'avoir déposé, on sera là…

— T'es sûre ? Vous m'attendrez ?

Après avoir conduit sans desserrer les dents, Jacques repartit aussi vite qu'il était venu. Il hurla de rage, maudit son père et Frauke, la terre entière, et surtout la colonie d'escargots devant lui. Il gara la Saab sur une place pour handicapés et déboula dans le bar rongé d'inquiétude. Frauke et les autres avaient filé dix minutes plus tôt, lui dit Caroline, tendrement accoudée au bar avec son copain.

Le ventre noué, désespéré, Jacques sortit, appela Frauke, une, deux, trois fois. Il lui envoya plusieurs messages de détresse. Il marcha deux heures sous la pluie à Mitte et à Prenzlauer Berg, passa devant chez Caroline, à la recherche du vélo rouge de Frauke, un Peugeot reconnaissable entre mille. Il n'osa pas déranger Caroline mais rappela Frauke, huit fois précisément, toutes les dix minutes. À deux heures passées, de retour chez lui, en pleurs, il la rappela encore. Cette fois, elle décrocha. Ou plutôt son téléphone se déclencha, elle devait l'avoir dans une poche ou à la main, une fausse manœuvre. Jacques entendit de la musique, des éclats de rire et des voix masculines. Il raccrocha, rappela immédiatement. Occupé. « Salope ! Je te hais, je te hais, sale connasse ! » cria-t-il en déchirant une photo d'elle en mille morceaux. Quelques minutes plus tard, le téléphone, abandonné sur la table de la cuisine, sonna enfin. Il courut, fou de joie, trébucha sur une chaussure, jura, c'était Louis, un couillon de la bande à Ana. À deux heures trente-trois du matin ! L'enculé de sa mère. Il envoya à Frauke un dernier message. Peut-être avait-elle eu un accident ? Et s'il appelait les hôpitaux de Berlin ? Absurde !

Elle devait être en train de se faire défoncer par un quelconque connard. Quand enfin il se coucha, portable allumé sur la table de nuit, il ne put évidemment fermer l'œil. Il ralluma la lumière, essaya de lire mais en cette nuit cauchemardesque, *Astérix chez les Goths* exigeait davantage de concentration que le *Tractatus* de Wittgenstein. Il finit par balancer la BD contre la cage d'Amadeus et par se pelotonner contre l'oreiller de Frauke, grelottant dans les draps trempés de sueur, incapable de trouver le sommeil. À six heures et demie, il se rhabilla et sortit, hagard, épuisé.

Le jour pointait quand il tomba nez à nez avec un vélo rouge accroché à un réverbère au coin de la Gipsstrasse et de la Rosenthaler Strasse. Il l'examina sous toutes les coutures, reconnut le sticker du HSV, le club de foot de Hambourg, et le cadenas cabossé. Le souffle court, il considéra les immeubles assoupis alentour, inspecta les noms aux interphones, aucun ne lui était familier.

Réfugié dans un café, il avala des œufs, un grand jus d'orange et élabora un plan de rétorsion. Jacques senior avait raison. Fini de jouer à la lopette. Elle va voir ce qu'elle va voir, cette putain lubrique. Je la laisse se reposer jusqu'à dix heures, après je passe chez elle en coup de vent, je lui dis ses quatre vérités, et puis adieu, miss von Schwarzenbeck. *The game is over!* Il se frotta les mains, commanda un bretzel au salami et s'applaudit très fort, sous le regard amusé du patron turc qui le prenait pour un *clubber* sous MDMA en partance pour une *after.*

À dix heures trois elle répondit d'une voix fatiguée.

— Ça va, chéri ?, bredouilla-t-elle. Excuse-moi pour cette nuit, je viens de voir que tu m'as appelée, je suis…

— Trêve de bavardage, Frauke. On va se voir tout de suite. Pas de discussion…

— T'es où ?

— Pas loin de chez toi si tu es chez Caro.

— J'y suis. OK. Passe prendre un café dans un quart d'heure.

Jacques avait envie de lui fracasser le crâne contre le mur. Il alluma une cigarette sans embrasser son briquet, fini les enfantillages, et gueula, gueula sans s'arrêter. Il lui demanda pourquoi elle ne l'avait pas attendu comme promis ni prévenu de leur départ, pourquoi son vélo dormait Rosenthaler Strasse, pourquoi et pourquoi… Frauke fit l'insolente, minauda, papillota des yeux avant de changer brusquement d'attitude.

— Écoute, murmura-t-elle d'une voix plaintive, je suis un peu perdue actuellement, perdue…

— Comment ça, perdue ?

— Attends une minute, s'il te plaît…

De retour de la salle de bains, elle s'assit sur ses genoux et guida l'une de ses mains dans sa nuisette, contre sa poitrine toute chaude, deux brioches sorties du four. Mais Jacques était déterminé.

— Tes petites simagrées, ça suffit. J'en ai ras le cul de ces jeux !

Agenouillée à ses pieds, Frauke avait commencé ses va-et-vient quand une clé tourna dans la serrure. Caroline.

Le soir même Frauke l'invita à dîner et s'excusa des tourments qu'elle lui avait causés. Elle ne recommencerait plus, ils se verraient davantage, ils avancerajent, elle en avait envie aussi, mais à son retour. Elle partait le lendemain pour des concerts en Grande-Bretagne avec l'Orchestre philharmonique de Berlin.

## 25

Sa persévérance avait porté ses fruits. Depuis le retour de Frauke, leur relation avait pris un tour inespéré. Ils avaient passé quelques jours sur la Baltique où ils avaient longé la mer grise et fait l'amour dans un palace décati. À Berlin, elle l'avait accompagné chez le médecin : son testicule se portait comme un charme. Ils avaient visité un local pour un éventuel restaurant. Frauke trouvait l'idée maligne, il fallait profiter de tous ces jeunes ménages friqués qui investissaient le quartier. La veille, ils avaient fêté Halloween ensemble, lui en squelette, elle en sorcière.

Frauke enfila la veste de pyjama de Jacques et s'assit sur le rebord du lit.

— J'ai quelque chose d'important à te dire. Caroline va emménager avec son nouveau mec…

Jacques serra machinalement son sexe sous la couette et contint un sourire de triomphe.

— … Je vais donc devoir déménager…

Et voilà… Tout vient à point à qui sait attendre.

Sauf que… Frauke cherchait un appartement pour elle. Son appartement. Elle lui expliqua qu'elle le faisait pour eux, pour leur couple renaissant, afin de ne pas sombrer à nouveau dans le train-train, les courses, le ménage et les diarrhées mortifères du printemps. Elle ne voulait plus le surveiller ni le trouver en babouches devant la télé.

Il avait relâché sa queue et la regardait avec un air de chien battu. Ses placards n'étaient-ils pas soigneusement rangés par sa nouvelle bonne ukrainienne ? Il promit, tout et n'importe quoi, et en désespoir de cause, il ajouta :

— Et quand on aura des enfants, on fera comment ?

— On en est loin encore, Jacques. Toi et moi on a toute la vie pour avoir des gosses. Pour l'instant c'est ma carrière qui prime… Et notre histoire, finit-elle par ajouter. Un couple n'est pas obligé de se voir tous les soirs. Tu sais que je tiens beaucoup à mon indépendance. J'ai besoin de voir mes amis et d'être seule de temps à autre… Mieux vaut marquer le coup quand on a envie de le faire… OK Baby ?

Frauke déménagea trois jours plus tard.

Quand Jacques voyait sa femme, tel un F16 tout juste envolé de son porte-avion, il était enjoué et hardi, prêt à conquérir les ventres et les papilles de Berlin. « Chez Jacquot », sa brasserie, s'échafaudait. Il avait rencontré plusieurs cuisiniers, dont l'un, un jeune Algérien, tenait la corde, et des banquiers qui envisageaient de lui prêter main-forte. Les jours off étaient plus difficiles à gérer : on avait croisé Frauke un soir à la brasserie *Borchardt* en compagnie de Rolf. Ana l'avait aperçue dans un café à l'ouest avec un jeune homme très brun. Quand Jacques s'était risqué à lui demander des explications, elle avait levé les yeux au ciel.

— Tu crois vraiment que j'ai envie de me taper un mec comme Rolf ? C'est un collègue, un mec intéressant, point barre.

— Et l'autre ?

— Un violoniste de l'orchestre, c'est tout.

Pourtant quelque chose clochait. Le manipulait-elle ? Avait-elle pris un appartement pour mener une double vie ? C'était tout de même bizarre, ce déménagement... Ils venaient de renouer et elle foutait le camp, ça n'avait aucun sens. Ou alors, comme elle le prétendait, avait-elle bougé pour renforcer leur couple renaissant ? Il devait reconnaître qu'elle était toujours affectueuse quand ils se retrouvaient. Leurs chairs s'enchevêtraient et ils s'emboîtaient prodigieusement. Frauke avait pris un tour de poitrine en plus, ses seins étaient extraordinairement sensibles, sa nouvelle pilule, expliquait-elle. Une drogue pour Jacques, une obsession, le corps de sa femme qu'il pliait et arquait à sa guise. Ce corps idolâtré lui appartenait. Personne n'avait le droit d'y toucher. Personne. La jalousie le dévorait. Il n'avait plus confiance en elle.

Il fallait qu'il sache. S'il en avait eu les moyens, il aurait fait appel à un détective privé. Au lieu de quoi, à la nuit tombée, il rôdait aux abords de la Philharmonie et de l'orchestre symphonique, il faisait des rondes dans les cafés, à la recherche de son vélo, d'une connaissance, d'un indice quelconque.

Le 21 novembre 2008, quatre-vingt-douzième anniversaire de la mort de l'empereur François-Joseph, il la guettait en bas de chez elle, au numéro 61 de la Kollwitzstrasse.

Assis sur un toboggan depuis une demi-heure, il scrutait les trois larges fenêtres au quatrième étage. Tout était plongé dans la pénombre, pourtant elle lui avait assuré qu'elle resterait à la maison pour se reposer. Il était vingt-trois heures. Même épuisée, elle n'allait jamais se coucher avant une heure du matin, alors quoi ? Il n'osait ni sonner ni la joindre sur son portable, elle l'enverrait balader et il trahirait leur new deal, dit « de sincérité réciproque et de respect mutuel », Frauke avait beaucoup insisté là-dessus lors de leur petit séjour à la mer.

Il devait pisser et bien qu'il remuât ses orteils dans ses bottines jaunes, il mourait de froid. Il était vingt-trois heures dix-sept. Il avait envie de décamper mais son instinct lui intimait de rester. Il s'accorda treize minutes de veille supplémentaire. Et puis trente encore, après s'être acheté un sandwich et une recharge de cigarettes au bistrot du coin.

Rien n'avait bougé. Elle devait dormir. Il était minuit quarante-quatre. Elle devait dormir. Il s'apprêtait à regagner ses pénates quand une Audi A4 noire se gara en souplesse devant l'immeuble. À pas feutrés, Jacques s'approcha de la haie qui le séparait de la belle voiture. Frauke en émergea, suivie d'un grand jeune homme à la chevelure de jais. Cette physionomie ne lui était pas inconnue. Où ? Quand ? Qui, qui, bon Dieu ? Son cerveau fit défiler des centaines de visages à la vitesse de l'ordinateur central du MI6 quand il ne reste que quelques secondes à James Bond pour sauver le monde. Ce nez. Cette bouche. Cette beauté géométrique. Frauke et l'inconnu traversaient la rue en plaisantant. Cette allure dégingandée. Le mec de la photo ! Frauke cherchait ses clés dans son sac. Le type de cet été ! Le cousin d'Angela ! Paolo !

Jacques bondit de son bosquet et se rua sur eux.

— Petite putain ! Chienne putride ! hurla-t-il.

— Que, qu'est-ce que tu fiches là, Jacques ? bafouilla-t-elle, figée.

— Ta gueule ! Ta gueule ! Une bonne fois pour toutes, ferme-la ! Et toi le Rital, fous le camp ou je te massacre ! lança-t-il à Paolo.

— Je suis roumain, connard, et je t'emmerde ! lui répondit du tac au tac Pompiliu. Frauke, c'est qui ce malade ? Tu le connais ?

Pompiliu, le violoniste prodige de la Philharmonie, s'avança vers Jacques. Il faisait une bonne tête de plus que lui.

— Roumain ou Italien, je m'en branle. Casse-toi, casse-toi ! dit Jacques. C'est ma meuf tu comprends, ma copine, alors bas les pattes ! Du vent ! *Raus ! Out !*

— Toi, un pédé de ton genre ? Frauke, je la baise depuis des mois, je suis...

Jacques le bouscula, attrapa Frauke par les cheveux. Hurlant, elle lui balança tant bien que mal un coup de pied dans un tibia tandis que le Roumain le poussait violemment dans le dos. Jacques chancela, retrouva *in extremis* son équilibre et infligea une claque monumentale à son rival. À son tour, Pompiliu tituba, recula. Mais déjà il faisait jaillir la lame d'un couteau à cran d'arrêt. Frauke bondit et essaya de maintenir les deux lutteurs à distance.

Alertés par ses cris hystériques, des voisins s'étaient massés aux fenêtres.

— Laisse-le, Pompiliu ! Va-t'en ! Va-t'en ! rugit-elle. Et toi, Jacques, je ne veux plus jamais te voir, plus jamais ! Casse-toi ! Disparais de ma vie définitivement ! Tu as tout gâché ! Tu es malade ! J'allais le larguer ! Je ne veux plus jamais entendre parler de toi !

— Frauke ! gémit Jacques.

— Disparais ! C'est fini, fini entre nous ! Adieu !

Perdue dans la brume, encore lointaine, une sirène de police était audible. Le grand Roumain les insulta et démarra en trombe.

— Laisse-moi entrer, laisse-moi entrer ! suppliait Jacques.

— Jamais ! N'approche pas et fous le camp sinon je dis aux flics que tu as voulu me tabasser…

Jacques tenta d'attraper une manche de son manteau. Elle lui donna un vilain coup de pied, dans le ventre cette fois, et courut jusqu'à la porte de son immeuble qu'elle ouvrit miraculeusement puis referma au nez de Jacques plié en deux et dévasté.

# 26

Les ténèbres se refermaient sur Jacques Koskas.

Sous tension constante ces derniers mois, son corps lâcha immédiatement après la nuit de l'apocalypse. Une semaine durant, il chia du sang tous les matins et souffrit de palpitations. Il peinait à articuler quelques mots avec Ana, son unique visiteuse, et Cosmo au téléphone. Au neuvième jour, sa température chuta mais il sursauta en contemplant son reflet dans le miroir. Son visage était tordu par la souffrance. Il avait de lourdes poches sous les yeux et les joues creusées par une barbe broussailleuse. Ses pupilles avaient perdu tout leur éclat et ses cheveux étaient teintés d'une tache grise, un disque étrange, la marque de son funeste destin.

Ce matin-là, Jacques se fit couler un bain très chaud. Il se savonnait sans vigueur quand Radio Fritz diffusa *Hello* de Lionel Richie. Dès les premières mesures, il pensa au mariage de Gabriel et de Delphine, à la tantine Annick se trémoussant contre lui sur la piste de danse, à sa passion des zigzags et des cascades, à la vie qu'il inspirait à pleins poumons, libre et insouciant, à l'amour de la vie gargantuesque qu'il avait alors et il pleura très doucement. Il n'avait plus ni force ni ressort, Frauke l'avait brisé. Il avait adoré une folle ! Depuis deux ans et demi, la clé de voûte de son existence était une névropathe venimeuse. Son grand amour, le seul, l'unique de sa vie, à qui il avait tout donné et aurait tout offert, cette femme qu'il voulait épouser et féconder, s'était moquée de lui, pire, elle avait cherché à l'anéantir, à l'entraîner dans les abysses. Toutes ces souffrances, tant de dévotion, d'abnégation pour en arriver là. Infect ! Pourquoi, pourquoi ? Qu'avait-il fait de si terrible ? Était-ce la vengeance des deux orphelins laissés sur le carreau ? De leur mère ? De toutes celles avec qui il avait jonglé par le passé ? Pourquoi les rouages du monde se bloquaient-ils à chacune de ses tentatives ?

Cloîtré chez lui, il ressassait ses malheurs et se lamentait sur l'absurdité de l'existence. Sur un mur du séjour, il écrivit au feutre rouge *LOVE MADE ME FORGET !* Oui, l'amour lui avait fait oublier son incapacité à être au monde et à affronter sereinement l'Incertitude, ce pas de danse au-dessus du volcan que chaque être est condamné à esquisser dès la naissance. Avant Frauke, il s'en était tiré par des feintes de chenapan, des désertions insouciantes et une quête effrénée du plaisir. Il n'avait jamais été dupe, il jouait, simplement, afin d'ignorer sa mortelle condition ; des dérobades, des ruses et des intrigues pour échapper aux affres de l'Incertitude. Une certaine légèreté de l'être, l'espoir chevillé au corps : il avait foi et Frauke était tombée du ciel. Un ange doré. Elle devait le guider à travers la jungle, être le vaisseau spatial à bord duquel traverser les turbulences de la vie et les soubresauts du cosmos. Mais la fusée avait explosé en plein vol. Il était seul, sans travail, sans argent, le cœur brisé, face à cette périlleuse liberté dont il n'avait jamais su que faire. Battements de cœur, suées froides et toux grasse agrémentaient ses nuits blanches. La cigarette était sa dernière compagne, il fumait, sans discontinuer, il ne dormait pas et il fumait, dès cinq heures du matin, en peignoir blanc sur son balcon, il fumait et il observait les cieux plongés dans les ténèbres, l'étoile du matin, le firmament pâle et les nuages placides, la masse du monde.

Malgré tout, elle lui manquait. Plus il s'efforçait de l'oublier et plus elle lui manquait. Il remâchait son désespoir avec Ana qui lui faisait régulièrement à dîner et lui répétait que tout le monde avait connu un chagrin d'amour. Que le temps était le plus puissant des anesthésiques et qu'il s'en sortirait, un jour, comme ça, il se réveillerait un beau matin et il serait un autre homme, il ne penserait plus à elle ; il pourrait en aimer une autre, il serait heureux à nouveau. Mensonge pieux, pensait-il en la regardant avec répugnance s'activer devant ses fourneaux, fagotée comme un épouvantail, les traits aussi lourds que sa cuisine. Tu t'es vue ? Toi, tu ne t'es jamais remise de ton chagrin d'amour ! Tu te traînes depuis des années. Tu fais semblant de vivre. Alors boucle-la et cesse de me casser les oreilles avec tes rengaines. Plaisir d'amour ne dure qu'un moment, chagrin d'amour dure toute la vie, tu le sais bien et moi aussi.

Rapidement, il lui demandait de partir. Il devait se branler. Il se paluchait fiévreusement, gorge serrée, en pensant à Frauke, il cherchait sa croupe, ses seins, sa bouche et ses mains sur Internet et il giclait, amer et larmoyant, en l'imaginant se faire défoncer par Pompiliu ou par Rolf, par toutes les bites de la planète, des bites énormes, de celles dont raffolait l'aliénée lubrique.

Une nuit, Jacques Koskas mit de l'ordre dans son appartement. Dans une pochette poussiéreuse, il retrouva les notes sur le stoïcisme qu'il avait griffonnées avant sa rencontre avec Frauke. En slip kangourou sur le plancher du séjour, il relut les conseils de Marc Aurèle pour se guérir de la maladie d'amour : 1) Penser que « l'étreinte n'est qu'un frottement interne avec spasme et excrétion de glaire » ; 2) Comprendre que « l'amour se réduit au frottement de deux épidermes » ; 3) La libido n'a pas d'énergie propre parce que les pulsions ne font que répondre aux stimulations du monde extérieur. Il avait noté que les satisfactions de l'esprit sont très supérieures aux plaisirs des sens qui ne sont bons qu'aux gens du commun et aux tyrans : le plaisir n'est pas un guide pour le bonheur (Aristote). Et cette maxime d'Épictète : « La passion est un raisonnement faux tout comme les fautes de calcul et d'orthographe. » Foutaises que tout cela, pure masturbation intellectuelle ! Il s'empara du dossier pour le brûler, se ravisa et chercha frénétiquement les photos de Frauke. Il en fit une pile surmontée d'un cliché où la pianiste posait nue, dégoûtante, devant le lac de Wannsee dont il posterait la version digitale à l'aube sur son mur Facebook. Ha ha. Il prit aussi *Rien ne vaut la vie* du grand rabbin Sitruk, les quatre exemplaires de son livre qui traînaient là et la lettre en recommandé de la Trust Confidence Corp. reçue trois jours plus tôt. Il avait cru comprendre que, suite à l'écroulement du marché de l'immobilier en Floride, son appartement à Miami avait perdu soixante pour cent de sa valeur et qu'il n'était plus en mesure d'honorer sa dette, indexée au prix d'achat de l'époque. Bref, aucun doute, il était ruiné, la Trust Corp exigeait qu'il rembourse son prêt dans les plus brefs délais sinon elle saisirait la justice. Et pourquoi pas Interpol ? ricana-t-il. Le gérant lui apprenait aussi que son conseiller financier et ami Claudio Sorbillo avait détourné plusieurs millions de dollars et fait perdre à la banque quelques milliards supplémentaires suite à des placements hasardeux. Il avait disparu. *Grande Claudio*, le meilleur d'entre nous ! Notes, photos, livres et lettre : il rassembla l'ensemble sur le balcon, l'aspergea d'essence et y mit le feu avec son briquet Kiss qu'il jeta dans les flammes.

Au suivant ! Les yeux injectés de sang, un rictus amer au coin des lèvres, il se tourna vers Amadeus. L'oiseau n'avait jamais cessé de gazouiller. Il n'avait pas compati à sa peine. Il allait payer, lui, témoin de son amour déchu et de sa décadence. Jacques engouffra le Requiem de Mozart dans le lecteur CD, plage deux, le *Kyrie Eleison*, Seigneur, aie pitié. Il chercha à la cuisine le grand couteau avec lequel il avait tranché les rosbifs des dimanches heureux. Il aiguisait soigneusement sa lame et s'apprêtait à égorger Amadeus lorsque son portable sonna. Ana. Toujours Ana ! Jacques hésita, finit par décrocher. Elle était bouleversée. Pouvait-elle passer immédiatement ? Bien sûr. À elle aussi il allait régler son compte en cette nuit du long couteau. Le tour d'Amadeus viendrait plus tard.

Elle devait quitter son appartement d'ici un mois. Un fonds d'investissement avait racheté son immeuble et s'apprêtait à en expulser tous les occupants qui payaient comme elle un loyer de misère pour le transformer en hôtel. Ana pleurait le Berlin bohème de l'après-chute du Mur et vouait le capitalisme aux gémonies quand Jacques s'approcha d'elle par-derrière. Il se mit à malaxer ses énormes nichons. Tout en dégoupillant les boutons de sa salopette, il frémissait de dégoût au contact de ce grand corps laiteux, vit apparaître des pieds immenses, des aréoles difformes, des aisselles barbues et enfin un cul flasque couvert de rougeurs hivernales. Qu'importe, s'il voulait à jamais s'en débarrasser, il devait coucher avec elle. Maintenant. Sans un mot, sans l'embrasser, il l'entreprit contre le mur où s'étalait en lettres de sang *Love made me forget !* Il banda mou et jouit silencieusement sur les plis de ses genoux.

Ana se retourna tremblante, éperdue d'amour et de reconnaissance. Elle était prête à l'enlacer, à lui susurrer des mots doux mais Jacques avait déjà enfilé un bas de jogging et il lui tendit ses affaires. Casse-toi et ne me rappelle pas. Ne me rappelle plus jamais. Ce furent ses seuls mots, et il la mit dehors sous la menace de son grand couteau.

Il s'effondra quelques heures sur le canapé, puis sortit de chez lui, pour la première fois depuis la grande rupture. Il se dirigea comme un automate vers l'immeuble de Frauke, scruta longuement les fenêtres du quatrième étage et puis cracha. Dans les parages, il découvrit une Audi A4 noire dont il raya la carrosserie. Il rebroussa chemin, s'assit à la terrasse du *Schwarzsauer* et commanda un café. Son dernier café à Berlin. Il quitterait la ville le soir même, adieu la Prusse et Prenzlauer Berg, ses rues, ses recoins, ses bars et ses restaurants tous associés à Frauke. Adieu, faune branchouille, adieu fausse bohème de mes couilles, artistes, créatifs et web designers amateurs de Bionade, de Club-Mate et de I-books, adieu à vous tous, ados attardés à lunettes vintage et moustaches fleuries, adieu à l'Internationale de la coolitude, gauche molle et bien-pensante en baskets griffées et jeans ultra-slim. Adieu Allemagne, pays provincial et formel ! Je te hais, pays des meurtriers ! C'est toi qui as fait le Mal ! Toi qui as incendié les terres et les villages d'Europe, toi qui as transformé l'homme en savonnette et révélé sa face la plus noire, toi qui as fait de mon peuple un reptile mélancolique, au premier coup de canif, son poing vengeur, et moi, je suis venu vers toi, ô Allemagne, je t'ai pardonné, j'ai étudié ta langue et tes poètes, je t'ai aimée mais tu m'as crucifié et fait de moi une épave… Jacques passa encore quelques minutes à s'apitoyer sur son sort et à délirer avant de s'enfuir à toutes jambes sans régler sa consommation. Il grimpa dénoncer son bail, boucla sa valise et salua Amadeus : *Tchüss*, oiseau de malheur ! Il crèverait d'inanition, lui filait à Paris où Cosmo le suppliait depuis plusieurs semaines de venir se requinquer.

## 27

Jacques faisait de longues balades. Il baissait les yeux quand il croisait des amoureux et des petits vieux esseulés. Il observait Paris, la ville parée de gris et la Seine couleur de cendre, Paris en décembre 2008. La *moderne humanité technicienne* dans le métro, les visages fermés et les mines bougonnes, les effluves de pisse froide et les vendeurs de shit gare du Nord, le minois du président Sarkozy en une de tous les journaux, de tous les magazines, tous les jours, toutes les semaines, *ce qu'il mijote* : *dirty tricky Nick.* Raymond Domenech à la tête de l'équipe de France. Les SDF sous les porches de la place des Vosges, la nuit, alignés comme des cadavres à la morgue. Les salafistes et les pitbulls, les files d'attente pour acheter un portable multifonction, Le Pen I et II, les quinquagénaires habillés comme des ados, la queue devant le BHV pour participer à un casting, le Perrier à sept euros au Palais-Royal, la guerre dans les banlieues, le prix du mètre carré à Saint-Germain-des-Prés, les flics en uniformes de SA à tous les carrefours, les écrans plasma partout, les embouteillages, les grèves, l'agressivité : la société du buzz et du bling-bling, de Youssouf Fofana et de Dieudonné. Petit pays de merde. Tout ça était prévisible. Et il s'en foutait.

Le bar de Raymond avait fermé et Raymond était mort. Morts aussi Philippe Noiret, Raymond Barre et Anna Nicole Smith. Gilbert et Jean-Louis Costes avaient étendu leur empire et Philippe Starck consolidé le sien. De posts en chroniques, Gabriel, penseur profond et vulgarisateur de génie, blablatait de l'aube au crépuscule sur les chaînes d'information, une écharpe jaune autour du cou, expert multicartes et omniscient. En ouvrant *France Football*, Jacques découvrit que Guzman Benco jouait au FC Waregem et était en lice pour le soulier d'or de Belgique. Les journalistes de *La Turbine* n'écoutaient plus Carla Bruni. D'ailleurs il n'y avait plus de journalistes à *La Turbine*, il n'y avait même plus de *Turbine* du tout, le quotidien des affaires et de l'industrie lourde venait d'être liquidé. Boulevard Beaumarchais, Jacques croisa un de ses anciens collègues. Il lui apprit que le gros Freddo avait ouvert un bar à vins bios à Montmartre. Hugo Huguin avait divorcé et fait une crise cardiaque. La plupart vivotaient et galéraient. Non, Clémence n'avait jamais accouché. Enfin, pas en 2006, il en était certain. Drôle de question ! Mais elle s'était mariée cette année-là et présentait des flashs d'informations sur l'une des six cent cinquante-sept chaînes du câble, il ne se rappelait plus laquelle. Tous se retrouvaient une fois par mois dans un bar de Ménilmontant. « Tu devrais passer, lui dit-il, ça ferait plaisir à tout le monde, la fermeture du journal nous a soudés, on est comme une grande famille. »

Non merci. En revanche il voulut rencontrer son autre enfant. Mais avenue Mozart, Serena Bensoussan avait quitté son duplex « avant la naissance des jumeaux » : la gardienne avait reconnu Jacques et elle le renseigna. Quand ? Il y a trois ans environ ? Plus tard ? Peut-être, elle ne se souvenait pas précisément mais lui donna sa nouvelle adresse. À Neuilly. Un bel immeuble en pierre de taille, en face du jardin d'acclimatation, au pied duquel il se posta trois jours durant. Des jumeaux ! Bon Dieu ! Enfin la tigresse sortit de chez elle. En manteau de fourrure et bottes vertigineuses, majestueuse comme toujours, accompagnée d'une nounou ivoirienne qui tenait la main de deux bambins minuscules. De loin il était difficile de discerner la couleur de leurs yeux et la forme de leur bouche, de dire s'ils lui ressemblaient dans leur combinaison de ski. Alors, quel âge pouvaient avoir les deux nains ? Ils marchaient à peine. Un an et demi ? Deux ans ? Davantage ? Jacques se souvenait vaguement de ses nièces balbutiant leurs premiers pas. Ces deux gosses ne pouvaient pas avoir trois ans. Jacques fut soulagé, puis immensément déprimé, il n'était pas père.

La veille de Noël, Sophie partit pour la Suisse chez ses parents. Cosmo restait à Paris avec son ami.

— À la tienne, Jacques, et regarde-moi dans les yeux sinon sept ans de mauvais sexe !

— De toute façon… Enfin, si ça peut te faire plaisir…

Ses yeux tristes plongèrent dans ceux de Cosmo. Il but d'un trait son verre de bordeaux et se resservit immédiatement.

— Bon, mon loup, on parle un peu, comment tu vas ?

— Comment veux-tu que j'aille ? Je me sens comme une merde, je suis complètement vide et quand je repense à Noël l'an dernier à Hambourg, j'ai envie de chialer toutes les larmes de mon corps.

— C'est peut-être un mal pour un bien tu sais ? Frauke n'était pas…

— Cosmo, je t'adore, ce que vous faites toi et Sophie est extraordinaire et je ne l'oublierai jamais mais je te demande une chose, une petite chose, épargne-moi ce genre de formules à la con…

— OK, frérot, relax. J'ai rien dit.

Cosmo se recroquevilla dans son verre et tira longuement sur son cigare.

— Jacques, reprit-il, gêné, tes parents m'ont encore appelé ce matin. Ils sont super inquiets. Tu ne réponds pas à leurs appels, ils n'ont aucune nouvelle de toi depuis des semaines, ils…

— Écoute-moi bien : Claire et Jacques vont aller se faire foutre une bonne fois pour toutes !

Les yeux luisants de haine, Jacques accabla ses malheureux parents pour tous ses échecs et ses errances. Il avait, c'était sûr, un défaut d'origine.

— Qu'est-ce que c'est que cette salade ? dit Cosmo.

Jacques vida son verre et gratta sa barbe hirsute.

— C'est pourtant simple : une progéniture équilibrée ne peut être engendrée sans un minimum de précautions. En gros, les désordres de la conception se retrouvent dans le caractère des enfants. Ils portent en eux les marques de l'acte vénérien qui les a fécondés !

Cosmo ne put s'empêcher de sourire.

— Imbécile, c'est très sérieux ce que je raconte. Quand tu veux faire un gamin, tu prépares méticuleusement l'acte sexuel. Pour avoir un sperme de qualité, tu prends soin de ton corps et de ta psyché, tu imagines l'enfant que tu voudrais avoir, tu fais gaffe. Je suis convaincu que mes parents m'ont fait à la va-vite, entre deux consultations, qui sait, peut-être sur un lit d'hôpital, ils avaient dû manger gras, et, les connaissant, ils devaient être épuisés. Résultat, ils ont engendré un monstre ! Le crétin que tu as devant toi !

— Ah, Jacques..., dit pensivement Cosmo en triturant son Cohiba.

— Cosmo, il n'y a pas de Ah Jacques ! Je vais intenter un procès à mes parents pour vice de fabrication ! Je vais leur demander des dommages et intérêts. En copulant de façon irresponsable, ils ont foutu ma vie en l'air ! Voilà ce que je vais faire ! En janvier, je lance la procédure. Cette affaire fera jurisprudence. À mon avis, beaucoup de gens attaqueront leurs parents en justice...

— Mais oui, bien sûr ! Jacques, atterris : ton père doit déjà éponger tes dettes américaines, tu ne crois pas que c'est suffisant ? Arrête tes bêtises, arrête bon Dieu !

Jacques se rembrunit instantanément. Ils attaquèrent le foie gras puis le veau Marengo. Tandis que Jacques engloutissait la viande et les pommes dauphine sans lever les yeux de son assiette, Cosmo lui proposa de faire un peu de com', lui et Sophie cherchaient quelqu'un pour leur boîte mais rien ne pressait, il pourrait commencer à travailler en février ou en mars, ça lui ferait du bien, un peu d'argent, se stabiliser, un premier pied à l'étrier. Il refusa.

— Que veux-tu faire alors ? demanda Cosmo.

— Je pourrais devenir garçon de cabine à la piscine de Pontoise. Traîner en tatanes toute la journée, ouvrir, fermer les vestiaires, mater des culs, ça devrait être dans mes cordes !

— Très drôle, Jacques…

— Ou mieux encore, devenir *net dating* assistant. J'ai vu une petite annonce dans la vitrine d'une agence d'intérim. C'est un métier d'avenir : rédiger des petites annonces coquines, éplucher des centaines de profils, écrire tous les jours des dizaines de messages originaux en soignant l'orthographe…

Jacques se leva brusquement de table en balançant sa serviette à la tête de son ami.

— Et puis lâche-moi, Cosmo ! cria-t-il. Lâchez-moi tous la grappe ! Personne ne peut m'aider, ni toi ni personne ! J'ai tout essayé et tout a foiré. Tout ! Je ne sais pas ce que je vais faire. Je suis complètement à la ramasse, tu comprends ? Cette pute m'a détruit, elle m'a…

Jacques s'effondra en pleurs. Cosmo le prit dans ses bras et le berça comme un enfant. Il surpasserait toute cette merde. Il avait vaincu un cancer, parlait trente-huit langues et rebandait comme un âne. Cosmo avait connu l'enfer après la mort de son père. Il avait cru qu'il ne s'en remettrait jamais et puis la vie avait repris le dessus. Jacques finirait par s'en sortir lui aussi.

— Pas à Paris en tout cas, gémit-il. Je n'aime pas cette ville ou je ne la comprends pas, j'en sais rien et puis j'étouffe en France.

— Tu n'exagères pas un petit peu ?

— Non, pleurnicha-t-il.

— Mais où comptes-tu aller ?

Aucune idée. Jacques sécha ses larmes en avalant un grand verre de whisky.

— Je me sens étranger partout où j'ai traîné, soupira-t-il. Je n'ai aucune attache nulle part. Tous mes aïeux ont émigré depuis quatre générations, tous, systématiquement, ballottés tels des bouchons par le grand fleuve Histoire... À *La Turbine*, même ceux qui venaient de milieux de merde avaient un fief ou une maison familiale dans la Creuse ou en Ardèche. Ils ont tous des racines, ces mecs, ils sont ancrés dans un terroir, moi, je n'ai rien, je me suis inventé une identité qui n'est pas la mienne, j'ai fait un pot-pourri de tout et n'importe quoi et je me retrouve là comme un con à pleurnicher sur ton épaule. À trente-cinq ans ! C'est pathétique...

Jacques se moucha bruyamment.

— Si tu savais, Cosmo, comme je suis fatigué de moi ! se lamenta-t-il encore. Et puis j'ai mérité mon sort : j'ai fait des choses si horribles que des fois je songe sérieusement à me trancher les v...

Jacques ne termina pas sa phrase. Cosmo le regardait avec une infinie tristesse. Et soudain...

— Jacques, tu vas faire immédiatement tes bagages ! Demain, on se barre !

— Mais où ?

— En Bucovine comme au bon vieux temps. Sur les traces du poète Rosenkranz. Ou pour longer le Prout. Ou boire de la vodka jusqu'à plus soif. Peu importe, on va te changer les idées, c'est moi qui régale...

## 28

La nuit enveloppait déjà la cité eurasienne lorsqu'ils atterrirent à Kiev et grimpèrent dans un serpent verdâtre, direction Tchernowitz. Immédiatement, ils gagnèrent le wagon-restaurant, une buvette empestant le chou bouilli et tenue par un couple poisseux au bord de la crise de nerfs. Cosmo avala un sandwich que le cylindre porcin au comptoir lui certifia au fromage et Jacques un bortsch fluorescent. Ils étaient les seuls clients à l'exception d'un géant à toque en fourrure dont les moustaches trempaient dans une assiette de soupe.

— Certainement un cosaque zaporogue, descendant du cruel hetman Bogdan Chmielnicki, chuchota Cosmo. Ses soudards ont embroché une quantité certaine de mes arrière-arrière-arrière-grands-mères. Pourvu qu'il ne dorme pas avec nous…

Non, ils partageraient leur nuit avec deux types en maillots de corps qui jouaient aux cartes et mangeaient des œufs durs quand Jacques et Cosmo rejoindraient leur compartiment.

Il faisait atrocement chaud et les deux crânes tondus enfermés là depuis Kharkov allaient se foutre sur la gueule quand le plus vieux d'entre eux, celui qui avait triché, sortit de son sac à dos une bouteille en plastique. Ils abandonnèrent aussitôt leur partie pour absorber le magnum d'élixir tout en jouant avec leurs portables, exactement comme si Jacques et Cosmo n'existaient pas. Enfin les deux loustics s'écroulèrent dans un profond sommeil et Cosmo les imita aussitôt.

Jacques entrouvrit les rideaux épais. Le train traversait une sorte de mer de glace, des steppes satinées et des gares transies cernées d'arbres émaciés et de silhouettes évanescentes. Fumées noires, nuit blanche, stalagmites de fer et d'acier tendues vers les ténèbres, des cheminées d'usines aussi stériles que des canons après une bataille. Loin, très loin, une, deux, trois lucarnes scintillaient, blafardes, présageant des barres d'immeubles dispersées dans le néant par quelque urbaniste soviétique aliéné. Les ombres des pylônes et des caténaires dansaient au clair de lune, les fenêtres et les essieux grinçaient, régulièrement le convoi s'arrêtait en rase campagne. Sur la banquise, la locomotive à bout de souffle s'ébrouait puis repartait, péniblement, menaçant de rompre à tout instant, avant de s'immobiliser et de reprendre sa croisière indolente vers le sud-ouest.

Au réveil, les deux ivrognes épluchaient une nouvelle couvée d'œufs durs. Un soleil rouge sang perçait timidement les nuages blêmes. Cosmo avait quitté le compartiment qui empestait le chacal. Jacques se débarbouilla comme un chat aux toilettes où de grosses mouches tournoyaient au-dessus de la cuvette. Torses nus, des conscrits aux regards hallucinés déambulaient dans les couloirs et fumaient aux fenêtres des passerelles entre les wagons. Des cubes sans âge les houspillaient constamment. Ces femmes aimables à goitres de crapaud, identifiables au seul numéro de matricule épinglé à leurs monstrueuses mamelles, semblaient toutes sorties d'un même moule, du même haut-fourneau, produites à une échelle industrielle par un Mengele de la steppe quelques décennies plus tôt, modèle très différent de celui que l'Ukraine fabriquait depuis son indépendance, ces plantes longilignes que Jacques et Cosmo n'avaient que furtivement croisées à l'aéroport de Kiev. Raidies dans des uniformes en lainage grossier, patrouillant inlassablement, elles faisaient régner la terreur dans le convoi express.

Jacques retrouva Cosmo à la buvette. La tête recroquevillée sur la poitrine, le cosaque solitaire n'avait pas bougé. Ils burent du thé en contemplant le paysage qui s'adoucissait à mesure que le train pénétrait sur le territoire de l'ancienne Autriche-Hongrie, traversait des forêts de pins argentés, des rivières engourdies et des gares aux tons pastel. Enfin, ce fut Tchernowitz.

La ville les déçut. Avec ses monuments byzantins et baroques glacés de neige, elle était pourtant sublime et à l'occasion de ses six cents ans elle venait d'être pomponnée comme une paysanne le jour de ses fiançailles, ses rues brillaient et ses palais semblaient des meringues à la crème. Mais l'âme de la petite Vienne s'était envolée : si Cosmo et Jacques avaient la tête à Paul Celan, à Gregor von Rezzori et au tendre minois de Mila Kunis, ils ne croisèrent que des bouseux patibulaires, des clones de leurs compagnons d'équipée ferroviaire. La Rome de César et la Rome des invasions barbares.

Leur humeur ne s'améliora pas au marché de Kalynivski en face de l'immense cimetière juif. Ils avaient payé une course de taxi faramineuse pour l'atteindre et ils se retrouvaient les pieds dans la gadoue en compagnie de la fine fleur des mafias ukrainienne, moldave et roumaine. Le marché et ses étals de râpes à chou et de fleurs en plastique semblait être le point de ralliement de ces parallélépipèdes gainés de cuir qui les bousculaient et les regardaient d'un sale air. Jacques et Cosmo rebroussèrent chemin et s'acquittèrent d'une somme plus extravagante encore pour se rendre à la brasserie *Carinthie*, présentée par leur guide comme le must de la gastronomie à Tchernowitz. Dans le petit salon où braillaient des tubes de *dance*, ils tiquèrent en découvrant sur le menu un étrange cocktail de spécialités mexicaines, de curiosités chinoises et de spaghettis aux palourdes.

— Je sais ce que tu penses, dit Cosmo à Jacques, le début du voyage est un peu poussif mais ça va aller, ça va aller, on va finir par s'éclater. Demain…

Le barbu mentait. Il était aussi taciturne que son compère. Ce voyage était une erreur, il avait passé l'âge des expéditions en Absurdistan. Ils auraient mieux fait de rester à Paris. Et lui, Cosmo Levitan, aurait préféré être en Suisse, auprès de Sophie, depuis peu, il avait envie d'être père. Oui, très vite, il ferait un enfant avec Sophie. Il garda cette pensée pour lui et se força à boire en devisant de cette ville où, il fut un temps, on imprimait des journaux en trois alphabets.

« Pour voir, ça peut être marrant », avait prétendu Cosmo le lendemain matin pour le convaincre de se rendre à la synagogue. L'office touchait à sa fin dans la salle mal chauffée, l'assistance était clairsemée, des hommes très âgés, un nain bossu affublé d'un bonnet de laine et ressemblant étrangement à Paul Michael Glaser (Starsky) et un étranger en long manteau, certainement un américain de passage pour affaires. Un hassid imposant, portant redingote, *schtreimel* et bas blancs, se balançait avec ferveur comme un pendule. La prière était dirigée par un jeune rabbin loubavitch à barbe rousse. Sitôt conclue, Mendel, c'était son nom, se précipita vers Jacques et Cosmo pour les inviter au déjeuner du shabbat qu'ils auraient le « privilège de partager avec le hassid, Meir Itzik, *rebbe* de Brooklyn, immense savant, descendant direct d'Israël Ben Eliézer, le célèbre Baal Chem Tov, le maître de bonne renommée et du nom divin, fondateur du hassidisme ».

Rachel, sa femme hideuse, les salua sur un tapis en fourrure en baissant les yeux, sans même effleurer la main des invités-surprises de son Mendel. *Gut Shabbes !* Le regard illuminé, il prononça la bénédiction du *kiddouch* et trempa ses lèvres dans un verre argenté de vin liquoreux qu'il passa au *rebbe*, aux deux Français et enfin à sa femme. Mendel procéda au même rituel avec du jus de cerises pour ses quatre enfants, trois garçons et une fillette, avant de se laver les mains et de distribuer le pain béni du shabbat, une brioche aussi plantureuse que sa descendance était efflanquée.

Ils mangèrent.

D'abord des châtaignes, décortiquées la veille par Rechele, ainsi l'appelait son mari, affectueusement, et leur petite fille. Une coutume de Bucovine, expliqua Mendel dont les grands-parents étaient nés à

Sadhora, une bourgade de la région, avant d'émigrer en Palestine avant guerre. Le jeune rabbin s'était installé à Tchernowitz afin de ramener les derniers juifs de la ville dans le droit chemin.

— Et vous y parvenez ? demanda Cosmo en croquant un marron.

— Bien sûr ! La Torah est joie et eaux vives. Son débit ne faiblit jamais et son cours est impétueux ! Avec l'aide de Dieu, tout est possible ! répondit Mendel, triomphant, en trifouillant sa barbe.

Puis du bouillon de poule, que Mendel avala fort bruyamment.

Puis du *gefillte fish*, dont le *rebbe* se resservit trois fois. À Ruben, le plus jeune de la fratrie, l'homme vêtu à la manière d'un gentilhomme polonais du XVIIIe siècle expliqua qu'on consommait du *gefillte fish* aux fêtes « parce qu'il est interdit d'enlever les arêtes des poissons ces jours-là ».

Du foie haché mélangé à des miettes d'œuf auquel le *rebbe* ajouta des lamelles d'oignon macéré. Il les tira d'un pli de sa redingote, une attention de sa femme lorsqu'il voyageait seul à la rencontre de ses ouailles égarées dans le vaste univers.

S'ensuivirent les hymnes du shabbat que Mendel, sa famille et le *rebbe* entonnèrent de tout cœur les yeux clos, leurs papillotes valsant au rythme des mélopées joyeuses sans qu'aucun ne se départît jamais de son sourire. Puis les enfants se redressèrent tandis que Mendel et Rechele, cois comme des chiots, écarquillaient les yeux. Le *rebbe* s'était levé et le *rebbe* allait parler. L'homme massif aux grandes oreilles poilues discourut longuement dans un anglais teinté de yiddish en recourant à force paraboles, conjectures et combinaisons chiffrées mystérieuses aux oreilles profanes de Cosmo et de Jacques. Il évoqua Vayigache, la *paracha* de la semaine, le voyant de Lublin, les guerres de Gog et Magog et les enseignements du probe Yehiel Mikhal de Zlotshov, messager du Baal-Shem, son aïeul, Dieu ait son âme.

— *Rebbe, rebbe*, le supplièrent les petits dans un élan extraordinaire dès qu'il eut fini son laïus, continuez !

— Plus tard, mes enfants, plus tard, tout l'après-midi si vous le souhaitez mais après le *tscholent*, car je meurs de faim ! objecta l'ogre de Brooklyn.

Rechele servit la potée d'orge perlé accompagnée d'intestins farcis. Meir Itzik en avala deux grosses assiettes et avant d'attaquer la troisième, il posa son regard pénétrant sur Jacques et Cosmo.

— Et vous deux, que faites-vous ici ?

Les amis eurent quelques difficultés à s'expliquer.

— Et où allez-vous ?

Ils se regardèrent stupidement avant de bredouiller quelques destinations alentour traversées par le Prout où ils avaient l'intention de se rendre.

— Un homme ne va jamais plus loin que lorsqu'il ignore où il va, leur dit le *rebbe*. Et comment êtes-vous arrivés ici ?

Quand Jacques lui raconta leur épopée ferroviaire, Meir Itzik lissa la barbe qui courait jusqu'à son nombril. De Kiev il n'avait mis qu'une demi-heure par avion. Il leur dit aussi qu'une chambre dans son hôtel coûtait trois fois moins cher que la leur au *Bucovina*, l'« attrape-touristes » où ils dormaient.

— À votre âge, vous avez au moins une famille, je veux dire une femme, des enfants ?

Les deux nigauds secouèrent la tête. Cosmo ne voulait pas dire que seul le père de Sophie était juif.

— Vous m'avez l'air sacrément confus tous les deux, toi, surtout, conclut le *rebbe* en fixant l'homme à la tache grise dans les cheveux. J'ai rarement vu un visage aussi triste. Sais-tu que la mélancolie est mille fois pire que le péché ?

Il ferma les yeux pour réfléchir.

— Nous devrions peut-être parler en tête à tête après le repas. Ce n'est pas un hasard si tu es assis à cette table. Il n'y a jamais de hasard. Qu'en dis-tu ?

Jacques opina du chef. Ce *rebbe* semblait s'être échappé d'une nouvelle d'Isaac Bashevis Singer, et capable de faire jaillir du vin d'un mur et de transformer le plomb en or.

Meir Itzik et Jacques s'isolèrent dans le cabinet d'étude de Mendel. Tout en marchant de long en large dans la pièce confinée, le *rebbe* lui servit d'abord quelques radotages sur l'âme et les formes spécifiques de la marginalité juive, préjugés, exils et persécutions.

— J'imagine que tu as déjà entendu mille fois ces discours et que tu y es imperméable. Ce n'est pas grave. Mais écoute-moi très attentivement : quand celui qui te hait a faim, donne-lui du pain, dit-il, en s'asseyant face à lui.

Sous la forêt de poils Jacques discerna une lèvre inférieure aussi proéminente que celle d'un Habsbourg.

— Je ne sais pas exactement ce que tu as fait et je ne veux pas le savoir. Mais je sens que tu souffres.

Ton cœur est froid et tu ne t'aimes pas. Tu respires l'angoisse et la fièvre car tu n'es pas en paix avec toi-même, affirma avec conviction le *rebbe.* À l'instar de beaucoup d'autres, tu erres dans l'exil et te promènes avec ta solitude tel un vagabond. Je t'ai observé à table, la façon dont tu te tiens, manges et bois, tu es effroyablement nerveux. Surtout, j'ai constaté que tu n'as cessé de regarder Mendel. Cet homme te fascine, même à ton corps défendant. J'ai vu comment tu enviais son bonheur simple et sa joie de vivre, sa ferveur et la tendresse qu'il porte à sa femme et ses enfants. À la différence de toi, Mendel a conscience de soi : il est en harmonie avec lui-même. Il respecte sa voix intime et a la puissance d'une âme entière parce qu'il réussit à faire coïncider son cœur avec son esprit et ses pensées avec ses actions. Pourtant Mendel n'a pas toujours été l'homme serein que tu vois.

Au milieu des livres sacrés qui grimpaient du sol au plafond comme du lierre sur un mur, le *rebbe* raconta à Jacques l'itinéraire du rabbin loubavitch. Mendel, le doux et pieux Mendel, était né Ofir dans un faubourg déshérité de Tel-Aviv. Il avait forniqué des putains et mangé quantité de porc et d'huîtres à shabbat, convoité la femme d'autrui et porté de faux témoignages. Ofir s'était vautré dans la souillure et avait tutoyé le Mal, de si près qu'il fut condamné à plusieurs mois de prison à vingt ans.

— Un exemple de la tradition de l'erreur juive, dit laconiquement Meir Itzik, le front plissé.

Il cita le faux messie Sabbataï Tsevi, les marxistes et les sionistes prométhéens, d'autres grands pécheurs encore. Sa liste était longue de fanfarons qui s'étaient égarés du sentier de la vérité par volonté de puissance, penchant pour le frisson du mystère ou le tourbillon de la liberté.

— Et sais-tu pourquoi ? grommela le *rebbe*, les coudes appuyés sur la table. Parce que ces frondeurs pensaient comme toi que le trône du monde est vide.

Mais rien n'était perdu.

— Pour retrouver la force de remonter, il faut descendre très bas, tel Ofir le voyou devenu Mendel le juste après s'être repenti. Il avait quitté les ténèbres pour entrer dans la lumière.

Tous les chemins étaient bons à condition qu'on finît par reconnaître Dieu et qu'on voulût le servir. Meir Itzik mit toutefois son interlocuteur en garde, la délivrance ne tombait pas du ciel.

— Il n'y a pas d'enfantement sans douleur. Il faut que l'homme désespère de soi et se tourne vers Hashem de toute la force de sa détresse comme Job ne manqua jamais de le faire.

Dans la pénombre du cabinet, les yeux de Meir Itzik rayonnaient de clarté. Ils s'immobilisèrent sur ceux de Jacques.

— Tu peux être l'instrument de ta propre délivrance, tonna-t-il. Renonce à toi ! Donne-toi et tu recevras. Petit homme, grain de sable, fourmi parmi les fourmis, reviens à Dieu. Tu retrouveras tes forces. Des sources encore inconnues jailliront de toi. Tu seras totalement régénéré et connaîtras la plénitude. Donne-toi et n'aie pas peur. Laisse-toi entraîner par ton cœur et consacres-y toutes tes forces. Baisse ta garde. *Tizkor !* Souviens-toi qu'Hashem pardonne. Il est le dieu de la miséricorde et de la pitié. Il te les accordera. En scrutant au plus profond de tes yeux, je vois que ton âme n'est ni vide ni mauvaise et que tu es travaillé par l'amour de la vérité. Tu as le goût de l'étude, j'en suis convaincu à la façon dont tu observes les livres autour de nous. Jacques Isaac Koskas, c'est ton nom n'est-ce pas ? Jacques Isaac, tu peux faire pénitence et te sortir du mauvais pas dans lequel tu t'es fourré en servant l'Éternel avec zèle. « L'Éternel, ton Dieu, te prenant en pitié, mettra un terme à ton exil », énonce le chapitre 30 du Deutéronome. Rabbi Eliezer a fait *techouva* à vingt-huit ans. Il avait presque ton âge quand il a demandé pardon ! Je peux t'aider et bien d'autres gens de mon entourage seront heureux de t'épauler. Tu serais épanoui dans une *yeshiva*. Qu'en penses-tu ?

Jacques dévisagea le *rebbe*. Il aurait voulu parler ou s'enfuir à toutes jambes mais sa bouche, ainsi que ses membres, était anesthésiée, incapable d'émettre le moindre son.

— Ne réponds pas immédiatement à ma proposition, elle est vertigineuse, j'en ai conscience, et l'homme prudent garde toujours le silence pendant un moment. Prends le temps de réfléchir. Tu sais où me trouver, je suis ici cinq jours encore, ma porte te sera toujours ouverte. Tu es prêt à écouter Dieu. Tu es mûr. Si tu brises les chaînes de la peur, tu vas te révéler à toi-même et enfin connaître la paix.

Cosmo leva les yeux au ciel.

— Foutaises ! Il t'a fait son petit numéro : le grand retour, la paix intime, le pardon, la vérité, blabla… Tous les rabbins, tous les religieux font pareil, même si je reconnais que ce Meir Itzik en impose par son charisme… Tu te dis ébranlé mais enfin Jacques, franchement, tu te vois dans une *yeshiva* ? Toi ? Étudier et prier toute la journée, toute l'année, toute ta vie alors qu'assister à un office à la synagogue te donne de l'urticaire ! Tu ne tiendras pas trois jours ! Ce n'est pas le Club Med, une *yeshiva*… Et je te rappelle que tu es le plus gros consommateur de bacon et de crème au monde. Oublie, oublie, c'est pas sérieux cette histoire. Couche-toi et n'y pense plus.

Il y pensa pourtant et délira, des heures d'insomnie, une nuit effrayante durant laquelle des chiens hurlèrent et le vent fit gémir le toit de l'hôtel. Jacques s'entrevoyait tout en noir et papillotes, plongé dans les textes, en train de décoder les messages célestes, de permuter des lettres saintes et de déchiffrer les combinaisons numériques des noms de Dieu… Pourtant, pourtant, Cosmo avait raison : de Dieu il s'était toujours moqué, il ne L'avait imploré qu'en cas de coup dur pour l'oublier aussitôt. À l'école talmudique, il était le dernier des cancres et quand ses petits camarades participaient à des compétitions de talmud, lui préférait manger des œufs au lard chez ses grands-parents. Il songea à ses copains de l'époque, Dan, André et David qui avaient sillonné la France pour répandre la bonne parole de la Torah. Qu'étaient-ils devenus ? Avaient-ils trouvé leur voie ? Ou bien, comme lui, étaient-ils incapables de tenir tête à la vie ? Il revit soudain les visages de Mendel et de Rechele à table. Le *rebbe* avait vu juste, il n'avait cessé de les observer. Jaunâtres et rabougris pour leur âge, ces deux-là vivaient dans la misère mais Jacques n'avait jamais croisé de gens si apaisés. Responsabilité, générosité, dénuement, un feu étrange brûlait en eux. Deux enfants vivant dans l'amour de Dieu. Quelle chance ils avaient ! Ils acceptaient leur sort. Aucune manifestation d'insatisfaction. Aucun signe d'aigreur. Mendel et Rechele n'étaient pas des égoïstes désabusés. Ils étaient imperméables à toute forme d'orgueil et à la société du rire, ils ne voulaient pas être célèbres, ils ne changeaient pas leur photo de profil Facebook chaque jour pour exister. Et combien Mendel aimait son épouse, cette petite chose repoussante qu'il choyait comme le plus précieux des trésors ! Après l'avoir tripotée, il remerciait le Seigneur alors que tout homme sensé aurait décidé de rompre à jamais avec sa Sainteté. Ofir avait pourtant connu les tigresses de Tel-Aviv… Jacques pensa aussi à la photo accrochée dans le vestibule du couple. Une centaine de rabbins loubavitchs posaient hilares. Des cafards rayonnants, trempés dans un chaudron de potion euphorisante à la circoncision. Ces sombres barbus avaient une mission et une raison de vivre. Ils jonglaient avec les Commandements, tutoyaient le sublime. Ils avaient accès à une dimension supérieure, portés par le miracle de la foi et de la transcendance. En découvrant l'*Oratorio de Noël* de Bach, Jacques l'avait effleurée mais quelques minutes seulement, avant de retrouver une gonzesse, un pote, un plan foireux, une énième distraction. Les chœurs de l'*Oratorio*, sa mélodie séraphique, le Divin, la fin de l'Incertitude et des contradictions. Oui, murmura-t-il, fiévreux, en serrant très fort son oreiller, ces hommes ne connaissent plus l'Incertitude ! Ils n'ont pas peur ! Ils empilent obligations religieuses, règles et interdits sans se poser de questions et sans nostalgie. Ils se laissent guider par des rites immémoriaux sans contester l'Autorité ni forcer leur destin. Ils s'en remettent à la mansuétude de Dieu en espérant timidement entendre la corne de bélier leur claironner l'arrivée du Messie. Pourquoi ne pas les imiter ? Il n'avait plus l'énergie pour affronter seul l'écume des jours, il avait besoin d'une béquille, alors pourquoi ne pas s'appuyer sur la plus solide d'entre toutes, celle du Seigneur ? Pourquoi ne pas se laisser aller à l'amour du roi de l'univers afin de changer entièrement d'existence ? Il se souvint soudain qu'il se l'était promis quand il était malade. Il rendrait grâce et sortirait d'Égypte. Il renouerait avec les traditions du minuscule peuple itinérant. Le *rebbe* avait raison, il n'y avait pas de hasard, leur rencontre n'était pas fortuite. Après Frauke, après le cancer, autant d'échecs et de mises à l'épreuve qui le conduisaient dans les bras du Tout-Puissant.

Jacques s'habilla et marcha jusqu'au parc Shevchenka plongé dans la brume. Une lumière spectrale éclairait les arbres squelettiques et les corps inanimés de deux junkies gisant sur un sentier. Des fantômes. Jacques et ses chimères. L'Europe cosmopolite d'avant les mouvements de foule, les parades spectaculaires et les massacres. Les terres gorgées de sang, Tchernowitz, Tchernowitz ou la métaphore du XX$^{e}$ siècle européen, pensa Jacques sur un banc, grelottant, en contemplant les deux cadavres. Le vide béant, la fin d'un monde il y a longtemps déjà, le premier acte d'un drame qui en comptait deux, il le pressentait. L'Europe et l'Occident étaient dégénérés. L'Histoire se vengerait de leurs méfaits. La colère grondait, des masses immenses marchaient pour mettre un terme à la grande jouissance, une fête de cinq siècles était sur le point de s'achever.

« Loué sois-tu, Éternel, notre Dieu, roi de l'Univers, Dieu puissant, notre Père, notre Roi, notre Protecteur, notre Créateur, notre Libérateur, notre Saint, le Saint de Jacob, notre Pasteur, le Pasteur d'Israël, roi souverainement bon, qui témoignes de ta bonté à tous, qui chaque jour nous as manifesté ta bonté, qui nous la manifestes encore et continueras à nous la manifester. Tu nous as accordé tes faveurs, tu nous les accordes encore et ne cesseras de nous les accorder. Par ta grâce, ta bienveillance, ta miséricorde, tu nous assures l'aisance, le salut, la prospérité, ta bénédiction, ton aide, ta consolation, notre nourriture, notre entretien ; tu nous assures ta miséricorde, notre existence, la paix et le bien-être, et tu ne nous laisses manquer de rien. »

Jacques remonta le col de son caban et courut jusqu'à l'hôtel de Meir Itzik.

## 29

*Jérusalem, le 14 Tevet 5770 (31 décembre 2009)*

*Mon Cosmo, mon grand ami,*

*Pour commencer, des excuses. Je n'ai pas répondu à tes lettres parce que je voulais consacrer tout mon cœur à ma nouvelle vie. Ma nouvelle vie… Il s'est passé tant de choses depuis que nous nous sommes quittés à la gare de Tchernowitz il y a un an que je ne sais comment entamer mon récit. D'abord, je vais bien. De mieux en mieux, ajouterais-je, même si tu peux imaginer que rien n'a été facile au début. Mais le plus dur est derrière moi et chaque jour qui passe, Dieu bénisse, la* yeshiva *me comble davantage.*

*Comme toujours tu avais raison, avec le temps, on s'habitue à tout, à l'internat, aux dortoirs de quatre, à un univers de célibataires masculins à l'exception de nos maîtres, bien sûr, ou à la cantine dont le chef ne tient pas franchement du génie étoilé… Là n'est pas l'essentiel, tu t'en doutes. Le principal ce sont l'étude et la prière qui scandent mon existence. Les deux mois qui ont suivi mon arrivée, Dov-Baer, le rabbin qui dirige la* yeshiva, *m'a pris sous son aile. C'est le gendre de Meir Itzik, déjà père de neuf enfants à trente-deux ans. Il m'a concocté un programme spécial et l'a personnellement supervisé. Il ne m'a fallu que quelques semaines pour maîtriser l'hébreu. Ensuite j'ai été autorisé à rejoindre les autres étudiants dont je partage depuis le quotidien.*

*En deux mots, mes journées se déroulent ainsi : nous nous levons à l'aube et récitons la prière du matin puis avalons un solide petit déjeuner, des œufs, du fromage blanc, des tomates et des concombres, quelquefois du hareng fumé, comme avant de partir skier : il faut tenir jusqu'au déjeuner, une longue matinée qui commence par trois heures d'étude avec mon binôme Jacobo, un Argentin. Ensemble, nous nous plongeons dans des textes du Talmud, de la Mishna ou de la Guemara dont nous apprenons et discutons les interprétations infinies. S'ensuivent deux heures de cours magistral professé par Dov-Baer ou un autre de nos maîtres, un repas frugal, la prière de l'après-midi puis un petit cours où nous sont enseignées la pensée et la morale juives ainsi que les préceptes des prophètes. Je retourne avec Jacobo en salle d'étude où nous révisons les leçons de la journée et préparons le programme du lendemain. Nous nous rassemblons tous pour la prière du soir puis dînons et parfois, lorsqu'un grand savant nous fait l'honneur d'être parmi nous, nous assistons à une conférence. Sinon, en temps normal, j'étudie encore avec mon binôme avant de me coucher, littéralement épuisé. Je n'ai jamais si bien dormi, même lorsque je vivais avec Frauke ! Je ne devrais pas mentionner son nom impur mais qu'importe, toute cette histoire me semble si ancienne, cela n'a plus aucune importance. Cosmo, enfin, je me sens apaisé ! J'ai éteint l'incendie qui m'a toujours consumé. Depuis que je suis ici, j'ai mis fin à mes contradictions, je ne me soucie plus des inconséquences et des imperfections de la vie. Tout cela est derrière moi, loin, très loin derrière, tu n'as pas idée. Me soumettre à une autorité qui prescrit me fait le plus grand bien. Je me suis débarrassé de toute forme d'orgueil, source des six autres péchés capitaux. Finies aussi les affections passagères et le désespoir facile… Au début, évidemment, le rythme a été difficile à suivre. Mais pour la première fois de mon existence je me suis accroché, j'ai serré les dents comme un toxico qui doit saisir sa dernière chance s'il veut sauver sa peau. J'ai fini par m'accoutumer à cette vie qui te semble certainement délirante, et puis un beau jour, la foi est venue. Je t'expliquerai comment et pourquoi un peu plus tard.*

*Il ne faut tout de même pas noircir le tableau. C'est dur mais quelques menus plaisirs agrémentent mon quotidien austère. Il y a un petit parc à côté de la* yeshiva *et j'y médite souvent au milieu des lauriers-roses et des oiseaux. Dov-Baer m'a autorisé à collectionner les timbres. De temps à autre je me rends chez un philatéliste de Ben-Yehouda et je voyage grâce à ces innocentes vignettes. Une fois par mois, je passe le week-end à Haïfa chez ma sœur et Guibor avec qui je m'entends de mieux en mieux. Leurs deux filles ont bien grandi et Batia, l'aînée, qui est très religieuse, prépare avec moi sa bat-mitsvah. Qui l'eût cru ? Et puis à la* yeshiva, *il y a les shabbats et les fêtes, des jours de réjouissances extraordinaires lors desquels mes camarades et nos rabbins entrent en transe. D'ailleurs, les gens autour de moi sont toujours gais. Ils sont portés par une folle espérance et une formidable ardeur de vivre : ils attendent le Messie qui ne saurait plus tarder ! Dov-Baer estime que toutes les conditions sont réunies, le retour des Hébreux en terre d'Israël, la production de tomates et de pommes de terre juives après vingt siècles de disette, une succession d'épouvantables catastrophes dont le rythme s'accélère (les cosaques, les bolcheviques, Hitler, Staline, Nasser, Arafat, Saddam Hussein à l'en croire), et qui laissent présager le cataclysme final, la guerre de Gog et Magog que le nain de Téhéran en blouson tergal, ce fils lointain d'Ismaël, prépare, si j'ai bien suivi le rabbin. Étrangement, plus l'Iran avance son programme nucléaire et plus mes camarades se réjouissent…*

*En attendant l'éventuelle venue du Messie, mes maîtres sont très satisfaits de moi. Meir Itzik a trouvé une fondation new-yorkaise qui finance mes études et depuis un mois j'ai commencé à enseigner aux petites classes. Si tout se passe bien je serai envoyé l'été prochain avec Jacobo en Thaïlande où il n'est pas rare que de jeunes Israéliens fassent* techouva *après un excès d'ecstasy et de cocaïne. Je les aiderai à retrouver le droit chemin.*

*Mais, d'ici là, un grand événement aura lieu. Cosmo, mon cher Cosmo, je vais me marier ! Sitôt débarqué à la* yeshiva, *le rabbin m'a rappelé que toutes nos saintes lois renvoient au commandement d'être fécond et de se multiplier. Vu mes antécédents, mon âge et mon (très) maigre patrimoine, m'était destinée une jeune paralytique, Yaël, entrevue une fois à l'occasion d'un déjeuner shabbatique chez ses parents, des cordonniers de Mea Shearim. Mais la veille de notre premier rendez-vous, devant un grand hôtel de Jérusalem, au vu et au su de tous, comme il se doit, un grand malheur est arrivé : Yaël a été renversée par un chauffard – inutile de te rappeler comment les Israéliens conduisent – et elle est morte sur le coup. Pschiiit : envolés Yaël et son fauteuil roulant dont les bras ont été retrouvés à plus de cinquante mètres de l'accident. C'est terrible à dire mais depuis ce drame j'ai la foi et je crois sincèrement en la protection de l'Éternel. Je n'aurais pas assumé une handicapée pour épouse, je n'aurais pas été à la hauteur. Une nouvelle mise à l'épreuve, ai-je pensé, tel Abraham sur le point de sacrifier son fils Isaac.*

*Quelques semaines plus tard, un autre coup de pouce du destin est intervenu : Judith, une petite cousine du rabbin, a perdu son mari. Un cancer foudroyant. Comme la malheureuse n'attendait pas d'enfant et que feu son époux n'avait pas de frère, Dov-Baer, à la fin de ses trente jours de deuil, m'a suggéré de la fréquenter. Nous nous sommes vus trois fois et nous nous plaisons. Judith a dix-neuf ans. Évidemment, je ne l'ai pas touchée et je ne lui ai même pas effleuré la main. Nous nous sommes contentés de boire quelques thés, toujours dans ces hôtels que nous religieux fréquentons. De toi à moi, je dois t'avouer qu'elle n'est pas vilaine et que sous ses longues jupes se dissimule un gigantesque derrière que j'honorerais avec plaisir comme le prescrit la Torah. Une hassidique callipyge sera la panthère, Dieu est grand, décidément.*

*Aussi mon cher Cosmo, je t'invite solennellement à mon mariage qui aura lieu le 25 Adar prochain (le jeudi 11 mars si tu préfères), à Haïfa, où vit la famille de Judith. Je ne peux pas te prendre pour témoin, toi mon frère renégat, mais tu me ferais le plus beau cadeau du monde en assistant à notre* houppa *et en partageant notre grand* mazal.

*Je t'embrasse chaleureusement,*
*Ton Jacques.*

*PS/ Ta fille est sublime et elle a tes yeux ! Merci pour les photos. Félicite Sophie de ma part.*

*PS2/ Une photo de moi devant le mur des Lamentations. Tu vois je me porte comme un charme même si mes cheveux et ma barbe grisonnent en Eretz de même que le fer s'oxyde à l'eau…*

## *Épilogue*

*Haïfa, 10 mars 2010*

Une vingtaine de personnes faisaient ripaille dans le living ivoirin de Ruth et Guibor Zylberstein. Tous s'émerveillaient de ce dénouement aussi heureux que surprenant. Jacques senior et Claire Koskas, Ézéquiel, Ana, à qui Jacques avait demandé pardon, et son nouveau compagnon, un informaticien mozambicain de dix ans son cadet, Batia et Chani, Jacobo et quelques camarades de la *yeshiva*, le rabbin Dov-Baer et son épouse, Paul de Koskas, Cosmo et Sophie bien sûr. Jacques, noir comme un corbeau et le visage ombragé par un imposant chapeau en feutre, passait d'un groupe à l'autre, ému et reconnaissant. À vingt-trois heures, Jacques senior donna le signal de départ, la journée du lendemain serait longue et belle, il fallait être en forme pour l'union de son fils et de Judith. Sur le pas de la porte, Dov-Baer glissa quelques mots à l'oreille de son élève. « Oui, je suis prêt », lui répondit Jacques, comme il l'avait dit précédemment à Meir Itzik. Dans l'après-midi, le *rebbe* de Brooklyn lui avait rappelé pour la énième fois via Skype les lois de la pureté familiale et l'exigence d'être d'une vertu farouche : « La seule base d'une union heureuse, c'est une absolue fidélité réciproque. Louanges au Talmud et honte aux adultères ! *Mazal tov*, mon fils ! »

Il était minuit passé et toute la maisonnée dormait à l'exception de Jacques. Penché sur la rambarde du balcon, il fumait une cigarette en pyjama, hypnotisé par les effluves de thym et de basilic, les battements de pouls de la Méditerranée et le halo fugitif des phares qui grimpaient la colline du Carmel. Jacques écoutait et observait et il pensait, il pensait aux mystères de l'Univers et à la fulgurance de la vie, à ses retournements vertigineux, et défilèrent soudain devant ses yeux la baie de Rio et la tour de télévision de Berlin, la steppe glacée ukrainienne et la Hofburg de Vienne, Hugo Huguin et Gabriel, Guzman Benco et Frauke, Clémence et Johnny, Serena et Claudio qui se tenaient par la main et qui tournoyaient, tournoyaient de plus en plus vite en une folle sarabande, comme dans *La Danse* de Matisse, et Jacques eut peur et Jacques eut le vertige : et s'il n'était pas guéri ? Et s'il n'était pas à la hauteur de ses engagements et de l'amour de Judith ? Il eut envie de réveiller son père et de lui parler mais préféra prier brièvement et se coucher.

Il était minuit passé et toute la maisonnée dormait à l'exception de Ziad. Penché à une fenêtre de l'appartement de son oncle à Jérusalem-Est, il fumait une cigarette en pyjama, troublé par les effluves de cardamome et de cumin qui s'échappaient des cuisines du restaurant en contrebas de la ruelle où la famille Khaled vivait depuis six générations. Ziad écoutait la scie des grillons et les miaulements d'un chat et contemplait les ombres se faufilant le long des murs dans la fraîcheur de la nuit. Ziad écoutait et observait et il pensait, il pensait aux mystères de l'Univers et à la fulgurance de la vie, à ses retournements vertigineux, et défilèrent soudain devant ses yeux le champ d'oliviers de son père ravagé par les bulldozers de Tsahal, les cadavres de deux de ses frères et leur mère en larmes à leur chevet, les sirènes hurlantes aux alentours, les hélicoptères qui tournoyaient, tournoyaient au-dessus de son bourg en Cisjordanie et Ziad eut peur et Ziad eut le vertige : et s'il se dégonflait ? Et s'il n'était pas à la hauteur de ses engagements et de l'amour d'Allah ? Il eut envie de réveiller son oncle et de lui parler mais préféra prier brièvement et se coucher.

Incapable de trouver le sommeil, Jacques ralluma la lumière. « Grande est la transgression de la Thora pour l'amour de Dieu ! » murmura-t-il, le front baigné de sueur et en érection. Il devait s'offrir une petite dérogation, une dernière valse, pour sauver son futur mariage, pour être fidèle à Judith jusqu'à la mort. Pour ne rien regretter et ne jamais plus convoiter un fruit défendu. Par amour pour Dieu. Par amour pour Dieu voir et toucher des femmes impures pour la dernière fois de son existence. La der des ders, ce soir ou jamais. En catimini, ni vu ni connu, personne, personne n'en saurait rien et demain à la synagogue, lors de sa bénédiction nuptiale, il serait lavé de tous ses péchés.

Incapable de trouver le sommeil, Ziad ralluma la lumière. « Il sera pardonné dès la première goutte qui s'écoulera de son sang, il sera protégé du châtiment de la tombe, il verra sa place dans le Paradis au moment de sa mort, il sera épargné de la peur le Jour du Jugement Dernier, une couronne de dignité contenant beaucoup de diamants très luisants sera placée sur sa tête, chacun d'eux deviendra plus précieux que cette vie et tout ce qu'elle contient, il aura soixante-douze femmes du Paradis, et il lui sera permis d'intercéder pour soixante-dix membres de sa famille », murmura-t-il, le front baigné de sueur et en érection. Il ne pouvait plus attendre. Ce soir ou jamais, sa dernière valse. Demain, il avait rendez-vous avec Maha, elle lui plaisait et s'il continuait de la fréquenter il ne passerait plus à l'acte. Or il avait juré, il avait juré de se venger des juifs quand les dépouilles de ses deux frères avaient été mises en terre. Depuis huit ans il s'y préparait, en secret, minutieusement, il se vengerait. Il parlait parfaitement l'hébreu. Il avait déménagé à Jérusalem-Est cinq ans auparavant avec cette seule idée fixe, se venger. Il s'était débrouillé pour se forger des faux papiers israéliens. Il avait patiemment rassemblé dans la remise de son oncle de minuscules quantités de fuel, d'engrais, d'acide nitrique et de poudre noire. Des échantillons qui n'avaient jamais attiré l'attention de la police. Sa ceinture était prête. Sa dernière valse.

Jacques se leva et farfouilla dans l'armoire que sa sœur avait mise à sa disposition pour ranger ses vêtements de pécheur à son arrivée en Israël. Il enfila un vieux pantalon suédois à pattes d'éléphant et une chemise à épaulettes. À pas de loup il gagna la salle de bains, se donna un coup de peigne et se regarda longuement dans le miroir. Avec sa grande barbe et son accoutrement bohème, il avait plutôt fière allure, on aurait dit un *hipster* de San Francisco ou Jean-Claude Brialy dans *Le Genou de Claire*.

Ziad se leva et farfouilla dans son armoire. Il enfila son jean préféré et des Nike, un T-shirt noir moulant et noua autour de ses épaules un large sweat à capuche. À pas de loup il gagna la salle de bains, enduisit ses cheveux de gel et noua autour de son cou une étoile de David. Il se regarda longuement dans le miroir. Avec son visage glabre et sa tenue de minet, il avait plutôt fière allure, on aurait dit un juif irakien, l'une de ces tapettes qui poirotaient le jeudi soir pour entrer dans un club à Tel-Aviv.

Jacques alluma discrètement l'ordinateur de Guibor et chercha l'itinéraire qui le conduirait au plus vite à la bourse aux diamants à Ramat-Gan où un club de strip-tease était enterré dans un sous-sol. Il y était allé à l'occasion du mariage de sa sœur avant la seconde Intifada : on glissait un billet de cinquante shekels dans le string d'une fille et comme à la foire on pouvait faire mu-muse avec la poupée articulée, lui toucher les seins ou lui peloter le cul quelques minutes. Le tripot était fréquenté par de jeunes conscrits en permission. Jacques avait peu de chance d'y croiser le rabbin Dov-Baer et ses condisciples. Un lieu de perdition idéal pour une dernière valse.

Ziad alluma discrètement l'ordinateur de son oncle et chercha pour la énième fois l'itinéraire qui le conduirait au plus vite à la bourse aux diamants à Ramat-Gan où un club de strip-tease était enterré dans un sous-sol. Ses frères aînés y étaient allés quelquefois avant la seconde Intifada : on glissait un billet de cinquante shekels dans le string d'une fille et comme à la foire on pouvait faire mu-muse avec la poupée articulée, lui toucher les seins ou lui peloter le cul quelques minutes. Le tripot était fréquenté par de jeunes conscrits en permission. Lorsque Ziad ferait exploser sa ceinture, il y avait peu de chance que quiconque survécût à la déflagration. Un lieu de perdition idéal pour une dernière valse.

Jacques prit les clés et les papiers de la voiture de sa sœur dans son sac à main. Il descendit dans le garage et rangea sa kippa dans la boîte à gants de la Golf. Il démarra tous feux éteints puis accéléra une fois sorti du lotissement résidentiel où vivaient les Zylberstein.

Ziad prit les clés de la voiture de son oncle dans une poche de son blouson, ses faux papiers et ceux du véhicule. Il descendit à la remise et s'empara de la ceinture qu'il enfouit sous un siège de la Subaru. Il démarra tous feux éteints puis accéléra une fois sorti de la ruelle où vivaient les Khaled.

Jacques se dirigea vers le sud ; Ziad vers le nord-ouest. Concentrés, nerveux, ils avaient peur et ils étaient joyeux.

La circulation sur l'autoroute 2 était fluide mais Jacques craignait un contrôle de police, un éthylotest, il avait bu deux verres de vin rouge et plusieurs vodkas à la réception de son mariage.

Ziad savait qu'il n'échapperait pas au check-point à la sortie de Jérusalem-Est. *Inch Allah*, il avait tout prévu. Sa carte d'identité indiquait qu'il s'appelait Bibi Badash, qu'il avait vingt-trois ans et qu'il vivait à Petah-Tikva où la Subaru était immatriculée à en croire ses faux papiers. Quand les soldats lui demanderaient pourquoi il sortait du quartier arabe, il leur expliquerait qu'il avait été à une bar-mitsvah chez des amis religieux non loin du Mur. S'ils ne le croyaient pas, il se ferait sauter au check-point.

Jacques ralentit puis coupa le moteur. Le faisceau d'une torche se braqua sur son visage. Un policier bedonnant le dévisagea distraitement et lui fit signe de la main de poursuivre sa route.

Ziad ralentit puis coupa le moteur. Le faisceau d'une torche se braqua sur son visage. Deux militaires, armes en bandoulière, le dévisagèrent longuement. Ils étaient jeunes et épuisés, les traits creusés par des nuits sans sommeil, la tension permanente, à contrôler le va-et-vient de Jérusalem. Leur talkie-walkie grésillait. Ils gobèrent. Ils avalèrent tout ce que Bibi Badash leur raconta. Ils plaisantèrent même :

— Bibi, tu vas sortir ?

— Non, non, je rentre chez ma mère !

— Bibi, on sait que tu vas sortir ! Tu as de la chance ! Éclate-toi pour nous !

Oui, il s'éclaterait pour eux.

La voie était libre.

Jacques gara la Golf sur le parking de la bourse aux diamants. Avant de sortir, il implora Dieu de lui pardonner cet ultime péché. D'un pas hésitant, il se dirigea vers le club de strip-tease. Il y avait foule et les videurs faisaient entrer au goutte-à-goutte les noctambules qui piétinaient devant l'entrée. Jacques rejoignit la queue.

Ziad gara la Subaru sur le parking de la bourse aux diamants. Un coup d'œil à droite, un coup d'œil à gauche et il enfila discrètement sa ceinture sous son large sweat. Avant de sortir, il implora Dieu de lui donner la force d'aller au bout de son entreprise. D'un pas hésitant, il se dirigea vers le club de strip-tease. Il y avait foule et les videurs faisaient entrer au goutte-à-goutte les noctambules qui piétinaient devant l'entrée. Ziad rejoignit la queue.

Le devançait un énergumène en pattes d'ef dont l'immense barbe était poivre et sel mais le visage encore juvénile. Jacques gesticulait nerveusement et marmonnait, il avait peur. Arrivèrent quatre hommes qui se postèrent derrière le Palestinien. Puis trois autres encore, riant bruyamment, déjà ivres. Jacques et Ziad priaient et transpiraient de plus en plus abondamment. Les mains du terroriste étaient glacées. Il observait les videurs, il comprit qu'ils le fouilleraient au corps et qu'il n'entrerait pas dans le club.

Maintenant ou jamais ?

*Du même auteur :*

*Éloge de l'esquive*, Grasset, 2014
*American Spleen*, Flammarion, 2012
*La Chute du Mur*, en coll. avec Jean-Marc Gonin, Fayard, 2009 ; le Livre de Poche, 2011
*L'Impossible Retour, une histoire des juifs en Allemagne depuis 1945*, Flammarion, 2007 ; « Champs Flammarion », 2009, prix du meilleur livre d'histoire et de recherche juives, 2007
*La Grande Alliance*, en coll. avec Frédéric Encel, Flammarion, 2003 ; « Champs Flammarion », 2004

Le Livre de Poche s'engage pour l'environnement en réduisant l'empreinte carbone de ses livres. Celle de cet exemplaire est de :
300 g éq. $CO_2$
Rendez-vous sur
www.livredepoche-durable.fr

PAPIER À BASE DE FIBRES CERTIFIÉES

Composition réalisée par Belle Page

Imprimé en France par CPI
en décembre 2015
N° d'impression : 3014568
Dépôt légal 1re publication : janvier 2016
LIBRAIRIE GÉNÉRALE FRANÇAISE
31, rue de Fleurus - 75278 Paris Cedex 06

27/1809/0